晚清报刊翻译的“译”与“思”

卢明玉　著

北京交通大学出版社
·北京·

图书在版编目（CIP）数据
晚清报刊翻译的“译”与“思” / 卢明玉著. --北京 : 北京交通大学出版社，2024. 7. -- ISBN 978-7-5121-5287-8
Ⅰ. I046
中国国家版本馆 CIP 数据核字第 20244JB431 号

晚清报刊翻译的“译”与“思”
WANQING BAOKAN FANYI DE “YI” YU “SI”

责任编辑：刘　蕊
出版发行：北京交通大学出版社　　电话：010-51686414　　http://www.bjtup.com.cn
地　　址：北京市海淀区高梁桥斜街 44 号　　邮编：100044
印 刷 者：北京虎彩文化传播有限公司
经　　销：全国新华书店
开　　本：170 mm×235 mm　　印张：16.875　　字数：311 千字
版 印 次：2024 年 7 月第 1 版　　2024 年 7 月第 1 次印刷
定　　价：69.00 元

本书如有质量问题，请向北京交通大学出版社质监组反映。
投诉电话：010-51686043，51686008；传真：010-62225406；E-mail：press@bjtu.edu.cn。

前　言

晚清时期，处于动世和变故之中的华人，与西方展开多方面的接触和互动，虽在政治、军事、商务、科技等很多领域处于被动挨打的地位，但从各报端来看，这一期间主动胜于被动，改革的呼声强于复古守旧。华人大量吸收外国各方面的讯息，研究中外，取法古今。新开报业呈几何数量级递增，每日源源不断地向各地华人输送中外讯息。越来越多的华人从一无所知到略知一二，再到受聘为报馆、书馆、学堂等处的编辑、教员、译员等，他们奋笔疾书，从西学的旁观者转变为传送西学、化西为中、融通中西、为我所用的引领者和践行者。从当时的篇篇译述中，同样能感受到晚清华士如当代学人，亦是孜孜以求，在纷乱错杂中探索尝试、辨别判断，经历着比今人更剧烈的变动、更严峻的危机和挑战，需要超出今人的勇气、智慧和坚韧，他们的应变能力、学习能力、赶超能力与创造能力经受住了历史的考验，将中华民族复兴推到了大路上，冲破和完成了最艰难的磕磕绊绊、在黑暗中摸索的起步阶段。

从先秦至晚清初，知识的传播媒介一直都以书籍为主。而到了晚清，中国的国际交流日趋频繁和深入，国内政治局势和国际形势复杂多变，西学东渐潮流也在这一时期开始兴起，传统的书籍媒介已无法满足国人了解国际动向和西学、东学快速传播的新要求。随着西方新式机械印刷技术传入中国，近代报刊媒介应运而生。在独特的历史背景之下，近代报刊呈现出许多特征：大量转译国外报刊文章，系统译介西学和东学，围绕社会热议话题刊登多方言论，并且报道内容大多具有极强的针对性和指导性。近代报刊在晚清获得了迅猛发展，对国内革新也起到了重要的推动作用。

翻阅近两百年前的期刊报纸，文章中的一字一句无不向今天的我们诉说着昨日的风雨、哀愁、困惑、挣扎、思考、呐喊和努力，无不指引着今天的我们回看来时走过的坎坷道路，而那时的每一个脚印也无不指向着我们今天脚下的坦途。在这些著述译论中，透过当时普通华人的笔触，我们看到的不再是政治人物的某个决定和命令决定成败，不再是一人一事决定时局、关系走向，而是一点一滴、一波一浪汇聚成的大海般的涌动。政治人物只是漂浮其上航行的船只，事件事变只是其间夹杂的风雨雷电、惊涛骇浪。真正起决定性作用的还要看这隐藏于纸背的无数文人的思考和认识，不为人知的努力和探求，以及对这些思考和认识、努力和探求的传播、积累、汇聚，这些都暗藏于尚存的晚清期刊报纸的字里行间，默默地尘封于广袤的时空中。过往的沉思和劳作由我们来挖掘开采，得见天日，却不知我们当下的思与行、力与能，飘向何方？归于何处？

卢明玉

2024 年 2 月

目　录

第一章　绪　　论

一、研究问题

本研究“晚清报刊翻译的‘译’与‘思’”，将晚清翻译研究的视域和范围从翻译著作和名家名篇，扩展至翻译界人迹罕至的报刊文献翻译领域和普通编译报人身上，尝试系统研究晚清报刊中有关翻译的篇章和文字。本研究将分七个专题探讨晚清报刊翻译与中西新旧思想的嬗变和互动：晚清报刊中关于语言文字的译述，对晚清报刊中译论的共时分析，对晚清报刊中译论的历时分析，晚清报刊中的专题译论，晚清报刊中的译录，晚清报刊中译谈、译释，晚清报刊中的译介。从文本内、文本间、文本外三个层面探究晚清报刊翻译的“译”与“思”。

（一）文本内

对报刊翻译中涉及的译述、译论、译录、译谈、译释、译介等文本类型进行文本细读、阐释，总结这六个晚清报刊翻译文类的结构特征、行文模式、一般规律。从文本阐释，到总结一般模式和规律，再到分析致因，揭示晚清报刊翻译在文本、译介和演变方面呈现的统一模式和规律。

（二）文本间

以文本阐释法描述文本间蕴含的中、西、新、旧思想的译介，进行共时、历时研究，阐述它们在上下文、文本内、文本间、系列文本、文本大类内的关系。尤其放在晚清报刊翻译文本中的译述、译论、译录、译谈、译释和译介六种常见文本类型中，进一步细分到不同主题下的意义类别，显现译介文本与思想、概念之间的“译”与“思”。

（三）文本外

分析报刊译者时，兼顾其报人、译者、新知识分子三重身份；阐释文本时，结合译介刊文兼具的新闻、翻译、学科三种属性；以及以翻译学、语言学、报刊学和思想文化史的跨学科视角，统观一个行业和领域自西向东的引介和植入的模式和规律。从而得以纵观媒体、媒介、学科对同一西学内容的分别作用和影响，解析最后产生的综合效果。

二、研究现状

（一）晚清报刊的相关研究

晚清时期，战争频发，时局动荡，社会处于转型时期，西学与中学不断碰撞，思想急剧变革。晚清报刊作为珍贵的文史资料，是社会变革的真实写照，更是研究晚清近现代思想文化演变的重要文献，在过去近三十年间，晚清报刊越来越受到研究者重视，获得了学术界广泛关注，相关研究成果不断涌现。

大型丛书的出版、报刊数据库的建立是报刊研究的主要文献来源。首先，为方便研究者，各著名的古籍出版社整理发行了系列原始报刊的影印本。中华书局主要整理了 1895—1918 年间包括《东西洋每月统计传》《强学报》《时务报》《清议报》《新民丛报》《湘报》《译书公会报》《民报》《实学报》《庸言》《国风报》《集成报》《昌言报》在内的重要期刊，汇编成册，于 1991 年出版了《中国近代期刊汇刊》。岳麓书社主要收集整理了民国初期的报刊，出版了大型丛书《中国近代期刊影印丛刊》。《观察》《现代评论》《努力周报》等重要的民初期刊都收录在内，是研究民国期刊的重要文献。台北的文海出版社以沈云龙为主编，整理出版了《近代中国史料丛刊三编》，收录年谱等在内的相关史料，内容丰富，选材广泛，包含《格致汇编》《格致新报》等科技期刊。全国图书馆文献缩影复制中心侧重早期白话报，搜集《中国白话报》《杭州白话报》《安徽白话报》《天津白话报》《北京白话报》《宪政白话报》《爱国白话报》《广东白话报》《直隶白话报》《实事白话报》《白话晨报》《白话强国报》等众多白话报纸，以《中国早期白话报汇编》为名汇编成册出版。

其次，是对重要报刊的整理开发，如上海社科院出版的《知新报》、天津古籍出版社出版的《直报》、湖南师范大学出版社的《湘学报》。另外还刊行了系列报刊文选，有李天纲编校的《万国公报文选》[1]、戴逸主编的《近代报刊文选》[2]、张岱年主编的《中国启蒙思想文库》[3]等。

对于清末报刊史的宏观研究为报刊研究提供了新的视野，较早的研究成果有戈公振的《中国报学史》[4]、王忍之的《辛亥革命前十年时论选集》[5]、方汉奇的《中国近代报刊史》[6]，还有丁守和主编的五卷本《辛亥革命时期期刊介绍》[7]。

同时，一系列学术专著围绕清末民初的一些专题展开研究。如宋应离主编的《中国期刊发展史》[8]、王东全的《中国近代的报刊》[9]、徐松荣的《维新派与近代报刊》[10]、孟兆臣的《中国近代小报史》[11]、胡全章的《清末民初白话报刊研究》[12]、刘人锋的《中国妇女报刊史研究》[13]、罗文达的《在华天主教报刊》[14]、汪英宾的《中国本土报刊的兴起》[15]等。

对于传教士中文报刊的研究，基于报刊史料整理及其性质讨论的文献层出不穷，且最早可追溯至晚清，如 1890 年范约翰编撰的《中文报刊目录》详细记载了1815—1890年传教士主办的76种中文报刊目录[16]，1895年李提摩太在《万国公报》上发表的《中国各报馆始末》[17]，1901年梁启超在《清议报》上发表的《中国报馆之沿革及其价值》[18]。民国时期，戈公振的《中国报学史》[4]、蒋国珍的《中国新闻发达史》[19]均专题论述了传教士中文报刊的创办、种类及对中国文化的影响。《万国公报》《东西洋考每月统记传》《中西闻见录》《格致汇编》等报刊的影印出版，《遐迩贯珍》[20]《六合丛谈》[21]等中文报刊的整理出版，以及2003年再版的王韬等编写的《近代译书目》[22]等为后来的相关研究提供了大量的文献史料和便利的查阅资源。赵晓兰等[23]对1815—1951年传教士中文报刊进行了专题性、整体性研究。对于19世纪前期来华西人创办发行的《广州纪事报》《中国信使报》《中国丛报》《广州周报》等英文报刊，吴义雄[24]分析了其中关于中国政治、社会和文化的观念与知识，考察了其中反映出来的西人群体的利益和愿望，探讨了西人塑造的对华关系舆论及其影响。陈建明在《激扬文字广告福音：近代基督教在华文字事工》[25]中，从近代传教士对文字传教的认识、出版物的传播状况、出版机构、对中国社会的影响等方面对近代基督教在华出版事业进行了研究。李灵等在《基督教文字传媒与中国近代社会》[26]中，借助中外的文献资料挖掘当时传媒出版的来龙去脉，探讨来华传教士们如何应用和推广文字传媒（包括印刷、出版），及其对当时中国社会发展的影响和作用。王天根的《晚清报刊与维新舆论建构》[27]分历史时段论述清代中央集权与官方舆论控制功能的关系，列强侵略加深与西方在华媒介殖民功能的关系，晚清政治与媒介对维新的舆论建构，揭示在救亡图存的社会语境下媒介功能的拓展与政治舆论转向的关系。王天根的《清末民初报刊与革命舆论的媒介建构》[28]论述庚子事变、清末新政、辛亥革命前后政论报刊的崛起与革命舆论动员关系，并分专题探析清末民初政治转型与思想传播的嬗变、救亡图存的社会语境与清末民初媒介表述的政治；侧重分析“清末民初媒介建构中政治舆论环境与政治建构中的媒介资本”及“西学背景与媒介建构的政治话语空间”，对媒介与清末民初的政治转型互动关系展开论述。

除专著外，专题研究成果中的另一分支是期刊论文和学位论文。其中一个主题是晚清报刊对中国语言文学的影响。王井辉[29]认为，晚清报刊的产生和发展为近代文学的生长嬗变构建了新的场域。一方面，报刊的出现为晚清社会带来了新文化、新理念，在激发文人创作热情的同时彰显了社会职责；另一方面，晚清文学带有古文学的意蕴又包含改革趋势，为近代社会、近代文化的发展与进步提供了重要助力。这一时期，文人办报热潮的兴起与文学改革的尝试为文学创作的转变、文学作品形式与内容的创新提供了机遇，使整个报刊领域呈现出繁荣景象。郭长保[30]认为，晚清报刊文献作为晚清时期重要的文献资料，在研究中国文学转型方面具有不可替代的价值。一方面，早期传教士报刊促进了中国文学新意识的兴起；另一方面，中国人自办文艺报刊促进了中国文人平民意识的兴起，以及中国文学语言和文体的变革，其间，梁启超是晚清文学转型的关键性人物。晚清报刊实际上促成了中国近代文学内部转型的初步完成。陆广民[31]认为，晚清小说伴随着报刊出版业的迅速发展而繁荣。报刊为小说提供了新的传播途径，也深深地影响着其结构形式、语言风格及题材内容，并推动着小说由最初的政治需求向文学回归。

在民族危亡的背景下，晚清士大夫掀起了一场广泛的兴办白话报刊的浪潮。邓伟[32]通过探索晚清白话报刊及其语言体式，发现晚清报刊白话与文言形成了等级关系，体现出与口语和中国古代俗文学的双重渊源，是中国语言文字现代转型中的重大事件。刘光磊[33]认为，晚清时期的启蒙知识分子为启蒙民众而创办的白话报刊肩负起传播知识、宣传启蒙思想与民主革命思想的重任，对白话文的推广与维新运动的开展起到了推动作用，也促进了晚清书写语言由文言向白话的转变，促成了五四白话文运动和现代报刊的勃兴等深刻变革。

另一专题是晚清报刊与传教士报刊、外国报刊以及中国古代报刊之间的关系研究，将晚清报刊与同类的其他变体进行比较，揭示它们之间的互动和联系。张炳旭[34]认为，作为中国近代化报刊的开端，晚清传教士中文报刊的出现有其历史必然性。自1815—1911年近一个世纪的时间内，传教士中文报刊数量急剧增长，发行量大幅度提升，出版地也从南洋延伸至中国腹地。许多办刊思想在当时社会产生深远影响，留下强有力的声音，催化了中国近代民族报业的诞生，乃至对现代报刊的创办和发展都有着积极的启示。姚彦琳[35]认为中国的近代报刊诞生于19世纪初期西方传教士所办的教会报刊，教会报刊尤其是中文报刊也成为中国人认识和了解西方的一个重要渠道。它们在晚清“西学东渐”的进程中扮演着重要角色。教会报刊在当时不仅促进了中国社会的近代化进程，而且促成了中国近代新闻事业的产生。在探究晚清传教士报刊方面，郭思含[36]从晚清传教士报刊的历史地位出发，探讨报刊辅教的现实原因与必然性，从传教士报刊的新闻实务和办报技术两个方面论述其对中国近代报业的示范作用，从报刊理念的角度论证晚清传教士报刊对中国近代新闻事业的启蒙，以及传教士报刊与国人自办报刊的因缘关系。通过对晚清传教士报刊的研究发现中国近代新闻事业不是一种简单的“被现代化”过程，而是国人在效仿和学习的过程中逐渐成长起来的结果。

近代中国新式媒体的诞生及发展深受英国报刊的影响，林盼[37]探究了晚清中国报刊与英国《泰晤士报》的关系，从晚清报人对英国《泰晤士报》的追崇与仿效入手，考察西方报业对中国新闻业草创时期的影响过程。通过对比中国古代报纸和晚清报刊，赵晓兰等[38]提出：在19世纪下半叶，晚清报刊逐渐走向成熟，并完成了由古代报纸向近代报刊的转型。

晚清报刊的专题研究也包括报刊对各个学科、各个领域的知识和文化的传播。蔡永明[39]认为，晚清报刊的蓬勃发展促进了新政改革，而作为清末新政重要组成部分的法律改革，其近代法律观念的形成则在很大程度上得益于晚清报刊的传播。李静[40]认为，“报刊”是近代西学东渐以来非常重要的文化传播载体。而在“救亡”“启蒙”背景下产生的近代音乐文化，既是对中国传统“乐教”理念的继承，又呼应着新时代的各种脉动。所以，音乐栏目或一些有关音乐的题材就成为晚清报刊特别愿意刊载的内容。王晓[41]运用文献资料法和逻辑分析法研究晚清中文报刊中的体育传播。他认为当时的报刊在传播技巧、传播内容和形式方面初成雏形，具有较突出的传播效果，但存在受众精英化、传播范围集中、体育传播专业性不强等局限，这对当代大众传媒体育传播具有借鉴和参考意义。

以区域研究、城市化研究为主题的研究，采用社会学研究视角和方法来考察晚清报刊。田中初等[42]以创办于浙江金华的《萃新报》作为考察对象，以地方史视角研究了晚清时期大众传媒对区域社会产生的影响。在探究清末上海报纸“城市化”趋向的过程中，李楠[43]指出，清政府于1901 年开启“新政”，迎来了近代中国第二次民间办报的高潮。在“城市化”发展的背景下，清末一批民办报纸呈现出了“城市化”的办报趋向，这种办报趋向满足了城市读者和城市生活的新需要，在更好地发挥报纸功能的基础上，促进了近代中国社会的进步与发展。

晚清报刊与晚清政府、晚清报律的相互制约关系构成另一主题。在研究晚清报刊与新闻舆论的过程中，张天星[44]指出，以 1903 年为标志，上海报界形成了一股揭露官场腐败、抨击时弊的潮流。为了制造、引导舆论和吸引读者，报界优先撰写和刊登揭露、批判官场的稿件，舆论监督成为清末报界的主流思想。王金龙[45]认为，晚清时期，近代西式报刊先进性的示范、引导，以及民族危机下救亡图存的现实诉求，使得报刊、报人的合法性形象逐步得以确立。社会精英阶层广泛参与办报后，报刊精英化色彩加浓。精英报人对报刊的有意“赋权”与自我标榜，辅以西方民主、权力观念的诱导与激发，使得清末报刊媒体权力日益扩张。这一报刊舆论权力借助“清议”“公论”等传统言论得以强化，而清末新政、立宪对舆论空间的释放以及租界等官方统御之外舆论阵地的存在，则为报刊言论激化提供了温床。清末随着大量报刊的涌现，为了加强对报刊开办的管理和对报刊内容的检查，清政府相继出台了多部法规。张运君[46]依据各种档案史料对以往晚清报刊检查的操作程序进行了深入研究。晚清政府、外文报刊以及民间报刊，形成了晚清舆论平台上的“三足鼎立”之势。黄荣[47]根据《晚清报刊与维新舆论建构》，从晚清报律发展之“鉴”、新闻专业主义之“界”、南北媒介网络之“合”三个角度分析了当时传媒的特点，对当代中国传媒业具有借鉴意义。

将晚清报刊放在报刊业发展史的宏观视野中，考察其特征，总结报刊发展的阶段和规律，按照时间、空间、思想等进行阶段划分。李静[48]根据晚清民国报刊编辑思想发展的内在特征，将晚清民国报刊编辑思想划分为三个阶段，总结出晚清民国报刊编辑思想的特征和规律。在另一文中，李静[49]简要总结了晚清报刊业的发展史。李倬宇等[50]依据大量史实，论述晚清报刊的发展历程，认为从规模和影响来看，大致可分为澳门与广州、香港、上海三个阶段。晚清报刊经历了由南洋向华南沿海，再向东南沿海以及华北、华中地区发展的过程，报刊文种日益多元化，报刊数量日渐增多。这一时期是我国报刊发展史上的一个重要时期。

总之，以往学界从各个学科、各个专题出发，对晚清报刊进行了大量宏观和微观研究。但翻译学对晚清报刊的研究明显匮乏，一是对晚清报刊文章的搜集整理工作不够系统、全面，少有新的文献史料的突破，缺少大量一手资料，学者掌握的原始资料不但不全，而且明显短缺，难以展开量的方面的综合研究；二是研究主题固化、局限，没能将翻译的各个因素与晚清报刊的各个方面建立联系，形成多维度、多视角、多组合的系统、综合研究。

（二）晚清报刊中译论的相关研究

21 世纪初，文献史料价值突显，近代报刊文献史料研究渐成热点。研究者从近代报刊与中国社会和文化转型、与科学传播、与文学，以及近代报刊的词话、刊载广告等方面展开全方位研究，并取得了一些重要研究成果。但其刊载的译论文献尚未引起学界关注。其实，近代报刊在刊载大量西学翻译的同时，也登载了大量译论文章。这些针对西学翻译的译论文章，与西学翻译密不可分，也首选报刊刊发，它们或从理论，或从实践切入，对当时的西学翻译进行了考察、规划，也提出了建议。

为研究中国译论史，自 20 世纪 40 年代起，国内学者开始收集和分析近代报刊上的译论文章。黄嘉德[51]于 1940 年编撰的《翻译论集》是其代表。该书通过报刊搜集整理出近现代作家、翻译家的 20 余篇代表性译论。但之后一度沉寂，直到 1981 年刘靖之[52]出版的《翻译论集》，收录了近现代 30 名翻译家和研究者的 38 篇译论；1983 年《翻译理论与翻译技巧论文集》[53]收有 31 篇译论；1984 罗新璋[54]出版了《翻译论集》，该书分为古代、近代、现代三部分，其中近现代部分收有 37 位翻译家及研究者的 80 篇译论，成为这一时期的代表作，也成为这一时期研究翻译的重要参考文献。1984 年中国译协《翻译通讯》编辑部[55]编写的《翻译研究论文集》第一集面世，辑录了 1894—1948 年间 37 位著名翻译家和研究者的 48 篇译论。以上几本资料汇编作为译论研究的基本文献，被反复引用，沿袭至今。但上述资料编选的篇目多有重合，新增文献较少，而很多晚清报刊上刊载的译论文章尚未获得学界的关注、研究。

除了译论资料汇编，另一主要分支是翻译理论、翻译史、翻译文学史的研究论著，其中也零散地涉及部分报刊译论文献，如马祖毅的《中国翻译简史：五四以前部分》[56]、陈福康的《中国译学理论史稿》[57]、郭延礼的《中国近代翻译文学概论》[58]、方华文的《20 世纪中国翻译史》[59]、谢天振等的《中国现代翻译文学史（1898—1949）》[60]、杨义等的《二十世纪中国翻译文学史·近代卷》[61]等。陈大康、陈平原、夏晓红、袁进、关爱和、王宏志、熊月之、胡翠娥、胡全章、左鹏军、高玉、刘永文、张天星等学者的论著也涉及一些报刊中的译论文章。以上著作采取文学史或翻译史的研究视角，对翻译现象和翻译家进行个案或群体研究，虽然涉及近代报刊中译论文献的述评和引用，但一手资料仍欠缺，不够系统全面。

由以上学术史的回顾和梳理可知，经过学界长期努力，近代报刊刊载的译论文献资料，特别是重要翻译家和翻译研究者的著述已基本得到整理与研究，但主要研究成果完成于20世纪八九十年代之前，由于客观上原始文献搜集不全，资料编选遗漏较多，因而未能完全呈现出近代报刊译论的刊载史实和全貌。而长期以来的翻译研究大都以上述资料汇编和翻译著述作为史料来源，同时大都仅对作家和翻译家的单行本著作、文集或全集进行考证，而对报刊刊载的译论文献的梳理和细读比较薄弱，进而影响到研究结论的客观性和全面性。

通过梳理晚清报刊文献可知，目前学界关于近代译论资料的整理和研究，仅止步于一些名家名篇，对文献的搜集和梳理不全面、不系统，特别是对普通文献研读不够，遗漏较多，长期没有新的译论史料被挖掘、发现，进而缺乏对新文献的系统研究。这缘于以下三点：第一，以往翻译学界聚焦名著名篇，将研究局限在译著、编着等文本范畴，专注于从大部头着译中寻找译论篇章，而忽视了晚清报纸杂志上的译论文字。第二，清末民初报刊多且杂，搜集难度大。报纸杂志中的译论文字又淹没其中，相比于海量报刊文章，译论文字则似沧海一粟，更加难以汇集。第三，在晚清报刊上发表译论文章者近百人，有很多作者或匿名或使用笔名，作者身份难以考证。但我们既不能因译论者的默默无闻而轻视其译论主张，低估其观点的新颖和重要，也不能因译论文章无人署名而无视其登诸报端传遍全国的影响和价值。

三、研究意义

以往翻译研究，侧重于著作类作品，尤其是来自名家名作的翻译，或者是著名译者、有影响的译作，相较而言，对于报纸杂志上的译介文章、短篇、新闻等，少有关注或研究不够。究其原因与很多学者对报刊的偏见有关，如认为：报纸杂志是供大众快速浏览的，多是供茶余饭后消遣娱乐的，因而，所载文章内容低俗，对人的思想认识提升不大，研究价值不高。且读者通常浏览而过，不会精读、重读，不去深究细思，因而对读者的影响和改变较小。过刊中的文章更是因此成为历史的陈迹，无人问津。翻译学界若将研究定位于有重大影响、厚重的名篇巨作上，报刊上的译文短篇是难以入选的。但是报刊文献又有其独特的优势，这些优势通常为书籍翻译所缺，成为其有益的补充，如实时性、现实性、趣味性、普及性、通俗易懂、短小精炼、便于口口相传。

面向公众的报纸杂志上的译介所传播的西学、介绍的西方事物、观念不仅林林总总，涵盖大千世界的万事万物，而且译自他族异地（西方或东方），帮助普通民众增长见闻，使其耳目一新。要想研究晚清翻译的广泛影响，探究其改变人心、改变风俗的效用，不应仅聚焦于个别译著，而应广泛关注晚清兴起的大量报纸杂志上的海量译文。因为，这些能够每天、每周被广大华人购买订阅的日报、周刊，足以说明其吸引力和影响面，由此亦不难推测其对民众思想、观念、知识、技能等潜移默化的改变，对中国各行各业、各个领域的革新。

对于这条人迹罕至的晚清报刊翻译研究之路，既然是初探，那么行经的很多路段都是新的，都是值得尝试的，也都是有意义的。

以往研究最多的是晚清西学书籍的译介，但纵观晚清报刊，其中除西学译介外，还有很多其他形式和内容的译介随处可见。从晚清报业常用的“译释”“译录”“译谈”等二十多个翻译栏目名称可知，晚清对翻译的界定和认识是多样的、丰富的。说明了晚清对翻译既进行了横向的扩充又进行了纵向的发掘；体现了晚清报业利用中国语言文字，结合中国传统文体，将翻译进行了独特的分类并扩展。这是今天中国翻译界仿照西方学界对翻译进行人为严格界定、分类所触碰不到的地方。以往把译释、译录、译谈等归为翻译活动中不合规范的操作结果，不作为学界认可的翻译，没有给予它们以翻译类别、翻译文本的正名，甚至人为地划去其“译”的属性，把它们归入古代文体中的“释”“录”“谈”范畴，致使时至今日它们都不曾进入中国翻译研究的视野。然而逆向思考，它们正是汉语语言文化传统、思维模式在翻译文类上的体现；再现了中国传统语言文化、思维形式的塑造力和影响力，是我们应该分析、反思、继承和发扬的。我们应总结其特点、规律，扩展翻译研究的对象和范围，把译释、译录、译谈等纳入翻译理论、翻译史、翻译实践等研究范畴，作为研究重点。

不同于我们今天的翻译学科，在统一规范后形成整齐划一的学科术语和学科构架，却缺少了很多自然萌发的多样的形式、变体，晚清报刊中呈现的翻译形式和变体多种多样。尽管它们可能处于边缘或占据少数，而不是主流或多数，也可能这些翻译形式和变体自然萌发后最终又在自然选择中被淘汰，未经受住时间的冲刷，没有沿用至今。但它们仍然值得我们一一挖掘出来，结合当时的时代背景进行解析，探究其出现、存在直至消失的过程和原因，揭示翻译现象涌现消亡的规律和翻译与社会互动的规律，以及古今中西相互作用留在翻译文本、翻译活动中的印记。

全面梳理晚清报刊中的译介后发现，实际上，晚清翻译形式较今日更丰富多样、包罗万象，更符合翻译的自然发展规律，更少被人为地界定和筛选。这与以往所得出的“晚清翻译发展不及今天，相比之下匮乏、不成熟”的评价正好相反。这些使得我们重新认识“译”“翻译”等概念，不是画地为牢地以今塑古，而是以古为鉴，重新思考我们是不是人为地将翻译的范畴缩小了，人为地剪裁掉了其分支、芽叉？是不是应该借鉴晚清给翻译以自行存现、自然发展的自由和空间？或静观新形式和变体的蓬勃发展、全面盛开，或任其自生自灭，经历时间的过筛、沉淀？

译学界以往对晚清译论史料的研究中忽视了对专门学科译论文献的搜集和分析。一是这方面的第一手史料较其他译论史料要少，晚清报刊著译中本来少有这方面的译论文章；二是专门学科纷繁复杂，对各门各类学科的译论的搜集整合工作，以往未被关注。但通过考察晚清报刊上专门学科的译论文献，我们不仅可以获悉翻译原则、翻译规约等微观层面的历史认知和探讨，更可以窥见中、西在学科知识体系和专门学科领域内的碰撞、交流、互动，以及期间经历的定位、扬弃、重组、整合等宏观层面的调整和改变。

除上述报刊翻译研究的主路与分径外，还有与其他路径的交叉、会合，即多学科、跨学科的交叉研究，也是富有吸引力、值得去探索发现的。

例如，结合翻译学、语言学、报刊学和思想文化史进行跨学科综合研究。晚清报刊中每一篇西学译介都同时兼具三种属性：报刊报道、翻译引介、科学普及（某个科学领域的学科知识）。以往研究总是以盲人摸象的方式，分离、割裂地聚焦其中一种属性，并没有把三者同时纳入研究视野，研究三者之间在研究对象上的协调平衡、矛盾冲突的张力；没有纵观媒体、媒介、学科对同一西学内容的分别作用和影响，解析最后产生的综合效果。没有兼顾报人、译者、新知识分子三重身份并将其统一在晚清士人阶层对传统经世致用、救世济民的理想和追求的秉持和坚守下，揭示晚清译介的普遍模式和一般规律。

发现一条新路、选择一条新路、走完它的全程，并非探究的目的。摸索前行的意义在于省察从前的误失、引发更多的疑问、寻求其中的解答。人文社会科学的研究之路也是如此。

以往的史学研究和翻译研究，都聚焦于重要的人或事，专注并强调他们的作用和影响，虽然也意识到普通人或日常生活的作用和影响，并加以描述，但仍然没有把后者作为主导因素和重点来研究，而只是为了避免以偏概全、失之偏颇，为了呈现全景，而将其置于边缘或背景中，补充入镜。如对变法改良的提议，以往或聚焦于请奏的官员、批准的皇室，或关注于筹办者、创始人，而忽视了报刊早期从无到有地对外刊、外人观点的译介；忽视了隐身于报馆内摇旗呐喊的报人、译者；忽视了晚清报界所创造的全民集资集智、同心同力成就公益或改良的氛围。但事实上，正是大众传媒下的一篇篇报刊译介或登文，化为思潮和民声，形成真正的风浪和潮流，决定了“大势所趋”的“大势”、“势在必行”的方向，应该把它们放在镜头的中心细细探究。这就是为什么我们要从旧纸堆中耙出晚清报刊中一篇篇不知名的译文，细细研究。透过纸背，窥见人形物影、流思意想，识破字里行间的风起云涌、刀锋剑影。

以往研究虽然注意到了晚清译介所遵循的从应用科学到自然科学，再到社会科学，最后至人文风俗的译介重点和先后次序，并探究了背后原因，但尚未研究面对这些不同类型的西学时，华人译者和编辑怎样有区分地、有选择地进行处理，他们对同一类型的西学译介呈现出怎样的一致性操作，是什么致使这些处在不同地点、不同时期、不同身份的华人对同一类型的西学译介都采取了大致相同的应对策略和方法。他们在各自译介之前，不曾统一讨论过，没有形成过共识，都是各自行动，但从晚清的大量报刊译介史料来看，他们对各种类型的西学译介却采取了相似、趋同的态度和做法，这背后的致因是什么？

以往的翻译史研究未从社会动力作用于人的角度进行探索，没有揭晓社会动力怎样给人以压力，人又是怎样地以期释放，返回平衡和平和。历史研究和心理学、认知学、医学、生理学的脱节，致使历史研究没有把人当作一个完整的、内在的、丰富的、具体的人，而总是抽象为一个人的符号，剥离了对其身心的作用及身心相应的微妙反应。以往研究的逻辑也是颠倒的，将人的反应视为因，将深层的社会文化作用视为果，论证的逻辑线索总是由人的言行推出“存在着社会文化作用”的结论。以西学译介为例，旧有的研究逻辑是：由译者的选择可以推知其受到社会文化作用，社会文化在深层起着作用。但新的研究逻辑应该是：社会文化对译者起到了什么作用，译者在其作用下，有何感受和反应，会产生怎样的回应？这样我们才是真正从社会文化作用的角度来研究译者的选择。但因为社会动力对人的作用一直被视为研究的“黑匣子”，研究者一度认为是无从知晓的，所以以往研究都沿袭因果倒置的逻辑，不去直面和触碰这个“黑匣子”，总是点到为止，将结论推到“黑洞”边缘似乎就大功告成了。我们也必须承认这确实是目前研究能力的“黑洞”“黑匣子”，但并不意味着我们不能将其纳入研究范围，视为研究对象。只要我们转变视角、翻转过来以往固化的因果逻辑，就会有完全不同的景致呈现在我们面前。

踏上一条新路可以欣赏到不一样的风景，这条崭新的探索之路将把我们引向怎样开阔的研究盛况呢？

晚清中国与西方有了全面的初次接触，以往研究要么过多关注其中军事、政治、经济中侵略与反侵略的碰撞，要么聚焦近代观念、思想的变革，中西不同文化间特定习俗的摩擦、磨合，这些都是研究者刻意挑选出来的视角和领域。如此筛选出来的研究范围和重点，成为学界关注的热点和研究集中区，致使之后的研究者也只在划定的区域内精雕细琢、重复耕种，而对于其他众多领域，则置之不理，使其落为荒芜之地。其实，无论是晚清中国，还是同时期的近代西方国家，社会文化生活都是包罗万象，即使是百科全书也只能书其冰山一角，以往翻译界的选择性研究更是管中窥豹了。晚清中、西社会文化生活广泛全面的接触，不是一点、一线、一面，而是所有点、线、面，甚至体的全面触碰和彻底交汇。对于晚清翻译研究，应放眼各个方面、各种事物，着手以往未被关注或关注不够的地方。社会文化生活的诸多方面、五花八门的现象、林林总总的事物，都应纳入翻译研究的范畴。因为晚清作为中西广泛接触的早期，受到自西向东译介影响的不只是以往学界挑选出的重点研究对象，而是涉及所有事物、现象，涵盖社会文化生活的各个方面。对这些事物、现象和领域的系统研究，对它们所受西学译介的影响的探讨，将开辟过去荒芜的研究领域，补充更多新鲜的发现，使得我们收获全面、系统、多元的认识和理解。

例如，以往翻译界对新名词和概念的译介研究多停留在学术术语的分析层面，固步于学科领域，将视角聚焦于译名、原本、译本、翻译策略和方法上，少有对整个行业、领域的译介的系统研究。实际上，系列专题译介带来的不单单是研究对象这一个概念的西学东渐，也不仅仅是与其相关的一系列学术术语的移植东土，而是一个行业由西向东的引介和植入，并在中国催生出一系列连带的社会现象和事物，这些译介的新生事物与西方的原生事物如同子体之于母体，又与中国本土传统有着千丝万缕的联系。

以往多关注单个观念、概念的译名（即点），或聚焦若干观念、概念间的关系及其组合（即线），或致力勾勒静态的译介图表（即面），却少有探究动态的、整个的译介工程和系统（即体）。考察中西广泛接触之初，西方新事物的动态译介及其整个系统的移植东土，使我们了解这一事物自西向东的译介历程和复杂系统，了解译介和根植的动态过程，既见树木又见林，不仅分析每篇译文，而且将该时期的所有相关译文汇集、统计，透视出动态的、整个的译介工程和体系，连接着动态的接收工程和系统，从宏观、微观两个层面剖析该事物的传播、译介、形成、发展。

四、研究设计

（一）研究界定

将研究的时间段设定为自出现第一份中国近代中文报刊的1833年至辛亥革命爆发的1911年，结合了近代报刊业的起始时期和晚清历史时期这两条线索。学界在整理晚清报刊时，也是普遍以此为晚清报刊史的界定时段。1833年普鲁士传教士郭实猎在广州创办的《东西洋考每月统纪传》是第一份在中国境内出版的近代中文报刊。据统计，在1815—1861年的46年间，发行的报刊只有8种，而且均由教会编印发行。至1886年就增至78种，1901年扩展至124种。1911年辛亥革命结束后，报纸业快速发展。其后，报刊业的发展虽然也随时势变化有所起伏，但总体趋势却未有大的改变。[49] 因此，本书遵循学界一般共识，将晚清报刊的研究时段设定在1833—1911年。

对于晚清两大新闻媒介（期刊和报纸）的指称，学界主流操作是：在不作区分的情况下，以“晚清报刊”一词统称。对于报、刊在晚清报业中分与不分这一议题，较有代表性的是《近代中国报史初篇》中“报纸杂志没有区别”一节，专门论述中国在19世纪至1904年日俄战争时，周刊、月刊都报道新闻，因而，报、刊不分。[62]另有研究认为近代报刊在传入中国后，起初报、刊不分，到20世纪初才显现界分，如《上海新闻史》一书指出晚清近代报刊从1900年起才“报与刊畛域渐分”。[63]2010年，谷长岭[64]重拾这一议题，提出晚清报刊有两个基本特征，其一是以报纸为主。但谷长岭反对的是有的学者在著述中国新闻传播史近代部分时对期刊讲述过多，而报纸相对较少，他的立论是报纸在纸媒中实占主体地位，可见，他并不反对将晚清期刊和报纸统称为报刊，反对的是在应予以区分之时仍报、刊二者不分，其文章标题《晚清报刊的两个基本特征》亦使用“报刊”一词就是明证。据此，本书亦沿袭学界通行做法，将晚清期刊和报纸统称为“晚清报刊”，因本书亦不分别论述，故不刻意区分二者。

本书中“报刊翻译”中的“翻译”一词使用的不是其狭义定义，而是“翻译”的广义定义。这里的“翻译”指的是与翻译活动相关的各种文体形式，包含各种翻译文本的变体和翻译活动的变体，如译述、译论、译录、译谈、译释、译介等。正是采用了这种宽泛的广义定义，才能将各种形式的翻译纳入研究范畴，才能发现更多的翻译类型，探究晚清报刊中潜在的翻译文本、翻译活动。

同理，本书中的“译论”一词也取其广义。对于“译论”这一概念，语言文学界、翻译学界通常将其理解为译者的翻译观或翻译思想，止步于“译论即论翻译”的狭义定义，专注于翻译本身。其实，“译论”可扩展其意为“与译介相关的论述”，广义地阐释为“涉及翻译和翻译所涉的各种议论”，包括翻译中译者对译介的西方思想和传统思想的探讨等。

“中、西、新、旧思想”中的“中”与“西”是相对而言、相互界定的一对概念，分别指在中、西不同社会文化土壤中生成，具有中、西原有的形式和内涵的思想。“中”思想即中国本土原有思想，包括本土传统思想和本土自生的启蒙思想，也可分为“古”“今”两类。“西”思想即西方本土思想，包括西方近代思想和西方古代思想。

类似地，“新”与“旧”也是相对而立、互为界定的成对出现的概念，“旧”指传统思想，既可以是中国的，也可以是西方的，还可以是中西交融后的；而“新”是相对于“旧”而言的，在晚清，基本上能够以近代思想等而视之，但这里的近代思想并不专指西方近代思想，而包括中、西相互作用，再生出的不同于中、西原有形式和内涵的“新思想”和中国本土自生的启蒙思想。所以“新”思想，也同样既可以是中国的，也可以是西方的，还可以是中西交融形成的。

这与以往学界常使用的“中学”“西学”“新学”“旧学”等概念，既有交叉相通之处，也有割离相异之处。首先，“思想”比“学”的语义范围更大，不单指知识、学术或学科体系，更不局限于具体的学科或领域，而是广义的深层的思想观念、意识认识等，因而语义更为抽象、深广。其次，与广学会声称的“以西国之学，广中国之学，以西国之新学，广中国之旧学”截然不同。这里由西方传教士提出来的西学即新学、中学即旧学，反映的是在早期中西文化冲突中，传教士立足于西学对中国文化的一种审视。我们所说的“新”“旧”思想是就思想发展史而言，以思想的推进发展，而不是以中、西方的地域文化差别来界定的。但是，“新”“旧”思想与新学、旧学也不无相似、相通之处，这体现在：不断引入西学的过程中，中国近代的新学才在不同于传统旧学意义上形成和发展起来。在此基础上形成的新学，是中学与西学相互选择、兼收并蓄下的一种学术文化类型。“新”“旧”思想与中、西思想之间的嬗变互动也体现了相似相通的特点和规律。

中、西、新、旧思想的选择和厘定，并不取以往思想史关注的几个核心近代思想，如自由、平等、民主、科学、进化等；也不取中国传统思想中的几个核心词，如仁、义、礼、智、信、忠、孝等。而是放开先入为主的评定，不刻意划分核心词与非核心词，重要思想与不重要思想。走出画地为牢的限定，不局限于近代思想、儒家思想的范畴，不紧盯被赋予了革新等褒义、被标以先进等标签的少数思想观念。其实，思想本身并无优与劣、核心与边缘之分被人为地透过有色眼镜渲染后才被赋予了高低贵贱的等级差别。本书意欲平等对待中、西、新、旧思想，不作主观评定，同等地位地客观呈现。同时，本书去除对选择范围的人为限定，将其交予文本，自然地呈现。所以，改变以往自上而下的挑选，变为自下而上的涌现，即将中、西、新、旧思想的来源回归晚清报刊译文库，回归其出现在报端的情形。并不刻意挑选，而是通过文本阐释，将文本涉及、讨论、聚焦的思想，无论是中、西、新、旧，还是它们相互的冲撞、融合，都采用描写法予以呈现。这样，虽看似分析的是文本，阐释的是意思，实则展现的是思想，只不过是把思想放回到它生存的土壤中，还其以“自然环境”，而不是如鱼离水般将其抽出，就思想论思想、脱关系谈关系。晚清海量报刊译文，其中蕴含的中、西、新、旧思想更是有多少概念，就有多少思想；有时空分别，就有中、西、新、旧的属性之分；有共时联系，就有中、西、新、旧之间的互动；有历时变化，就有它们之间的嬗变。因而，本书在文本阐释中并不刻意去除思想概念赖以生存的上下文及文本，而是描述其中蕴含的中、西、新、旧思想的介绍或例举，阐述它们在上下文、文本内、文本与文本间、系列文本、文本大类内的关系，意欲还之以“原生态”，更能真实显现它们的存在情况和彼此之间嬗变互动的关系。尤其将其放在晚清报刊翻译文本中的译述、译论、译录、译谈、译释和译介六种常见文本类型中，并进一步细分到不同主题下的意义类别，显现每一个“原生态”下的思想概念的自然状态。关键是，选择的“生态圈”收放自如，既可以是晚清报刊翻译的大圈，也可以是六种翻译文本类型的中圈，还可以是细化到主题的小圈。此系统科学的研究设计比以往要合理，以往思想史、思想文化史的方法类似在森林中信手擒走一只大虎，然后拿回实验室记录，推测其与其他动物的关系，拟定其在森林中的地位。

（二）研究思路

本研究“晚清报刊翻译的‘译’与‘思’”有三条研究线索：翻译研究线索、交叉研究线索和思想研究线索。

以翻译研究为线，本书依次研究了译述、译论、译录、译谈、译释和译介六种晚清报刊中常见的翻译类型，不仅对每一种类型做了进一步的划分，而且相应地举出报刊文章实例，分析了它们各自的语言特点、行文风格、论述模式，揭示晚清报刊翻译遵循相似模式的根源。从文本阐释，到总结一般模式和规律，再到分析致因，揭示晚清报刊翻译在文本、译介和演变等各个方面呈现的统一的模式和规律，从世事变迁、人类发展的外界演变趋势和人的认知规律的内在机制揭示其作用和根源。

以交叉研究为线，结合翻译学、语言学、报刊学和思想文化史进行跨学科综合研究。无论是章节的整体论述还是每一篇刊文的文本分析，都从翻译学、语言学、新闻报刊学和思想文化史的多学科、多视角进行多维阐释。同时，运用以上学科相互交叉和融合的研究视角和方法进行系统的综合研究。如：分析报刊译者时，兼顾报人、译者、新知识分子三重身份；阐释文本时，结合译介刊文兼具的新闻、翻译、学科三种属性，以跨学科视角，统观一个行业和领域自西向东的引介和植入的模式和规律。

以思想研究为线，将中西新旧思想的嬗变和互动的考察放回到上下文、文本内、文本与文本间、系列文本、文本大类中，以文本阐释法去描写、去呈现。通过阐释晚清各类报刊译文中的概念，解析其中蕴含的中、西、新、旧思想；通过对概念时空属性的划分，区分中、西、新、旧思想的类属；通过共时分析其联系，揭示中、西、新、旧思想之间的互动；通过历时分析其变化，揭示它们之间的嬗变。总之，剖析翻译文本中所体现的中、西、新、旧思想的嬗变互动，揭示文本中蕴含的古、今、中、西介质和动力的交错融合及其致因。

（三）研究方法、创新点

1. 研究方法

（1）交叉学科研究法。

（2）共时、历时分析法。

2. 创新点

（1）研究视角：选择翻译学、报刊学和思想史相结合的研究视域，对晚清报刊翻译进行研究。

（2）研究对象：对晚清报刊翻译文本进行系统研究，考察译述、译论、译录、译谈、译释、译介六种翻译变体的文本特征和论述模式。

（3）研究发现：揭示晚清报刊翻译在文本、译介和演变中呈现的各种统一的模式和规律，从世事变迁、人类发展的外界演变趋势和人的认知规律的内在机制，揭示其作用和根源。

（4）研究方法：描写法和阐释法相结合；共时和历时分析相结合；微观和宏观研究相结合。

（5）交叉学科：翻译学、语言学、报刊学、思想文化史。

微观方面：结合译介刊文兼具的新闻、翻译、学科三个属性进行文本阐释。

宏观方面：运用学科交叉和融合的研究视角和方法进行系统的综合研究。

（四）本书结构

本书主要分为九章。第一章在对研究现状和以往研究的不足作简要综述的基础上，阐明本书研究意义、研究思路、研究方法和本书结构。

第二章以语言文字的译述刊文为研究对象，从华人习西文，外人习华语，中、西人议汉语和各白话报的“告白”四个方面，揭示报刊中语言文字译述的统一行文模式及中、西人士对语言问题的不同意见和解决方案，推论出：报刊登文是语言演变的见证，亦是世事变迁的见证，同时也是人的认知规律的见证。

第三章以译名和译书的相关译论刊文为研究对象，采用共时分析法和文本细读法，研究不同专题的报刊译论。从不同角度切入晚清翻译议题，阐发各自关注的焦点、提出的话题、针对的问题、给予的建议及预期的效果。合为一体则描绘出了晚清译论从起步到发展的过程中，对译名和译书的多视角、多维度的研究成果，呈现出晚清翻译研究的整体情况及其遵循的发展脉络和普遍规律。

第四章分别选取“日书汉译”“译书会”和“翻印西书”的系列译论刊文，进行历时分析，勾勒出晚清报业推进社会新举措、新提议的自下而上、从孕育到践行的发展脉络；回顾了新型翻译组织——民间筹办的译书会，从筹备到运行、管理的创办规划；再现了西书翻印屡禁不止背后华人的权衡、策略和回应，揭示了晚清报业、报人译者及译论刊文在西学强国、社会改革、争取利权方面的探索、引领。

第五章选取翻译史、商业、法律、政治外交、医药、格致、百科全书几个学科的专题译论刊文为研究对象，从微观层面分析了作者关于专门学科的翻译原则、翻译规约的具体主张和建议，归纳出专题译论文章所采用的一般论述模式；宏观层面探究了中、西在学科知识体系和专门学科领域内的思想和知识的碰撞、交流、互动，以及期间发生的古、今、中、西相关学科间的整合、重组、定位、扬弃。

第六章选取宴会祝词译录、总统批论译录、人物专访译录、外交事件译录和十年后的政论译谈作为研究对象，对译录刊文进行详尽的文本阐释，分析其中隐含的多层讯息，揭示译录在快捷、翔实跟踪报道敏感新闻、禁忌资讯方面的优势，剖析作为译者的报人在翻译之名的掩蔽下获得的自主权与话语权、中立公允的转述地位及客观权威的旁观者身份，从而论证了晚清刊文对新思想的宣传功能和其作为近代思想的“战斗檄文”的颠覆作用。

第七章以译谈、译释为例，说明晚清报刊翻译和文体的结合，生成不同形式的翻译变体，揭示翻译变体遵循的一致的文体特征和论述模式，解析以译促谈的译谈和以译释义的译释在报刊传播、叙述方式、叙事角度、语篇的中西古今特征等方面体现的灵活性和多样性。

第八章对教育、医学、商学、交通、军事五个专题的系列译介进行文本阐释，剖析译介刊文统一遵循的行文结构和论证模式；揭示西学东渐历程中译介侧重点的变化、关注点的转移呈现出的一致的趋势；总结自然科学、人文和社会科学译介在各自译介范式、传播接受模式之外，彼此之间的异同。微观层面，结合译介刊文兼具的新闻、翻译、学科三个属性进行文本阐释；宏观方面，统观和系统研究一个行业和领域自西向东的引介和植入的模式和规律。

第九章对本书的研究内容进行更深入的思考与探索。

第二章　晚清报刊中关于语言文字的译述

翻译是语言间的转换，晚清时期经历的语言文字的变迁，从宏观和微观两个方面直接影响着翻译。宏观方面，英语、日语对汉语的冲击，华人对中、西语言的权衡和偏向，对汉语的方言口语不一问题、文白问题、语言文字不统一问题的定位和取向，都直接关系到翻译中对源语、译语的立场和态度，对翻译语言语体的选择，对翻译目标、翻译策略的确定。微观方面，具体使用的一字一句及选用的表达形式，都受到语言取向的指引，直接决定了遣词择句的原则、文体风格的选定。并且，晚清语言文字方面的译述充斥报端，不仅有语言文字变革的讨论、倡议，还有付诸实践的各种试笔、样文。晚清报人对语言文字问题的讨论贯穿始终，随着新问题的展开，报业率先登文讨论，率先尝试、实践新的改变，率先传播、号召国人跟随效仿。由此，慢慢地推动着晚清语言文字的变革，这些都在晚清报刊文章中留下印记，在报人的译述中留下印证。

一、华人习西文

晚清报刊着译对语言文字的古今中外渊源、特点、形势和发展等进行了很多探讨，尤其引出中国如何面对西文的现实问题，试图从东邻日本获得有益的经验或教训，引以为鉴，决定中国在语言选择的十字路口上的取向和路径。

（一）拟习西文

录自《香港新报》的《海外见闻杂志：日本拟习西国语言文字》，借日本钦差对西文的尊崇，向华人读者推荐了邻邦日本对西方语言文字的态度、定位和意向。[65]“然据本使臣意见，敝国之所以矜式西国者，犹不止于此也，敝国僻处东陲，文字语言既非清真雅正，且又不充于用，将来语言文字必当以英国为法式云云。”在效法西方方面，自然科学、社会科学知识的引介和社会文化方方面面的模仿和引进，均走在语言文字之前，“日本钦差抵美国燕会，致辞于美国诸名公云，敝邦心仪西国已非一日，兹幸天诱其衷立易故辙，如以衣冠而论，则自朝廷以迄，军旅均从西国制度，其见诸施行者则择所长以为法式，如火轮车电报诸款，是已其他如遣官访求治法，遣俊秀游历以学技艺，皆纷纷未已”。而作为一个民族的根深蒂固的文化内涵，本土语言文字一般很少受到质疑、动摇和改换，因为这是绝难接受的。文中亦云：“据美国诸名公云，日本之崇效西国已见其勤求上理，而犹不意其于语言文字亦行效法，至于若此之极也，但此论出之该钦差，则大臣体国当必非虚论云。”在当时著名的文艺刊物《瀛寰琐纪》①上，1872 年和 1875 年三年间两次刊载同一篇《日本拟习西国语言文字》，这不是单纯地介绍日本对西语的推崇和推行计划，而是刻意向中国读者暗示：邻邦在发展、进步中都有此意愿和规划，中国除在自然科技、社会制度方面效仿日本，引进西学，在语言文字方面又如何看待日本拟习西语的新动议。[66]大凡欲引进新学新法、替换旧

---

① 《瀛寰琐纪》于 1872 年 10 月由申报馆在上海创刊，为月刊，由申报馆出版，有说 1875 年（清同治十三年十二月）停刊，是专门刊载文学作品的综合性文艺刊物。该刊“思穷薄海内外，寰宇上下，惊奇骇怪之谈，沈博绝丽之作”，以“测助星度地之方，参济世安民之务，益致知格物之神，开弄月吟风之趣”。不仅刊载了数量相当可观的笔记小说，而且首刊了中国近代小说史中第一部连载的长篇翻译小说《昕夕闲谈》。因此，这份杂志在近代小说发展史上具有重大意义。

学旧法，都以介绍他国他法为引、以翻译他国他法为第一步，这个顺序体现在西学译介的各个方面，对于最为敏感、阻力最大的语言革新更是如此。1883 年《益闻录》上《东报汇译》中提到日皇已动议改中国文字为日字，"日本语言文字向只以四十八字母拼合成文，与中华字数繁简之分悬若天壤，其函信书籍等往往于日国字中杂以华字，兹闻日皇特命各处开设同文馆，将中国文字一律改用日字，其司事各员多至二百余人云"。[67]说明在日本统治阶层眼里，当时中国文字的功用和吸引力锐减。同时也说明中国文化的影响力和吸引力减弱，而日本对其自身文化和文字的自信加强，意欲取而代之。

1897 年《时务报》上刊登了译自《英国公论报》的《天下贸易场中通用之语言首尚英语》一文，作者站在英国人的立场认为，"凡有文化之国，贸易场中皆将通习英语矣……此等意见，考究斯道之人，咸以为然，确无可疑"，"英人之舌，亦犹英国之人，天下著名，比其他各国人之舌，尤能合于天下贸易场中通用之语言"，"欧洲有七国语言，人之习用者最多，而彼此比较惟英语最速"。译文删去了原文中所提的两个表，一表说明"操英语之贸易人得占便宜之处"，一表说明"天下各国通行之语言，且用之最多者，自一千八百一年至一千八百九十年，其间加减之数，表内谓除英德之外，别国概无所加。如德则倍加之，如英则加二倍有奇"。作者重申了"近有大名望之人论及地球应有各国寻常通用之贸易语言……英语终究将变为天下通商各国所通行者"的断言。但作者同时提示，妨碍英语"变为寻常通行之语言"的问题是"英语之中每有不合理之字句，而英人不去之"，对此作者批评道："吾不将语言改正，借以扩充商务。其识见之浅亦如已经新设汽力，而吾犹欲仍用水力。或因有汽力而志已自满，殊不知尚有电气之力量，尤妙于用也。"对比其他语言，作者认为，"因其舌于语言最称灵便，其可与吾敌者，要惟德国人耳"，"在法与德及他国语言，不若英语中每有不合之病"。因此"尚且习英语者有增无减，若使英人能将此等弊病改去，当不至再为有文化国中，最难习学颇费功夫之语言矣。夫英语素称至便合用而他国之人谓在近时贸易场中，合七大国之语言，惟英人所写之文最不合式，且费功夫，人言若是，亦诚不虚，然则英人而不知改变，岂非自暴自弃乎”。[68]作为晚清维新变法的重要时事政治类刊物——《时务报》，翻译并刊登该文，看重的应该是文中关于“英语可变为寻常通行之语言”的预测，而不是原文所强调和关注的“将语言改正，借以扩充商务”。

通过这两篇译文，可见当时谋求改良和维新的知识分子们，也注意到了世界上各种语言间权利地位的较量与制衡、现状和趋势，他们关注日语、欧洲其他语言和英语之间的对话，规划未来商贸和语言通行的蓝图，潜移默化地引发时人对汉语在世界各语种大潮冲击下的适应、择向和改变的思考。这种思考体现在向外（面对英语等其他语言的适应和应变、对策和方案）和向内（对中文自身的文白和方言等的重新审视和调整）两个方向。

西学热潮兴起的同时，人们也开始注意到西学对本土文化的强烈冲击，尤其是国文。《论讲求西学应先注重国文之原理》同期被《直隶教育杂志》《通学报》《广益丛报》三家报刊全文转载，证明了这篇文章的价值和影响。[69-71]该文开篇指出：“自世界立宪之风潮，渡太平洋之流域，而西学之与欧化，即入国民之脑筋，盖非一日矣。”可见，西方的思想文化已对国人产生了较大的影响。在中西交流频繁的晚清时代，西学、欧化和国文间应如何保持平衡？这篇文章认为，中国不能一味汲取西方思想文化而忽视国文教育，应当保护和传承国文，基于国文谋求国家独立，强化人们爱国之心。

该文列举了四个曾受外来文化影响的国家为例，英国和法国的教育“胥以腊丁为先河，然用腊丁之学，不用腊丁之文，群书皆译国文，为学堂之课本”，即通过国文译介新思想和新理念，虽翻译拉丁语原文，但译语为国文，并不使用拉丁文。日本维新时期同样以本国语为译语译介新理新法，“新理新法，虽采欧洲之宝笈，而凡热心热力，仍译和文之词林”，只在外交、国际贸易的特殊领域才会学习西文，如“培植使才，与夫领事翻译，职司国际交涉、国际贸易者”。这样，传统未被废弃，传播西学的效率和效果也得到了保障。埃及则截然相反，采取弃国文尽用外文的方式进行教学，“大小课本，尽用英法等文”，结果用什么语言，就被同化为什么人，“文其文，竟人其人”，致使埃及丧失民族凝聚力、国家独立精神和爱国心，最后落败。以上举出四个西方国家的例子作为中国的前车之鉴：三个正例，一个反例。

除列举他国之外，作者又回溯了中国古代先例，“在昔我世宗宪皇帝，定同文韵统以治黄教”，“高宗纯皇帝修西域同文志，以靖回疆，圣谟广远，具有深意”，再次论证了文字的统一在治理国家方面发挥的重要作用。

论述西方与古代的经验教训之后，作者的目光由古转今，写道：“而况时至今日，颉滑坚白，事杂言庞，一班青年，血气未定，见异思迁，易为内界之邪说所乘，外界之风潮所激。苟非注重国文以存国粹，发挥民德以为国魂，则皮之不存毛将焉傅，国其谁与立乎？”行文至此，经过中、西、古、今的多重例证、对比之后，作者针砭时弊，批判当下青年国文不坚，亮出论点：若不注重国文则国将不国。

经过点题一环，作者转入建设性的方案和建议环节，提出保存国粹的两个要点为“限定西学之年龄”和“慎选国文之译本”，并逐一论证。对于第一点，作者指出不同语言和文化的学习相互制约，此消彼长：“盖华文未通，先习西文，则西文愈熟，即华文愈疏，甚至幼年出洋，少成遂若天性，不特对于国文，万无明通之望，即于风俗习惯，亦捍格而不通。”他提议：“当限定就学年龄，凡在小学堂以下，及一切普通学科，均以国文为主，不得搀习西学”，学习西文前，“亦必国文明顺”，从而规避西文给国文学习带来的阻碍。对于第二点，作者对课本的选材及翻译提出了要求：对于普通学科，应以国文为主；对于格物理化等需要翻译的新学科目，应当“精选译才，妥订课本”。作者批判了当时译书的通弊——译者缺乏责任意识，翻译能力不足，“往往词不达意，遗其精液，取其皮毛，甚至译东籍者，率多囫囵吞枣，不能用我之文达彼之意”，“吾恐译者且无以自解焉”。他认为译本需语言流畅，内容不可过于晦涩或肤浅。在建议环节，作者不仅论证了建议的合理性和有效性，而且力求所提建议周全、详尽、清楚、可行。

文末重申论点，从正反两方面给予劝诫：“欲保存国粹，维系天下之人心，必自学堂注重国文始，非然者西学兴而中学废，欧化渐而国化湼，民德日亡，新文将坠，危乎殆哉。”

剖析这篇译述的行文结构，可以窥见晚清报刊中语言译述类翻译的一般书写模式。开篇以当今世界形势、国内局势引入话题，之后通过中、西、古、今的多重举例论证和比较论证，得出论题，然后给出作者的建议并逐一详释，文末以正反两方面提出劝诫并寄予期望收尾。虽然晚清报刊译文数量成千上万，内容千变万化，但它们的论述模式却如出一辙，大抵遵循了上述的行文结构。《论讲求西学应先注重国文之原理》一文就是例证。

《语言文字之与铁路》代表了保守者在西学大潮冲击下的忧虑和坚守，对保护语言国粹的呼吁。[72]“语言文字者，建国之基础也。稽吾国数千年来其所以能立足于世界者，皆语言与文字独立之效。由此观之，足征言语与文字实为成立国家之要素矣。吾人应如何全此国粹，而固我国本。”文章指出洋文充斥现实生活，正如文中写道：“讵知今日各铁路上大有舍己从人之慨。废国文采用洋文者比比皆然。岂办铁路必须用洋文耶？”“观夫交部所属之各学校亦无不用洋文以授科学。学生固于外国文字可以获益，但恐于本国文字无研究之暇。”表达了对国文前景的忧虑：“恐数十年后我国文字将澌灭于天地之间矣。国文前途曷堪设想。”“言语文字为立国之根本，文字苟亡，语言必随之而亡，语言既亡，国自沦亡矣。诚人不亡我，我自亡之。”在作者看来，铁路“舍己从人”已是大势所趋，“固铁路为国家之局部商业，仅此局部事业采用洋文或尚不致濒于亡国，倘其他事业机关均仿而行之，当莫可思议矣”，“追本溯源，则铁路实蒙亡国先导之咎焉”。

在“惟语言不可不坚守”的主张下，作者提出铁路行业的文字改革：“吾深望交部一面通令直辖各路，凡以外国文字为主体者，迅予改以本国文字为主体，如借款合同有限制以外国文字为主体者，则酌与债权外人交涉修正，并严禁嗣后新办之路概不能以洋文为主体。一面饬所属学校将所有科学之以洋文教授者胥改为国文教授，但须另外多习洋文以备阅览外国书报及与外人交涉之需。以上所述虽一是对行政上立言，一是对教育上立言，然求保全国粹则一总之。”文末寄语交通当局，希望建议能被官方采纳实行，“管见所及，信笔录之，未审交通当局以为然否耶”。

该篇虽然与上篇主旨一致，都是注重国文，但上篇是宏观论述全国范围内以国语译西学、译课本，本篇具体倡导在铁路行业内坚守国文。晚清报刊对西文冲击下坚守国文的宣传是多维的，兼顾宏观、微观，建议具体到相关行业。这篇《语言文字之与铁路》译述虽然篇幅更小，却依然遵循晚清报刊译述的统一模式，导言、时弊、论证、观点、建议、期望各环节俱全。

晚清时期，古、今、中、西思想混杂在一起，既有冲突对立、强弱交变，也有融合交汇、互通互鉴。有趣的是，今天看似相去甚远的两个事物——铁路与国文，却在晚清报端译述中被联系在一处，互为佐证，这里面渗透的各种论证逻辑和思维惯例体现了古、今、中、西在时空积淀下形成的异同和混杂。每个译述短篇也似一个个化石，反射出这个世界古、今、中、西思想留下的斑斓色彩。

对于中西差异较大，对华人冲击较大的思想观念，经由报刊媒介翻译为中文，译介给华人读者时，编译者往往加入自己的诠释和理解，因为在晚清这一思想碰撞剧烈的时期，译者之间的认识也很少能达到统一，更多的时候是各执一词、各持己见。一致或共识反倒是少有的。从搜集到的文献史料中可以看到，同一时期、同一地区的报刊也会因报刊的不同取向或者编译者的不同倾向，而呈现出不同的评价和立场：有的秉持古代传统观念；有的宣扬西方近代思想；有的联系古今，对传统进行了现实改造；有的灌输西方基督教思想，主张宗教神学至上；有的杂糅中西。在过渡期里，呈现出的各种立场和定位既不是千篇一律，也不是非此即彼，而是各种不同的声音，各种不同比例和程度的加工融合，各种变化都在报刊文章中体现出来。所以晚清报刊译介中的观点、立场不无前后矛盾、骑墙中立、闪烁其词、偏激剧烈、杂糅拼凑等逻辑、论证上的错杂混乱。这正是这一过渡时期的主要特征。它既不是由译者自身决定的，也不是由刊物决定的，而是时代使然，但这些作用和影响无不体现在每一篇译文中，每一个字句背后。

（二）士人习西语

《暾社学谭》中的一译述短篇《语言文字为要务》就是引述古圣人孔子的教导，引述诗经中对孔子言行的记载，来论证当时应以“语言文字为要务”。[73]“今日既重交涉，讲求语言文字最关紧要。诗列十五国风，即备十五国语言，孔子诗可以言谓读诗可通各国语言也。孔子教伯鱼曰，不学诗无以言，不读诗不通各国语言也。二南之风为京师语言，孔子谓伯鱼，不为周南召南，犹面墙而立言，不通东西京语，言即跬步不能行。如今之不通京语不能知各省土语也，不然巧言为圣门所弃。孔子又何以教其子也。孔子曰诵诗三百，使于四方，不能专对专训，独谓宾主，不用译传相对答也。读诗之人，出使各国，不能面相对语，而犹必用译人，则读诗亦何为也。”以古代圣贤的言行来劝诫时人接受“今日既重交涉，讲求语言文字最关紧要”的道理，以圣贤为楷模。今之士人在记诗经习经典之上应以圣贤为标准，效仿并践行，否则即为背离，枉为儒士，“读诗之人，出使各国，不能面相对语，而犹必用译人，则读诗亦何为也”。

《论中西互习语言文字》一文最后也将士农工商中的“士”与“商”相比较，对士阶层提出了兼达中西两文、翻译西书的任务要求：“夫推广贸易，商贾之本业也；扩充学识，士人之责任也。乃商贾尚能于言词之间推求以成厥功，敷衍以行其业，而士人何不亦于文字之内翻译为书且并于言词之间讲习成话，以了为士者之责任乎？”[74]1874年发表的这篇文章描述了此前三十年里，华商的巨大变化——由闭门远离转为习西语、用西语。“乃西商之来中华者此事竟若反，西人泛数万里，经数十邦始至中华。乃此足一履华地，而华人皆能以西词和与言语。西人之论及此事者未免叹为奇异。且三十年以前，除广东以外，则海禁严立，中国立志惟欲疏远海外之人，乃现在海禁一开而商人皆习西语以示其亲近。西人之念此事者亦未免掩袖而笑，曰华人于此事大形殷勤柔远之厚意。能让客为主，转主就客便，我等藉免劳习华词实大为得益也。”本来，万国通交的常理为：“此赴彼国必应攻习彼国之文与语，始能便于相交。但西商之来中华者此事竟若反，而欲追求此风何以先成，亦实难考究。”作者认为大抵华商先习西语，惟因利所在而已。但问题是：“此理中国与他国相同，而此风何以中国与他国独异？或是华人更勤于西人乎？抑或较敏于习语乎？又或因西话较易于习言乎？”对此，作者的解释是：“愚谓华人之习西语，西人之读华词，两相同难，盖中国之四声西人既难于习辨，以故欲学成至西人较难，故华商创始争先，于是先创立中西相通之话，为一书名曰秘仁英话。文法置于意外，不甚讲求，繁字亦皆置于用外，不能全备，仅择选最要之字五六百个，而以变化之法将就达意。西人之抵中华者，难于洞达其意，既习听焉而始可用此话也。”然而华人习西文流于表面，对西国文理知之不多，正如文章中写道：“然欲使华人悉西人之意，亦必拣其言字改其文法，而始可成事矣。今虽华人之谙此秘仁英话者多，至华人之稔明西国文理者反不如西人稔明华文者之多也。其所以相异者，西人识华文者每能通达已文，华人之达西文者少有稔达已文故也。”华商为应付商务而功利地、粗糙地学习西文，能用西文写作并翻译的华士反而甚少。“中国文人曾经用功于西文，实已不少其数，特因无甚大用之处，故至成功者罕，几乎未见有一华人能中西两文可称兼达者也。其实因两话根由各异，故习者须工颇多，即所谓西人之识华文，其内果能明达洞悉者亦甚少。盖华人必须请教于先生而后能解读是为常事，故能不须请教即知句读词义者已属不多，至能执笔为华文者更属少矣。然既达于已文，故延先生为解其不明者犹可译出文意，而华人能如是稔西文者又更为少矣。然以西人多有翻译之华书，华人少有翻译之西书，观之则有明征也。然华士专功于西文者，实不如上海一区先设机器制造局后立广方言馆，已历年所。今则京都又设同文馆，其内学习四五六年者已属不少，而其内能自将西书独自译为华文者或有之矣，特吾犹未之闻也，顾不能自行翻译则前功为无用，积劳皆徒然也。”作者提出华士通西书、译西书将大有用处：“夫能遍通西书固为至利之事，国家之开立各馆以此故也。然吾恐辛勤于先而复懈怠于后，以致中途而废何也？因未见有中国人能独任翻译西书之权故也。西人虽能善翻华书为英话，然欲使翻西书为华文必待有中西两文兼达之士始可善成其事。如果有能任此事者，必可为世人兴利更可为士途广益，中国何以至今尚未见有其人也？”这篇短文呼吁学习西语应由表面的简单识认转为通达文理、两文兼达，由华商的简单商务目的转向华士的写作翻译目的，这是华士义不容辞的责任。

（三）君王习西语

晚清报刊重点集中于士农工商中的“士”阶层，对其提出了西语学习和翻译西书的要求。对于晚清社会阶层的至高至上者——皇帝，亦有文详述其西语学习的任务和安排。1876 年《申报》中登载《论人君宜通他国语言文字》，向我们展示了皇室家族，尤其贵为天子的皇帝，在语言学习方面的任务。[75]文末指出："夫自中外通商以来，彼此工商因不通晓他国语言文字，事事均藉通事，其中之受其播弄欺蒙有损无益者，实属不少。现在西人之至中国者往往用心根究，业已有得半之数。至中国人之能西国语言者在工商中尚多，其人至仕宦中则寥寥，若能精通西国文字不须西人翻译者，则更几希。工商之事彼此语言文字不能相通，尚属多害少利，何况人君其所关系者，岂徒一身一家之事乎？若事事全凭通事，伊纵不欲舞弊，恐多一传述，其中歧异讹谬不实不尽之处在所不免，则所失大矣。"在提及工商、仕宦阶层对西语的掌握情况后，文章强调为皇帝加开西语课程的合理性和必要性。文前介绍了开课背景："阅去岁十二月十五日邸抄奉慈安端裕康庆皇太后，慈禧端佑康颐皇太后懿旨，钦天监奏选择入学吉期一折者于明年四月二十一日，皇帝入学读书钦此。"正文采取外国人士和该文作者（帝师抑或相应官员）问答的方式，例如："中外之人恭读之下无不欣悦，当有外国士人问余曰：中国皇帝所读何书？余曰圣经也。读经之余再泛览史鉴子集诸书也。曰：读书之外尚习何事？余曰：兼习国语清文与蒙古语言文字，及骑射等事。子不见前十二日之懿旨乎？中云：皇帝在毓庆宫读书着，派署侍郎内阁学士翁同龢侍即夏同善授皇帝读其各朝夕纳诲，尽心讲实用收启沃之效。此即授皇帝圣经及诸书之师傅也。又云：至国语清文系我朝根本，皇帝应行肄习蒙古语言文字及骑射等事，亦应兼肄着派御前大臣随时教习此。即授皇帝各学之谙违也。盖皇帝之读书与习国语清文及骑射等事，不忘本也。兼习蒙古语言文字，因蒙古内外各部落均系国朝懿亲且为开国时元勋，藩臣源源来朝，不须再用通事传达，故亦兼习其语言文字以示亲亲之意也。"通过该官员之口可知，光绪帝兼学国语清文、蒙古语言文字和骑射，除史鉴子集诸书外，由外国传教士教授其《圣经》，内阁学士翁同龢担任光绪帝师。提问的外国人士列举国外的明君广学各国语言的事例，赞同光绪帝习西语，并提议选择英语一门。“曰：如子所言，人君所学中外大抵皆同也。我等泰西各国，凡在欧罗巴洲之地者，其国君当为太子之时，所有同洲各国之语言文字，无不学习。故各国之君，凡他国之语言文字不论远近皆能通晓，所以各国之君彼此相会相见，均可无须通事，语言自能面叙。若俄罗斯一国，介在亚细亚欧罗巴两洲之间，闻其君于两洲各国之语言文字均能自述自阅，不须通事从中传读。近闻日本之君喜用西法，亦于泰西各国之语言文字均知讲求，至于中国之语言文字尤为其所向习者也。”“今贵国皇帝冲龄入学，年富力强，纵不兼习泰西各国之语言文字，何妨添习英国之语言文字一课。盖泰西诸国之人均能通英国之语言文字，他国则不尽然也。”对此，这位官员认为合宜。“余因其所言尚属合宜，且皇帝以天纵之圣兼日新之德，每日仅加此一课程亦非难事，况此事又属当今之急务乎？故敬谨论列之，以俟当道诸王公之采择焉。”

二、外人习华语

晚清的期刊报纸可以说是因近代中西间的碰撞而出生落地，由二者孕育生成。不论是内容侧重、出版宗旨，还是印刷运营，处处体现了这一特点。因此，转译西方报纸言论的文章颇多。

（一）在华之语言学堂

外人在报端也对汉语言学习提出了设想和建议，《法文译编：上海将立语言学堂》中作者站在法国人的立场，倡导在上海设立语言学堂，提出：“俄人近欲在海参成立商务语言学堂，造就俄人之欲来中国久居者，意美法良，殊为可喜。然则我辈寓沪者，何不则效之，从此我可请于法政府或自筹款项，在沪地设立东方商务语言高等学堂。”[76]由此可以推测，在华尤其在沪，其他帝国此期也有相似提议。作者对于语言学堂的规划是：学生在学堂学习 2～3 年即可卒业，教授“东方各国土产情形，中国与中国邻近各国，如日本安南东京交趾等商务情形”。更需学习中国土语，因为“向者东来西商大半年老力衰，不能习学土语，或俗务纷扰不得专致习学。数十年以来，大都以土语为无关紧要，弃置一隅。然此后中国各处，大开商埠，商务畅兴，交涉繁多，则学习语言更为不可少之事”。作者预测：中国纷纷开通河道，筑造铁路，时局既变之后，内地人民如是奋兴有为，在华法人日后必庆幸其语言学习。对于“洋人不必学习中国土语，本地人皆能说洋泾浜口谈（即蓝青洋话不中不西者也）”，作者认为这些本地人大抵皆为洋人通事，最易侮弄洋人。而对于中国方言繁杂，各地语言不通的现实，作者也有考虑：“又有一更大之难处，阻人习学华语者，即中国各方言语纷杂，各不相同，以致南地之民与北地之民不能自相悟会，华人且如此，西人亦。”对此，作者给出了解决方案：“倘一人专学官白（俗语官话），学成后再学别处土语，自更容易。以官白为本，由此渐推，变通各种土语。”作者对于两年后的学习效果非常自信：“或人曰二年以内果能学成中国土语否，唯唯否否，二年以后，必能小成，足以备度生之资。倘一人有职可尽，有事可为，且只有此事而无他事者，二年之贮蓄，自足供给无疑。倘一人欲在此二年内学习土语，一如儒者之读书，则难能如愿亦不言自喻。然余谓如有一人姿禀中等，而肯在二年以内，专心习学，则二年以后，如已得有合用之器，以后可随事业而练习，无何必能纯熟精锐，与埋头多年者无以异也。此其人而愿为译人也，则在此处诵读二年，较之在东方语言学堂（设在法国巴黎已有数年）枯坐五年更能精进。”

（二）在外之语言学堂

《西文译篇：英开东学》（译伦敦中国报）译自 1897 年 12 月 17 日《伦敦中国报》，开篇写道：“英国有亚细亚会，于西历一千八百九十七年十二月十四日，会友叙议之际，有大教习萨门尼倡论云，本会系鼓舞众人考究东方事故及语言文字所设，现应在伦敦城创一东文学校，会众韪之。”[77]可见，1897 年就有英国学者提议在伦敦创办东文学校，得到与会者一致赞同和支持。“又有大教习布娄因云，欲鼓舞国人从事于东方语言文字，必须多方设法位置将来学有成效者，国家更当任用此辈。果如是，则乡学之人必众矣。”提议后，会上随即探讨鼓励办法，以吸引英国年轻人学习东方语言文字，建议以国家重用来激励英人在东方语言文字方面学有所成。1895 年《益闻录》曾报道奖励办法：“缅甸英总督现令各英人学习中国语言文字出示条例，凡学习有成者，考列高等赏以劳卑银二千枚。如各官员有志讲求，准告假一年，俾之遨游中土薪水照在，官时一律支放，但须声明委系到中国肄习，方可照此办理，英人精求华学，于此可见。”[78]此期英国人已经认可并着手在国内创办东文学校。“英国各商务公所，倡拟在伦敦曼符斯达二府中卜一地方，新设中文学堂，教育有志于东方商务之士，捐资赞襄者甚多，每年津贴约计四十万镑，一时投创始之费者，亦有一万五千镑之谱。”[79]可见，两年间从提议到筹资，伦敦的中文学堂呼之欲出。

《汇论：论英人宜习华语（译字林西报）》选自 1901 年《南洋七日报》。[80]译文主要解答了英人为何学习华语，以及何种英人学习华语。译文还重点分析了教习选择京语来教授以及英人宜学习京语的原因。

首先，针对英人为何学华语以及哪类英人学华语的问题，作者主要从在华英人的需求角度解答，认为以商贸需求为主，亦涉及练兵、传教，如文中写道：“英国北部曼邱斯德城，为地球中制造棉布之总汇。凡外洋运华棉布及棉纱等物，自该处来者竟十居八九。向来在华商务已巨，近更加多数倍。是以该处各棉商特设学堂一所，以专教年轻商人读华书而习华语，为后日派赴中国地步。”此处点明年轻棉商因经商的需要而学习华语，与后文“英国诸名士均谓英国在华贸易，日见紧要。无论何处学堂，均须添延华文教习”相呼应。“此外尚有利益一宗，如能知华语，则华人之书信、地契、银票等项，即不难辨其真伪。今英人以不知华文，故恐有谬误。恒以书信、银票、地契等项，特赴领事署请问。既周折需时，又须缴费，不便处殊多。故商人教士及兵官等，如有意赴华者，均须早习华语。其在中国各处之洋兵，固应习之。”“况又在华练有华军队，其事起于威海卫，后必日见加广，故英国兵官尤宜先知华语，然后操兵，则事半功倍，尤觉得力耳。”由此可见：英国商人（棉商）、官兵、传教士是华语学习的主要需求者。而学习华语一方面能够满足商业需要，可以获取更多的利益，省去周折、受骗等麻烦；另一方面便于英国这一殖民帝国在中国练兵和传教。《新闻》报刊登《英中将劝美军人学习华语》，报道了“英国北清守备兵司令官吴德中将，不日将由欧洲往美国，面谒美总统劝美国陆军士官学习华语”，即为佐证。[81]

中国方言不一，教习应教授何种方言呢？文中介绍了华文教习帕克君的资质，“派在华多年，生平著作甚多，均系论中国之事”。他选择教授京语，理由为：“① 京语有一定法程，自较其他方言为易。② 京语与中国载籍最为相近，能操京语即无往不可。③ 华官多先入京而后履任，以京语为时派。④ 惟近时京语内，多杂以满音，虽甚不雅，然言语中究以京语为外人所乐闻。⑤ 英人之赴华贸易者，均须先通晓京语，然后前往，乃更妥善。”“盖能知京语，即不为买办及司帐者所愚也。”对于传教士来说，京语的优势不大。“派赴何处，即可习该处之官话，自不必以京语关怀。不过能知京语而后习他处官话，则见功尤觉较易耳。”而在英国，选择学习京语还有一个便利，那便是：“洋人刻已多以京音，著有字典。

有不解者，即可查核而得之。若其他各种官话，既无字典可查，则其是否，亦均不可知也。”

文章接下来提到英国南部两大学堂“有名无实”的现状。一方面“学堂各总办，皆不以其事为重”，另一方面“华文教习，又皆不取薪资，故虽教，亦不过将就而已”。而英国北方的华文学堂“以厚俸给教习，盖欲其实心实力从事”。英国学堂聘请的华文教习，虽不及本土华人的语言水平，但也是有语言功底的，毕竟只是“先为引导”，而非“欲其书知”。文章最后以教习派君之口介绍了语言学习中通用且有效的方法，即先在本国学习一年外国语言，然后再到该国找当地老师学习，如此就能快速地掌握这门语言，这种方法被晚清赴华外国人广泛采用。

随着对华商贸日益频繁，英商学习汉语的需求越来越大，使得英国南、北部都有开设汉语学堂的需求。这篇译文就是对学堂师资、学员、教学方案、规划、步骤等的论证。晚清中西交流之初，各国对汉语学习的需求因商务、军事、宗教往来而增加，致使在西方国家开设汉语学堂成为必然，将学堂的一系列规划和安排登诸报端，公布于众，其目的在于：一、吸引生源，解决英人的汉语学习的社会需求；二、扩大宣传，推进更多学堂的筹建开设；三、公开经验举措，供其他或后起学堂效仿借鉴。

1902 年《浙江五日报》上刊登《译各国省闻：英重语言》，向华人展示了英国对外交人员的语言要求：“五日伦敦电英国副外部大臣近在下议院宣言，以后凡英国派往外国为领事官者，无论派往何处，均须能知该处土语，能与该处土民言语相通者始为称职。”[82]此外，英国连派学生赴京学习华语。“京中英公使署向有英国学生在内读书，所诵书中华文字，延师课训数年，业成仍回本国栋用。今届前项学生业已回国，因又深到新生于五月初四日由通州乘舟到京居，于署之后楼庄，日吟哦颇中音节。”[83]随着时间的推移和形势的发展，外国人对于在华语言学习愈加重视、愈加投入。英国在华设立语言学堂。“英京君氏学堂，向曾有教华文一席，学子不过四五人。今中华会中人，另设一馆，专教华文，学子已有十人。先是与中国通商，即办理交涉，学习华文，本属有用，以为中国乱平，通商必将更盛，英商若不能操华语，与华人来往，必多未便。故亟设是馆，以资造就。是馆之所关，盖甚大也。”[84]英国越来越重视与华通商，因而不断地宣传和推进英人的华语学习。《新闻报》和《钱业月报》两家报刊均刊登了同一篇《英人注意东方语言》，文中写道：“近闻伦敦圣保鲁教长极言专校当设远东语言科，谓今后不远，英国少年解中日语文者，其在商务上所占之便利，必远胜于解荷兰或俄罗斯语言。如伦敦专校之学校，正可裨助吾人之商业，与新时代相适合。又谓吾人不久将遭极剧烈之竞争，竞争者非仅德国，日本，中国亦为劲敌云。”[85-86]

将以上见诸报端的外译新闻贯穿起来历时地分析，从初议在华建立语言学堂，到规定外交人员的语言能力，再到外国少年在国外专校学习中文，从一个侧面体现了外人对华语学习越来越重视，也体现了其对华交流越发频繁和紧要，其在华商贸等事务越发关键和迫切。从晚清报端选登译介的这些短篇和消息来看，华人也越来越融入到与西人互动、了解西人的过程中，同时关注自身与他者交流的语言媒介，意欲知己知彼、调整变通、掌控回应。

三、中、西人议汉语

（一）中、西人议汉学

在 1893 年刊登在《万国公报》上的《西士论中国语言文字》一文中，笔述者古吴居士[87]借西士都戈拉斯对中国语言文字的分析，表达了个人看法，反映了中、西人士对中国语言文字的探讨和争辩。西士都戈拉斯是英国钦定书院中教中国方言的教习，“曾于中国之语言文字广搜博采，分二类以志之，即语言一类也，更加以他国之互征己意之论断，将二类合为一辑”。

时至1893年，西人缘何开始致力于汉语研究？作者分析原因有二：一、因中英交涉起见。“缘英中交涉案件烦多，英人不能不精心中国之语言文字，况以通商事证之每岁出进口者银足四千万本得之数贸易之款不为不巨矣。英人以为宜习中国语言，故又举推理雅各先生为阿戈斯缚尔得馆中学中国方言之教习”。二、亦以讨究方言，人应察中国语言之原委。

西人汉学研究的关注点在于：中文自古以来的变化，先象形后谐声的造字法，屈折多少和平上去入音。目的是通过比较中文和西文，“为探究上帝造天地初有人时，其语言文字之道理如何，规模如何”。作者认为自中国嘉庆年来，西国考方言者将印度梵言与中文相对比，得出“中文自古变化少，中文接近古初孩童语言之式”的结论。“中国语言的屈折变化虽多，但比起西国语言，距离上古式绝远还是少很多，因此，讲求方言的人欲知上古人之语言如何，不能不于中国语言文字多多致意。”都戈拉斯又云：“中国字之平上去入，西字不可不学。泰西各国所无者，即平上去入音于此宜详审究，务臻明白。”

华人笔述者古吴居士认可西士对汉语言文字的上述研究结论，但对于“中国语言当急讲，书籍可缓学，伊轻视中国书，云诗经辞藻过俗近于乡间童语，无甚文雅气”，古吴居士则指出“都戈拉斯具有偏见”。首先是西士自己“以文害辞以辞害意，不察所以为诗之由，甘自蹈于轻狂之过也”。他认为：“诗经之所以为诗，原诗人感物触事。并歌由自然性情之中流露而出，成为词章，无所掩饰。善者可以感人善心，恶者可以惩人。……使人讽咏，用意至深且远，读之可令人发好善恶恶心者，莫不由诗经得也，吾人若奉为箴铭，获益有不可胜言者矣。”再者，春秋笔法非过于简略，他写道："自余观之，其言又有过矣。当孔子之作春秋也，一字一句俱为世道人心，而设一字之褒荣于华衮，一字之贬严于铁钺，当时之乱臣贼子知所戒怯，不敢肆其伎俩者，籁孔子于春秋之有笔削也。意微而婉，词正而严，即以中国家居尊卑长幼交相语言之式观之，有似于春秋笔法，为尊长者辞气庄重，为子弟者法矣。亦可知孔子非不褒善贬恶，其于加褒贬一字之时有若许之权量揆度，臻乎至当矣。""察方言者正宜于诗经专心而收其益也。"最后反问："中国由盛唐后试律诗皆儒雅，孰能与之相较乎？"华人笔述者对西士的观点并不苟同，一一予以批驳，最后定论道："都戈拉斯之善意要不可掩于中国诗书，今虽轻视，后必重看，何也？以其尚未即书中音旨深究也。伊欲将前汉书译为西文，此意即属可嘉，中国载国事之史书若干翻西文者，无一书都戈拉斯乃首念及之人也。"

（二）方言口语不统一

华人、西士对古汉语和汉文字的讨论和辩争见诸晚清报端，此外，中西接触，西学涌入后带来的语言危机、暴露出来的语言问题和发展困境引发了华人、西士的大量议论，充斥于期刊报纸间。

《实学报》登载的《英报辑译卷三：论中国度量权衡之不一》中也顺带提及汉语语言不统一的问题。[88]"推而论之，语言文字固有国者，所当整齐而划一之也，乃中国反是。本朝有一神圣之主，广聚文人着一字书，号曰《康熙字典》。嘉惠士林可谓无微不至，华人之读书谈出话者，似宜恪遵功令，重守当王之义，奉此书以为准矣。而夷考其故，则有大谬不然者，华人每发一言，读一字，则东西南朔，言语不通，口音各异，且有信口乱嚎，与字典大相径庭者，问其故，则曰敝处方音固如是也。人人持此语以自解，是何异闭其口而夺其气也？中国《礼经》有云，入门而问俗，又有十里不同风之谚，可见中国风俗之不通由来已久，非一朝一夕之故矣。”英文作者对中国口语与书面语不一致，各地方言纷杂不统一的语言现实进行了披露，并刊文于英报，中国译者将其转译后于篇尾加注：“按西人议论中国事，每有言过其实者，然其精到之处，亦自不可没，特照译报端，以供有心世道者之留览，阅者鉴诸。”这一番文字表明了华人译者对英文原作者观点的认同，评之“精到之处，自不可没”，同时他们希望通过读者的锐意变革来改变当时方言口语不统一的语言问题。

（三）文白不统一

上篇文章指出在中国，书面语和文言统一，而各地方言土语不统一，这成为语言桎梏，有待解决。下文也是一西一中两位译者合作成文，但讨论的不是方言不统一问题，而是浅语文言与文理深语间的优劣取舍问题。美国传教士林乐知和华人笔述者任庭旭①合作了《论语言文字之真益》，主张通用文言浅语，认为文理或俗言不是语言文字的真正价值所在。[89]“语言文字中西虽不能相通，而论语言文字之损益则中西如出一辙。有文理（原作者注：即深语）、有文言（原作者注：即浅语）、有俗言（原作者注：即粗语），文理为上品，经书用之，凡著书立说专供博学人之赏识者，亦多乐用之。文言为中品，凡对乎大众人之论说皆当用之。俗言为下品，市井用之。文字为教化之源，所以启发人心之明也。如使有书而不能读，有话而不能明，则不明之人永受黑暗之苦矣。惟其有书而尽人可读，有话而尽人能明，则如黑暗之中有一点真光，能照澈于人之心中矣。语言文字之真益在于澈上澈下之文言，若徒用深文高论，何益于世哉？”开篇写道：“天之创造文字乃教化文明之一大阶级。文所以载道，所以达意，其用在于以其所已知之口传于未知之人，以其所已明

① 任庭旭的基督教教名为任保罗。

之意通于未明之人。其功效务使读书识字之人皆能触于目而会于心，入于耳而通于心，无索解不得之苦，有言下顿悟之乐。语言文字之真益如是而已。”在中、西合作者眼里，英文在这一方面优于中文。“然而是说也，可以论西文而不可以概中文，中国尚文，不尚实务，华不务实，其于文字亦然，视为士子之专业，通文学者得考取功名，尊称之为儒学中人。其视农工商贾等辈皆以为无足齿数，屏弃于文学之外，而上之地位乃愈尊矣，为农工商贾者亦自视甚卑，不敢从学——由是读书人与不读书人之名目逐判若两途矣。”但为何须此时纠正改变，使语言变损为益呢？“方今中朝变法自强，锐意维新，改科举之规制，废八股诗赋而以策论取士，并取各省书院改为学堂，今而后问题变化之期当不远矣。新出之书籍大都以词意清浅为主，能读之人年多一年，即各报纸所刊之论说亦皆用浅文理为多。”这些新的变化和转机触发了语言改革的诉求。在中、西合作者看来：“至于讲书人中，或为讲论新学之人，或为宣讲福音之人，无非以开通民智为己任，所出之话自不可过于粗俗，致贻大雅之讥，亦不当过于精深，致听者有高不可攀之象。惟用文言以道俗情，使当前在座之人无论雅俗皆能明之，则其为益必大矣。”作者以英国君主和法皇拿破仑为例，说明各国君主都对浅语使用者赏识有加。

在报刊的教育专栏中，也刊登了语言改革的相关专题文章。1905 年《论说：论教育普及宜注重初等小学及变通语言文字（录东方杂志）》一文主张语言应浅显适用而不可高深。[90]“文字一端，正如一种器械，但求适用，无事高深或者以言文合一。出之浅显，有私虑古文词之废绝者，则正告之曰，语言文字贵乎由浅入深，小学以讲习平常切用之语言文字为主，实用主义也，中学以上则以高雅之古文词为主，保存国粹主义也。（小字注释：英法德国中学以上始有希腊拉丁文）二者似相衡突，而苟折衷至当，无所偏失，则于教育之本旨岂有悖哉。”但缘何语言改革议题在此期充斥报端？作者认为它关乎国家兴亡，是各项改革云起的基础、成败的关键。“今日吾国之策救亡者，莫不曰改宪法也，兴实业也，立地方自治制度也。顾欲改宪法而无国民参政之知识，则其法万不能成立。欲兴实业而无普通必需之科学，则其业万不能完善。欲立地方自治制度而无东西洋公民之资格，则凡百事业决不能担其责任。然则今日救亡之道莫急于教育国民，而教育国民莫急于初等小学，又奚待再计而决耶。”

《东方杂志》同在1905年刊登了《教育：语言文字宜合为一说》，也是以介绍国内外新局势、翻译与新法、西学为引子，进而导出语言文字合一的议题。[91]“朝命特设翻译官，于以通彼此之限，开简易之门，第能识中国之字，即可尽读异域之书。圣谟深远，至为便捷。然此仅便捷于读西书，而读中书之不便捷者，仍如故也。夫民生而能言者也，特不能曲通古人之言耳，今苟创为新法，而使天下能言之人，即皆识字之人，其便捷不尤愈于能读西书万万耶？盖使天下人人能读西书，即令纯成西人，仍于风俗习惯无补，不如使天下人人能读中书，即令不通西学已于才能技艺有裨。故欲使我国多数之人群能受教育能读书，必自语言文字合一始。”文章呼吁从简易语言开始，使所有中国人皆能读西书、懂西学。“唐宋以来未有之变，当闭关之世，儒生以古文消磨，此取繁难为用之世之制度也。今日开通之世，字无取其纷歧，科学实业专门甚多，安有余暇以疲其精力于点画章句之间，此取简易为用之世之制度也。易则易知，简则易能。圣人复起，宰治征权，不易吾言，存是说以为吾国他日文明程度进步之券。”

此期所暴露出来的文白问题，在当时是一个全新的话题，这点可从不同文章对“文白”一词的不同界定加以证实。因为此期各个报刊对这一话题的讨论，均使用的是作者自拟的名词，没有统一的固定术语可资利用。如美国传教士林乐知和华人笔述者任庭旭合作的《论语言文字之真益》一文，中、西人士所拟用的术语为：“文理（深语）”“文言（浅语）”“俗言（粗语）”。由“有文理（原作者注：即深语）、有文言（原作者注：

即浅语）、有俗言（原作者注：即粗语），文理为上品，经书用之，凡著书立说专供博学人之赏识者，亦多乐用之。文言为中品，凡对乎大众人之论说皆当用之。俗言为下品，市井用之”可以看出，这里的“文理（深语）”对应于我们今天所说的“文”，“文言（浅语）”对应于“白”。在《论说：论教育普及宜注重初等小学及变通语言文字（录东方杂志）》中，“文”“白”则分别对应“高深”“浅显”；或“文”“言”；或解释性的文字，“高雅之古文词”“平常切用之语言文字”。在《言论：论偏重文字之害》中，高凤谦所拟的一对术语为“应用之文字”和“美术之文字”，如文中写道：“文字有二。曰应用之文字，曰美术之文字。应用之文字，所以代记忆，代语言，苟名为人者，无不当习知之。……美术之文字，则以典雅高古为贵。实为一科专门学，不特非人人所必学。”[92]高凤谦虽然自拟了一对新名词指代我们今天所说的“文（文言文）”和“白（白话文）”，但他所批判的重文轻白、文白不分的现象和问题，与上述各文是相同的：“世界万国视文字之重者，无如我国，而识文字之少者，反无如我国。虽曰，文字艰深，学之不易，亦以应用之文字与美术之文字，混而为一故也。”“吾于是下一断语曰，欲文化之普及，必自分应用之文字与美术之文字始。吾于是更下一断语曰，欲百业之兴起，必自视美术之文字与各科学等始。”这篇文章频繁使用“文字”一词，但其所指在全篇并不一致，有的地方指称广义的文字，如开篇对文字的分类“文字有二”“相隔较远，以文字代之”；有的地方则指称作者自己界定的狭义的“美术之文字”，包括题目“论偏重文字之害”中的“文字”则特指“美术之文字”，他例还有：“文字偏于美术，其害甚大”“曰文字之关系，如是其巨”“其功德岂在文字下耶？若必独尊文字而轻农工”。对于“美术之文字”，作者在文中提供了同义表达，如“高古之文章”“词章之文”。这些同义词有助于作者自定义新名词，诠释和界定新词，它们与作者所拟的新名词相辅相成，自成互文体系，构建了自成一体、彼此诠释的语义场，因而在自定义新词的上下文中是常见的，甚至是不可或缺的。高凤谦预设了守旧派读者的两点质疑，并分别予以回应，一为：“难者曰，西学东来，少年之士，鄙弃旧学，识者方以国粹不保为忧。今乃倡轻文之论，国学无乃失坠乎。曰否否。吾之所谓重文太甚者，非谓文之不足重，特不可因重文之故，而轻视他科学也。”一为：“难者曰，词章之文，谓之美术可也。视同农工等科，亦可也。若夫经世之文，其功在天下，载道之文，其功在万世。乌可视为美术与农工等科同年语乎？曰文字之关系，如是其巨，斯固然矣。而农工之流泽于天下万世，其功德岂在文字下耶？若必独尊文字而轻农工，则神农后稷有巢黄帝，皆不得为圣人，而必推仓颉为不祧之祖矣。且美术一科，亦何可以轻视，国画、音乐皆美术也。古圣人则以乐配礼，谓之六经，然则吾以文字为美术，又乌得为亵耶？”而对于保守者的错误做法，高氏也列出并予以批判，如：“偶或一为，文人辄从而批评之，章节字句之间，斤斤计较，甚者曰，不合古文义法也。曰新名词不可以入文也。夫果为美术之文，以此绳之，犹可言也，若仅用以代语言而表明其心中之意，则又何可苛责也？某校算术教员，推演算草，偶错一字，诸生大哗，群起逐之。夫算术教员自有专职，算式错误攻之可也，乃以汉文小失，遽起风潮，彼汉文教员之不习算法者，比比皆是，未闻或之非也。吾谓应用之文字，但求能达其所见，可以喻之他人，斯亦足矣。虽或间以俚语，杂以讹字，苟于义可通，犹无害其为用。固不必深求也。如是则习之者不难，为之者自多，其有裨于社会岂浅鲜哉？”由此可见，时人僵化地抱持古文遗风，对文言的尊崇僵固不化。若新名词不合古文义法，就不可以入文；若算术教员偶错一字，就群起逐之。如此的依赖和迷恋已超出对语言文字本身功能的认识和需求，也脱离了语言本身的作用和影响，而更多地来自语言外的人为因素。因而，前文《论语言文字之真益》的西方作者林乐知，试图通过论证交流才是语言文字的根本功能，来唤醒华人关注语言本身的沟通功能，剥除华人对语言外其他因素的执迷。

（四）语言文字不统一

《格致新报》上刊登的《通语言为中国当务之急论》一文，对言语与文字归一的社会诉求，提出了具体的解决方案，较为全面地回应了言语归一问题。[93]“然欲言语归一，非使文字与言语相通不为功，何也？可布于众人，可传于后世者。专赖文字，故一国之内，文字有不得不同之势，否则不能通其意。今使言语与文字相通，则文字既同，言语亦无不同，通之之道何如，其至美之法，莫如以京话编成文话，如说部等类，但其字则以欧易华，拼切成音，凡一名一语兼有数音者，即以数音联为一字，其音或主拉丁，或主英或主法，既定之后，通国从之，不得稍异。虽考试之艺，亦皆用此等文法，不求高深不嫌土俗，但求明晰，不数年之后，华人犹患言语之不通者，吾不信也。土语每以两三音为一语，故以音为字，未有不能明者，间有同音之字句，如虑读者不明，亦可以记号别之。”作者列出言语与文字合一后的六点裨益：“一、言语即文字，文字即言语，能言者即能文，较习仓颉之文字，其难易何啻霄壤？幼年有用之岁月可省出许多，以致力于各种学问而民智不日强者，吾不信也。二、妇女容易学习，记账写信，既添内助之功，又能看新闻读新书，增长见识，不至光阴虚掷，闷坐闺中矣。三、中国之说官话者，十之七八，故京话传行更易。四、用新法文字之后虽不能尽改各处乡谈，然通国皆能操京话，不致声气隔膜。五、既知新法文字习西文者，亦易入门。六、现在译西书者，人名、地名、言人人殊，使读者无从查考。今概用欧字，则可仍其原文以规划一。有此六益，中国朝廷亦何惮而不为哉？”作者预见会有“遵子之道，岂不使中国数千年之文字一扫而空，而致有斯文尽丧之叹乎”的发难，对此，作者认为不必过虑，“泰西各国皆用本国文字，至于拉丁希腊，时人称之为死语，然以古时名人著作，希腊拉丁文最多，故高等学生必旁及之，朝廷亦设文学科以试之，至今绵延不绝。今虽用新法文字，考古者必不肯尽弃旧学或虑其废弃，国家亦可设专科考试，以备一格，自能代有传人。”法国拿破仑攻占德国后，令德用法语，而“德得保重之道，课读工作，精力完固，常变一致，合众心为一心，未始非通国用德之语言文字与有功焉”。“中华即使一旦隶于他人，西人之学问工艺不可不讲，而仍须求一易于学习华语之法，使天下为一家，中国为一人，吾知舍此必别无保种之道矣。日人自得台湾之后，即以其本国语言文字，专课生番，日人可谓得变化之道矣，而中国当日并未有是举也，所愿中国猛然醒悟，通国皆习官话与官话文字，再进而研究诸国文字，精益求精，密益加密，当务之急其在此乎？”此篇不同于以上诸篇，并没有停留在对言语与文字不一致的现象的批判和问题描述上，而是给出了较为具体详尽的解决方案，对反对者的质疑（可能带来的不良影响和后果）也以设问的形式提出，并予以答复。

然而，各报刊中关于语言统一问题，看法莫衷一是，支持和反对的声音此起彼伏，形成争论。1914 年《进步》上的《教育上之语言统一问题》就反对“（近者我国教育巨子主张）统一语言而以审定音读为入手要键”，并以美、德两国为例说明语言统一之难，非人力所能勉强。[94]况且我国人口众多、语言混杂、交通不便，语言统一的难度远超美、德两国。“教育上语言不统一之困难，不仅吾国为然，彼英法德美莫不有之，而德美为尤甚。德国普鲁士邦之学童，……政府为期语言统一起见，强迫儿童学习德语，且公学中禁用他种语言。然十数年以来，学童之仅通波兰丹麦及法语者仍未见少，且有因参用他种语言反致惹起人民之恶感者。”作者分析原因，“审定之音读”既不得韵之正，又对儿童难以奏效。“彼以多数同文同语之人同化少数尚如此其难，而谓少数音韵大家审定之字音遽能改变全国人民之音读，有是理乎？且我国之音韵各地变迁，古今殊异，三千年来，纷纭莫定。一时所审定者是否能得韵之正乎？抑能强人之无异议乎？所审定者为至当习之之法，亦甚便易。全国学校一律遵用之后能否因此活奏统一之效乎？斯宾难以预信。”儿童习得“审定之音读”将费时费力，且没有效果。“试思儿童之在学校也，习审定之音读，每一星期仅数小时耳，而在校外仍用非审定之音读，且数十小时焉。孟子所谓，一齐人传之，众楚人咻之，不待智者而知其不济也。国语教授审定之音读，既未必能收语言统一之效，而徒令小学课程内多设一语言科，见效与否不可必。则为儿童立身谋生计，不如节此有限光阴，可贵之脑力，授以实用技术必要知识之为愈也。”作者认为语言统一本身亦非必要。“质言之彼学童之将来能否自立成一良好之公民，不系于区区读音之正不正也，如为行政便利起见，以语言统一为必要，则前清官吏未必皆入国语学校，何以能舌端澜翻。今之具有议员法官等资格者，又何尝必国语学校毕业，而后不虑其方言之隔阂哉？总之，国教 Mother Church 及国语 Mother Tongue 二名词为欧洲教育之旧说，在今日已不成问题，除少数学者主张外无论及者。”作者认为语言统一不是人为操作的，而有赖于交通便利和国民素质的提高，其推行和阻止纯出于自然。“盖语言之统一纯出自然推行与阻止，大都由于交通之便否。将来全国铁道网络基布，水陆交通日见利便，国人语言自然渐趋于一致。且也国民程度日益增高，语言之格律亦必因之而高，语言文字将有合一之倾向，不仅语言统一已也。准是以论，则语言统一断非数十寒暑内所能见效，即令真能统一矣，其字音之读法，亦决不能如彼音韵大家梦想之划一。盖天下事言之匪艰，行之维艰，固未能尽如人料也。”

晚清中西人士在各报端对汉语语言文字统一问题、文白问题、方言问题等进行了全方位的讨论和辩争，比照英、美、法、德等西方国家及东方国家日本，寻求解决方案，提出各种建议。他们对中文的语言特点也进行了语言学方面的研究，并与西方语言、日语等进行了比较语言学研究，这些都为后来的白话文运动奠定了基础，做了理论上的准备。

四、各白话报的“告白”

中国的白话文运动并不是纯粹由语言自身的发展需求引发的，不是语言问题、语言危机催生的自然产物。语言改革是由国内外形势、政治局势、变法自强等语言外因素所致，引发了对官话、白话、文言等语言变体的重新审视和讨论。其目的、影响和意义也绝不限于语言范畴。晚清新办的众多白话报为我们提供了探寻的原本，尤其是各种白话报序、发刊词和纪念词，从中我们可以获悉办报者的办报意图、考虑的因素、关注点、规划设想以及该报的侧重点、特点、目标读者、内容取向、选材范围等。又因为这些报序本身亦由白话文写成，很多是地方白话报，从这些报序中亦可窥见该报的语言特点、地域特色。这些报序作为载体，示范了各种白话文变体在具体书写时的语体语域特点，有利于我们对这些白话报序中的白话文变体的语言语体特点进行比较研究。

《〈无锡白话报〉序》属于半文半白向白话文过渡的文体形式，这是因为 1898 年尚属白话报初创和探索阶段，《无锡白话报》起到了开先河的作用。[95]裘廷梁为扩大宣传，在《时务报》上刊登了《〈无锡白话报〉序》。“无古今中外变法必自空谈始，故今日中国将变未变之际，以扩张报务为第一义。阅报之多寡与爱力之多寡有正比例，与阻力之多寡有反比例。”“然每期销报最多者万四千册而止，会不逮中国民数万分之一。”“为广开民智之助，他愿有垂行者乎，余日望之。”可见，作者在序中提倡取法于古今中外变法，中国的变法应以报务为引领，强调办报的目的是广开民智。并且，虽然创办的是白话报，但作为文言文和白话文之间的过渡，同时为了吸引和迎合士人阶层，报人在报序中仍选择半文半白的形式。

此后的白话报序则一般采用白话文体。1900 年的《智群白话报》，顾名思义，办报目的也是广开民智。“我这种报，名叫做智群白话报，什么叫做智群呢，我做报的人也没有别的说法。只想看我们报的晓得外国人是事事有真实学问，中国人是事事没有真实学问，以后便多兴学堂，生下了小孩，不论是男是女，都送他去读书，叫他识字，不好的事，都不要去做。这就是我叫做智群白话报的意思了，看了我这种白话报的人，慢慢的聪明起来，我们做报的人也算不枉费了心思，便是中国烈烈轰轰的日子，也可盼望了。”从该报序中“近来白话报已有了几种，我们这第一期，便从那杭州白话报当中，选了几篇”，以及“以后从第二期起，便是我们报馆里的人自己动笔了”可知，当时各白话报之间互相转登转载，借篇充文的现象非常普遍，有的文稿至少被两家白话报同期登载。[96]《杭州白话报》是晚清白话报界中相对开办早、影响大的白话报。《〈杭州白话报〉序》也在1901年被《北京新闻汇报》全文转载。《〈杭州白话报〉序》亦直言办报宗旨为开民智。[97]“大家看了这一种报，渐渐的聪明智慧开起来，便是我们赔些铜钱，赔些辛苦也甘心情愿的，总之我们做白话报的生意，只求中国四万万人民智大开，知道中国的不济事有不济事的道理，外国的烈烈轰轰有烈烈轰轰的道理。若一味胡闹，如去年北方的拳匪闹得皇帝避难，天下多不安枕，这都是民智不开的缘故。”“这个道理千言万语也说不尽，总归一句说话，叫做民智不开（民是百姓，智是智慧）。”第一份以启蒙为目的的白话报是创刊于1897年的日报《演义白话报》，每日一张，每张五文。同样以开民智为办报宗旨。[98]“为开民智正民心而设，故冠以通商源委演义，次列近日繁要信息，又次列中西各种有用之事，仿演义体裁语句，实贯凡粗识字而不深解文理者阅之，即一目了然，实于农工妇孺大有裨益。”

各白话报序一般开篇将中国当时所处的国难危机归因于民智不开，进而引出开办白话报，妇孺皆益的议题。如《〈智群白话报〉序》中写道：“不想我们中国，如今竟弄到这个地步。中国不是个堂堂古国么，如今是样样不如外国。地也割了，钱也赔了，世界虽大，我们中国人以后竟没有个立足的地了。外国人是事事讲究真实学问的，算起来，只怪我们中国人自己不长进，不要怪外国人不好。不论别的，单讲我们中国人，除掉了读书的，有几个识字的人，那做生意的人，十个人中还有四五个识字的，若是种田的，做工匠的，十个人中便拣不出两三个是识字的。至于女人家，是更不消说了。若是外国，不论男女，不论穷富，没有一个不识字的。他们每天做完了正事，大家拿几本书，拿几张报，仔仔细细的看，所以很懂得世界上的道理。你想我们中国人，能个个如此么？”《〈杭州白话报〉序》中也写道：“现在的中国被外国看不起了，……中国人的数目有四万万，除去二万万个女子，其余二万万男子，一百个人也没有一半识字，问他现在中国是什么世界，外国是什么情形，多不知道，反说这是国家的事，我们小百姓管他什么。这便是中国被外国看不起的缘故了。”上述例子中，作者把华人与西人进行比较，说明华人在民智方面相形见绌，其中两位报主在序中都提到了义和团运动是民不识字、“民智不开”的体现，对义和团运动持否定斥责的态度：“中国人因为不能个个识字，便生出两种可笑的人，一种是住在内地，不多看见外国人的，他也不晓得如今是什么世界，只晓得我们是个中国人，外国人多是洋鬼子，中国人是事事好的，洋鬼子是事事不好的，他还说我们中国人不肯齐心，所以吃洋鬼子的亏，若是大家齐心，便好把洋鬼子赶掉，你说胡闹不胡闹。庚子年的义和团，近年来各处闹教的，多是这一种。还有一种是住在通商码头，长看见外国人的，他晓得中国人没用，外国人的势头很大。他也不去讲究真是学问，只是一味死心塌地的巴结外国人。有时候还仗着外国人的势头，欺侮中国人。这一种人是更可恶了。如今我们要强中国，先要拿这两种人的智识开导开导，开导这两种人，最好的是白话报。因为白话报是大家看得懂的，看过了又可讲给那不识字的听。”“若一味胡闹，如去年北方的拳匪闹得皇帝避难，天下多不安枕，这都是民智不开的缘故。”

《绍兴白话报记念歌》节选：[99]

好好好　吾念绍兴百号白话报　鉴开东越混沌早　三载弹孤调　摇曳疾风草　进化阶级高复高　愿视年年永永续此无穷稿

难难难　吾国戊戌以前无报章　抱陈泥古酿新障　何处无榛莽　吾越今无恙　能存即是光明放　安得千村万落撰译皆新创

念念念　白话报纸今日大纪念　但今不覆龙中医　益发人群想　剥茧抽丝样　他年莫起获麟歌　践此田农牧壑开化之希望

将此期的白话运动与开化、进化、新创、光明、群想紧密联系，意欲引领开化、抵制守旧。

创办白话报的整个历程以及其中的艰难困阻和取得的成绩也是白话报序中的常见话题。余子[100]在《绍兴白话报第一百号的记念》中写道：“癸卯年闰五月，七八个同仁创议办绍兴白话报，不满十日，绍兴白话报竟出现于绍兴。就是癸卯年闰五月十五日，那时候绍兴没有印局，每出一期报，要到杭州去印，周折极多，费用极大，幸承同志帮忙，不曾间断，到第二年，绍兴有了印局，印刷是便当了，只是同人星散，几乎难支，无奈这报名为绍兴白话报，如若一朝停歇，那就绍兴人都要坍台，勉强支持到了第四年，到了今朝居然有出第一百号的日子，个中甘苦确是一言难尽。”此外，对比并回忆了三五年前报刊初创时，社会对报业言论的钳制及该报受到的阻挠：“论起这个报来，如若没有这七八个人一时提议，立刻办成，可以到今朝连第一号都没有，等出了第一号，一班顽固的人少见多怪，大起议论，都有推倒这报的心想。那时倘若不行，就可以有了第一号，没有第二号，要晓得现在的社会，虽算不得开通，想起三五年前，那才是黑暗可怕哩。走一步路，要受人家怒目，说一句话，要被人家借口，有形的风潮，无形的激刺，难受难耐，能使胆小的不敢做，气大的不肯做，我们是只好听其自然，出一号撑一号，撑到年底刚刚是二十号，可算是婆婆万福了，到第二年第三年是不能再停得了。”“这两年外界的议论确是少了，不过内中情形是要比第一年更苦。第一是没有经费，第二是材料枯穷，挨一号算一号，到去年底，报算没有间断，出到八十七号，因为经费缺乏，牵累了印书局，欠了一年的印工，至今不能清还，如若不是印书局肯通融这个，报也是不能出到第一百号的。”同时，与同类白话报刊的命运相比较，突出了本报的坚持与不易。“比《绍兴白话报》出得早的，有《杭州白话报》，有《苏州白话报》，那《苏州白话报》是早经停止。《杭州白话报》现在改了白话日报，可谓大发达了，不过《杭州白话报》中间断了年把。如今他要有这一百号的纪念，却是还不能呢。除外比《绍兴白话报》后出的白话报也不少，确是忽开忽停。”《〈杭州白话报〉序》也提到白话报刊难以为继的现实：“我们没钱没工夫，都做不到。”“想来想去，只有做白话报的一法，戊戌那年，江苏无锡地方，几个有名念书人曾经办过只种报，做得很好，爱看的人很多，不知有多少人得了报的益处，可惜八月以后便停止了，光阴如箭，到现在已经三年，中国十八省地方还没有一种报，因此我们几个朋友，个人拿出些钱，做这白话报，找本钱发卖，若是销场号，卖报的钱收不清，只好每月出一本了。”

各白话报中既有为自己高唱赞歌的，如上述《绍兴白话报记念歌》；也有自嘲自谦的，如同为纪念《绍兴白话报》的《绍兴白话报第一百号的记》中该报的自我评价：“至于看起这个报来，每月不过三张，每张不过六版，出一张何等容易，而且报上也没出色的文字好鼓动人家。一张张的敷衍，一年年的搪塞，我们做报的难道自己不惭愧？不要说出到一百号无足纪念，就是出到一千号一万号，照这样的出落去也，何足纪念？”此外，还有中肯地对自家报纸分析衡量的，如《〈杭州白话报〉序》中写道：“总想月月不断的出下去，如有和我们志向相同的，肯来帮助我们，这是格外好了。看报的人要知道这种报有两种好处，一是容易看得懂，一是价钱卖得贱，容易看得懂，便是不读过书的人也可以看了。价钱卖得贱，便是做小本生意的人也可以买了。大家看了这一种报，渐渐的聪明智慧开起来，便是我们赔些铜钱，赔些辛苦也甘心情愿的。”另有展望报刊未来前景、地位的：“我这绍兴白话报接续到今，有着第一百号的纪念，不能不算我们办报的高兴事体……自此一百号以后能否再有第二百号，我是不敢预料。自此一百号以后竟能杀出到一千号一万号，我也不敢说是一定办到。我今朝却有一句夸口的话要说出来，无论绍兴白话报前途如何，将来地方发达，各样报章都出起来，若溯起绍兴报界的历史，难道好不让我这绍兴白话报居一个首座吗？哈哈。”

五、规律与致因

历时分析上述语言文字议题的晚清刊文，可以发现一个规律：从一开始词不达意、文不对题地提出一对对反映中国语言问题的新名词，到后来比较清晰地把文白问题、语言文字不一致问题、方言不统一问题区分开来，再到逐渐形成了固定表达，清楚地界定并分离出白话文这一议题。可见，语言跟随人的认知经历了一个从未知到已知、从模糊到清晰、从零碎到系统的过程。

语言演变是人的认知发展过程的见证，而报刊登文亦是语言演变的见证。如后期各白话报序直接针对白话本身议论，不再像初期每次必搬出文言文与之对照，才能被认知和理解。又如初期经常把文白问题和语言文字不一致问题混为一谈，把文言文对应于文字，把白话文简单地对应于语言，对语言和言语不加区分。直到后期才把上述不同类型的语言问题放在各自的语域里，进行专题讨论。这体现了新名词在前期拟定时所指和能指不统一、使用混乱，且处于动态的调整变动中，到后来的语意逐渐清晰化、确定化，形成了相对稳定的所指和能指，成为广为接受的固定表达，直至经历各种冲击变动，沿用至今。

语言演变是人类发展、世事变迁的见证，而报刊登文亦是语言演变的见证。浏览大量晚清语言文字议题的刊文，不难发现：作者开篇或结尾总要联系中国所处的国内外局势。有的发出救亡图存的呐喊；有的激发变法改革的诉求；有的警世醒民；有的启迪民智。相同的救国救民主题贯穿了晚清绝大多数语言文字相关的报刊登文。并且，千篇一律地将今日中国的破落与古代中国的繁盛相比较、与文明发达的西方相对照、与赶超快进的日本相对比，尽管对比论证的具体内容不尽相同，但论证思路不变，论点都落在了中国局势岌岌可危，只有通过变革才能转危为安，变弱为强。这样的论证逻辑在各个刊文中不断重申再现，如出一辙。

一方面，历时地分析各语言文字刊文，极少发现单纯为语言而论语言的，绝大多数都是从中西交涉、时局所迫引出语言问题，强调其亟待解决，而后提出解决之道在于取法西方/日本/中国古代。这是晚清报刊登文普遍采用的论证思路。历时地分析这些文章，可以梳理出中西之间从最初接触到矛盾冲突，再到彼此逐步认识，进而到相互融合的历时发展脉络。早期刊登的文章多以翻译介绍西方为主，后来过渡到探讨中西差别、辩论是否适宜引进，然后发展为如何效仿学习，最后讨论引入后怎样调整改进。这一步骤、程序完全与中西交流的由前至后、由表及里的顺序相一致。

另一方面，对各个刊文进行共时文本分析后，可以发现它们对西学的引进并不是不加取舍、全盘接受的；对中学的摈弃也不是不加保留、全盘否定的。相反，文中经常引用儒学经典、孔孟教诲，亦常称道周之前民风之纯良。文中每一个选自古今中西的例子都呈现出了古今中西的某些方面或某些点被关注、被选取，某些部分被削弱、淘汰；可以窥见古今中西的哪些元素如何被提取，组合为一体，哪些成分出于怎样的考虑、权衡被改造和重塑。

例如，这些报刊登文看似讨论的是文白不一、方言不统一、语言文字不一致的问题，实则是在古代汉语、现代汉语、半文半白文体、西文等多个语言变体间权衡比较，试图寻找出一种语言变体，使中国民众读书识字更方便，使交流互通更快捷、更准确、更丰富，使各地的人们交流无碍，甚至得以翻译西书、掌握西学。在众多语言文字刊文中都可以发现相似的需求和考虑，这其实不是某一作者一人的主张，而是时代需要、时事使然，是古、今、中、西相互作用的必然结果。

报刊登文是世事变迁作用的见证，亦是人的认知规律的见证。在中西交汇冲击的浪潮中，华人的思维、心理、认识、表达的需求都发生了改变。文言文语义模糊、词汇量小、偏向书写、强调文质、限于士人阶层，无法满足西学中大量新概念的对译，无法满足表达的精准要求，无法面向偏向口语的普通百姓，这就需要与之相适应的新的语言形式取而代之。伴随着文言文到半文半白，再到白话文的文体转化，人的思维、心理、认识、表达也经历了逐渐更新、不断扩展、简化高效、加速加强的蜕变过程。这种改变和适应历程，在报刊登文的文白比例和半文半白的过渡中都留下了动态的演变印记。

第三章　对晚清报刊中译论的共时分析

不同时期的译论文章反映着晚清中国翻译西书的不同阶段，因此这些译论所关注的焦点、提出的话题、针对的问题、给予的建议以及产生的效果各不相同。但从历时角度来看，却呈现出了晚清翻译的发展历程；其间有过的思考、争论、选择；每一步的抉择、取向、定位；曾经的迷途和往复，整体来看就能呈现出一条来时的路径和印迹走向。这些译论的集合，也展现了晚清翻译之路从起步、缓行，到快步、稳步的行进历程，集合起来就可以拼出这一路行进曾经出现的问题，曾做出的探索、尝试和得到的反馈、结果，汇聚起来也就描绘出了翻译事业从无到有的过程中一般的发展脉络和普遍规律，以便我们由古知今，以古为鉴。

一、译论中各“名”义解

（一）译论中“书”“文”“义”义解

《华人宜译西书说》一文将华人译西书与西人译华书相对比。[101]首先介绍和肯定了西人译书：“西人通商华夏以来，将中人所著书籍逐一翻译，不惮殚精竭虑数十年之功，译成之后不惜印成册籍，销流外洋，各西人争购传观，用以考华人之义理，识华人之学问，其津津于此者何也？大抵华书华义为通商交涉要务，其间民风土俗政事文章，务求习熟以便后日言语易通，说理易畅。此其立心皆求有益于己，故西人一至中华，无不讲求于此。比来翻译愈多，传习愈广，虽字典、字汇、应酬、尺牍、谚语官话悉有成书，其它六经、子史、则例等书亦概可知矣。”文中介绍西人译介华书的目的在于认识到华书华义为通商交涉要务，因而无论在本国还是在华的西人都争相学习，并且选译的华书范围很广，“字典、字汇、应酬、尺牍、谚语官话悉有成书，其它六经、子史、则例等书亦概可知矣”。其次批评华人译书的浅薄：“夫华人之习西文者，虽通商以来为时已久，而各处口岸或有一二谋食之流，因写算管理细务，稍识数十百千数目文字或稍习语言，略知一二粗鄙文义。至于西书西义之精深曲折，别有语妙之处，仍不能洞明原委。其它攘往熙来者更不知西书西义为何物，华人虽众，几无一人可与谈西书西义，而西邦之风俗政治文学，华人将于何日而贯通欤？”

该文又称赞古代中国的辉煌和近日华人的作为，以此激励华人通过译书知己知彼，不甘落后、奋起赶超。“其故皆以中国之大智巧贤能在在初无多让，千百年来声明文物甲于列邦，固昭然其共晓也。”“华人之在前日原事事不甘稍让于人者也，即通商以来事事讲求亦属不甘稍下于人也。故大而铁厂、船政、制造、武备、水师、开矿等事莫不在在运以精心，小而经商、管运、牟利、出洋亦无不相为争胜。”

文中亦对当时的社会问题作出回应：“推教化于无限，倘士商樵牧乡农里老习识此等书义，则匪人煽惑谣言可不迷于心，自来读书之子以多闻多见，可不同于鄙陋，是多之为贵也。若于此而通之，不第多闻多见而已，势必化畛域之心，破町畦之见，勿致偶遇洋人，惊为奇异，从而肇祸，此即益我华人之根源而为万国一家之造端也。”此处虽未明指“义和团”，但其所指非常明确，从“匪人煽惑谣言”“勿致偶遇洋人，惊为奇异，从而肇祸”可知：在作者眼里，当时的义和团是拳匪，义和团运动是未读过西书、孤陋寡闻的愚民受惑造祸于国家。

该文亦纠正了时人的错误认识，有华人将“华书西译热”解释为“华文可行于西是我华推行广远之象”，作者予以纠正：西人学华文，目的是宣扬政治，广训西俗，联系他族，减少差异。“译西文以传诸西仍为西人所受益也。”“异日西人能知华人之习气而华人反不能知西人之习气，则知彼知己之说将以何者为解欤。夫文字之足以代人传语宣扬政治，其功远胜于口讲指画，故西人文字用以广训西学则有余，若用与华人往返辄至格不相入，必先畅晓华文华义而后以类相从，得于笔墨间相印，以心相语，以道相证，以风俗人事运会世故之离奇变化，是西人译华书，使五大洲声气联为一贯，臭味无少差池。常敦辑和睦邻之道与之周旋，习接目染耳濡无须隔阂也。”此篇译论主要论述翻译西书的重要性和现实意义，着眼于通商交涉、宣扬政治，推崇西译中书的功效，批评中译西书的不足，指出：“迨于西书西义，举中邦所能娴习者有几，即所译出之书亦有几何，以此而言，今日之务最宜急者，在于译西书西义。盖中人能知此等书义于交涉尤易，往返官场而知此尤易。”

该篇中“华文”“华义”“华书”“西文”“西义”“西人文字”“书义”属于作者自定义语义，即在此文本中有特有的界定，从上下文中可知这里的“书”“文”“义”不管是和“中”还是和“西”相连，都与文字、言语相区别，指的是言语相通之外的“义理”“学问”，作者给出的文内定义是“民风土俗政事文章”“风俗人事运会世故”“风俗政治文学”。以上属于以内容和组成加以定义，是具化、实化的定义。另一种泛化、虚化的定义是“精深曲折，别有语妙之处，洞明原委”。作者按功能定义“书”“文”“义”为“说理易畅”“知彼之习气”“宣扬政治”“交涉尤易，往返官场而知此尤易”“不迷于心，多闻多见”，区别于“谋食之流因写算管理细务”的功用，此例使用的是反向定义/否定定义法，即以反例区分、辨别。总之，该篇使用的文内自定义新语义的方法又分为内容定义和功能定义、正反辨析定义、实化虚化定义、具化泛化定义。

很多情况下，晚清文本自成体系，自构一个语义场，作者在上下文中定义中文词语，给予它特定的语义，多采用解释、同义词替换、近义词辨析、区分和描述、举例说明等多种方法。

（二）译论中“学理”义解

《译书汇编发行之趣意》一文阐释了《译书汇编》的宗旨。[102]《译书汇编》①属于社科综合刊物，编辑有坂崎斌、胡英敏。自 1901 年第九期起，改变体例，以著述为主，编译为辅，开设政法片片录、警察学、时事漫谈、警醒录、政治、法律、经济、历史等栏目，译、论并举，分析时政，揭露并抨击列强侵略及清政府的媚外政策，呼吁革新变政。

《译书汇编》以译介东西各邦有关政治、法律、兵农、工商等方面的著述为主，也刊登各国理财、历史、哲学等方面的译述。初期以编译 18—19 世纪欧、美、日本等国家和地区资产阶级政治、法律方面的著述为主，是中国最早比较系统译介西方社会政治学说的刊物，连续翻译登载了孟德斯鸠的《万法精理》、斯宾塞尔的《政治哲学》、卢梭的《民约论》、有贺长雄的《近世政治史》、伯伦知理的《国学泛论》等著作，受到国内外青年的青睐，风行一时。

《译书汇编发行之趣意》一文阐释了《译书汇编》的办刊宗旨，可以用“学理”二字概括。全文不足一页半，总计 540 字，但“学理”反复

① 1900 年（光绪二十六年）12 月在日本东京创刊，月刊，译书汇编发行所发行。中国留日学生最早创办的刊物之一，1900—1901 年是第一至九期，1902—1903 年是第二卷第一至十二期，1903 年（光绪二十九年）出完第二卷第十二期后停刊，由《政法学报》继承。译书汇编社社员主要有戢翼翚、杨廷栋、杨荫杭、雷奋、金邦屏、王植善、陆世芬、周祖培、富士英、章宗祥、曹汝霖等。《译书汇编》对此后留学生所办各刊产生巨大影响，而且在国内各地传播西方近代社会政治思想方面起到重要作用，对近代民主思想在中国的传播有重要影响。

出现六处，每一处都是将"学理"二字加引号，并放大两倍字体且加粗，足以说明《译书汇编》编者对"学理"的凸显和强调，以及"学理"作为关键词与文题"译书汇编发行之趣意"的紧密联系。

"学理"第一次出现："今日上下倡言，孜孜于理财兴学，整军经武，设警察，订邦交。概以言之，非即所谓改革行政乎？于是朝野之有志者，莫不知宜取法欧美日本之制度似矣。然各国之制度，非可徒求诸行迹，要当进探乎**'学理'**[①]，否则，仅知当然，仍不知其所以然。"这里的"学理"的语义仅与"行迹"相对，对应于"所以然"，而不是"当然"，仅指"取法欧美日本之制度"的"法"，限定在"欧美日本之制度"的范围内，在此范围里探乎所以然，即以反面/对照加以定义。

"学理"第二次出现："盖其各种之经营结构，莫不本乎**'学理'**之推定，而所谓学理者，盖几经彼国之巨儒硕学，朝考夕稽，以得之真谛也。""学理"是经考稽推定得出的"真谛"，是相对"经营结构"而言的深层机理和规律。"学理"是由欧美日本的著名学者研究出来的，被他们写进巨著中。这里，以"巨儒硕学"来突出"学理者"的权威身份，以"经营结构"突出其相反的特性，区别于表面现象和操作，即根本性和决定性，以"朝考夕稽""以得之真谛"突出其正确性和可信服性。这里并没有直指"学理"的语义所指，没有解析其概念成分，而是通过强调"学理"的特征属性来构建一个"极其重要""极为关键"的印象，即以缘起进行定义。

"学理"第三次出现："日本明治维新之初，巨儒中之有功于国家者，若加藤氏、福泽氏间尝读其书，考其事，莫不以**'学理'**倡导天下，诚使此理贯彻乎朝野，则游刃有余矣。"作者以日本加藤弘之和福泽谕吉为例，二人在日本都倡导推行"学理"，成就了日本的维新，为国家做出了

① "学理"二字在报刊原文中也是加黑加单引号，字体大一号，以示强调。下同。

贡献。这里的“学理”，限定在治国理政、变法维新的范围内，在加藤弘之和福泽谕吉的书中可以获悉他们对“学理”的倡导和推崇，这里“学理”暗指可在加藤弘之和福泽谕吉书中读出的某种重要政治思想或关键的政治改革主张，但仅是暗示，并没有指明具体思想和观念，即以案例为定义。

“学理”第四次出现：“我国维新先于日本者，几三十年。一则若断若续；一则一往直前。推原其故，未始非**‘学理’**解否之别也。”这里的“学理”将日本维新与中国的徘徊不前相对照，语义被限定在日本政治进步而中国停步不前的致因上，限定在两国的政治差别、取法的不同上。总之，限定在两国所产生的不同效果上，即以功用来定义。

“学理”第五次出现：“今则时机之不可再逸也，覆辙之不可重蹈也。巡回有其人，游览有其人，惟言**‘学理’**之书，尚稀若晨星。”这里“学理”一词的指代更加虚而不实，描述了其被较少关注和译介的特征。此处以外在表现来定义。

“学理”第六次出现：“同人等负笈他邦，输入文明，义不容辞，课程馀阴勉力从事，爰将欧美日本**‘学理’**最新之书，有关于行政理财者，汇辑成编，饷遗海内。夫中央行政者，阁臣之所有事，地方行政者，督抚司道州县之所分任，市町村行政者，绅耆故老之所当考求也。然则此编，岂仅为书生家、报馆家、政治家参观之伴侣，议论之材料而已耶，抑聊以为当道巨公绅耆故老之顾问也乎？”作者预想的读者群不仅包括学者、报人、政治家，还包括地方乡村士绅。至此，作者将欧美日本“学理”最新之书界定为“有关于行政理财”的书，揭示“学理”不是泛指各个学科的原理或法则，也不是抽象概括科学上的一切原理或法则，而是具体细化为行政理财方面，缩小了语义范围。这里作者以局部指代予以定义。

“学理”一词沿至晚清，语义并没有发生重大改变，与古与今都没有太大出入，意指科学上的原理或法则。例如，章炳麟在《东京留学生欢迎会演说辞》中写道：“诸君所说民族主义的学理，圆满精致，真是后来居上。”李大钊在《我的马克思主义观》中写道：“马克思的书，卷帙浩繁，学理深晦。”该文作者以“学理”这一并无具体实指的特征词，掩盖其不欲具体明确的定义和指称，仅以表特征的词来代替作者头脑中的特指，目的不在于探讨其具体内容，而是强调这一特征，即此类书都是“学理”书，不是表面的“行迹”“知当然”“经营结构”的书，是揭示“所以然”的书。虽强调其为揭示“所以然”的书，但作者并不把所有“所以然”的书都归于“学理”名下，仅狭义地称之为“有关于行政理财”。这是一个以虚代实、化泛指为具指的定义方法。作者使用可以泛指所有学科、可统称科学的“学理”一词，来指代他自己定义的应译之欧美日书，强调译书之必要。至于译什么书，译介书中什么内容，作者并不想进一步明确和探究。

（三）译论中“格致”义解

《杂事：翻译西书》一篇介绍了当时中国翻译西书的情况，作者肯定了当时的译书状况。[103]首先，作者肯定了官方的资助、投入和培养人才的举措：“当今之时专尚西书，以故制造总局翻译西书，竟有数百种之多，一切局费俱资。”“国帑尽为造就人材起见，近来西学日盛而欲使海内臣民留心格致，以成护卫御侮之才，其用意岂不深哉？”“国家不惜帑金，每岁送生童多人至欧罗巴及北亚美利加等处，专习西学，俾令回国将所以得诸西人者转授华人。”其次，作者又肯定了翻译西书的种类和范畴——以天文地理及制造法为主。“然考西国言语文字所最重者，若天文地理及制造器具之法。”“迄今数十年翻译之书如天文、地理及造船、汽机、兵装、火器等法，无所不备，尝观其中各书，皆西人多年考察始经着成，于研究物理之学所益甚广。我圣朝兼收博采，俾海内文人得所诵习，将来传流日远，而讲求西书，得此各书，亦何难与泰西各国并武角胜，斯格致之功益加茂勉，非生际昌明之深幸也哉。”在作者看来，翻译天文地理及制造法各书、研究物理之学就是“无所不备”，就是将西方的成果译介完备了，因为“然考西国言语文字所最重者，若天文地理及制造器具之法”。这就是华人应留心的“格致”，也是作者所深谙的“格致之功”。作者将“格致”对应于“天文地理及制造器具之法”，将应译西书限定在这个范围里，反映了当时华人对“格致”和“西学”的片面认识，简单地等而视之。古语“格致”具有相对狭小的语义范畴，限制了时人对西学、西书、科学的认识。在此篇见刊的年代，关于“格致”的认识仍停留在“天文地理及制造器具之法”方面。有趣的是，其实“格致”一词在本土的语义范畴也比“天文地理及制造器具之法”大得多，但因为中西两种不同的科学体系的范围在华人认识中类似两圆相交情形，所以“格致”在中西相交的语境下，其所指就变为华人认识中二者相交处的重叠部分了。

在中西概念接触前，人们对概念的认识先是处于华文语境的语义范畴内，之后随接触面积的扩大，变为逐渐扩大的相交的重合部分，就像“格致”一词，中西接触之初，仅因西方的坚船弹炮打开国门，首先进入华人眼帘，所以用“格致”来指称西方知识时，仅指“船舰弹炮”，后随着交接面的扩大，词义变为“天文地理及制造器具之法”，再后来扩展为“实学”，为各科知识，逐渐从汉语的语义圈中移至中西交汇处，再移出并逐渐进入到西语的语义圈中。这时极大可能会抛弃旧词，换以新词来定义，旧词语义又回到汉语语义范畴中；或出现中、中西、西三种词变体共存、交叉所指、分界不清的情况；或“各持一词”，各司其职，分界明确，如“实学”与“格致”“西学”“科学”。

二、译论中论“译书”

（一）译论中论“合译”

以上是《杂事：翻译西书》一文宏观层面的译论，涉及“格致”与科学的界定和分类；该文微观层面的译论集中于对翻译方式、翻译过程的描述。“惟制造局翻译之书，必先将所译者令西人熟览其义理，使之胸中雪亮，本末了然，方与华士同译。举西书之义逐句读成华语，华士以笔述之，若有难言之处，则与华士斟酌何法可明，或华士有所未解，则西人为之反复讲明，既译之后，华士将初稿改正润色，俾合于中国之法，如有紧要之书，至临刊时又令华人与西人核对，必至事无所疑而后止。若平常之书，惟华士改正而不必西人核对，非忽之也，盖其轻重之分固当如是耳。”

上述同傅兰雅[104]在《江南制造总局翻译西书事略》中描述的合译过程如出一辙：“至于馆内译书之法，必将所欲译者，西人先熟览胸中而书理已明，则与华士同译，乃以西书之义，逐句读成华语，华士以笔述之，若有难言处则与华士斟酌何法可明，若华士有不明处则讲明之。译后华士将初稿改正润色，令合于中国文法。有数要书临刊时，华士与西人核对而平常书多不必对，皆赖华士改正。因华士详慎郢斫，其讹则少，而文法甚清。”

两篇译论均详尽地介绍了江南制造局里华人、外人合译西书的一般操作，所以尽管两篇见刊时间相差十年，但所述一致。不同的是此篇在介绍合译之前，写道：“顾生童出洋在西国学习多年，其西学愈密，则于华文不免愈疏，翻译诸书，岂无错讹，则所关西书者甚大。”下文承此介绍了合译方式，将合译方式与规避生童的讹译相联系。

以往翻译界凡是论及晚清翻译方式，均援引傅兰雅《江南制造总局翻译西书事略》中描述的中西合译，未考察当时有无对此合译方式质疑的声音，以及针对翻译方式，时人有无其他相关译论和补充。《益闻录》中朱飞[105]的《译书宜令易解论》便是这样一篇译论。朱飞认为第一种情况是："译书者或西人不擅华文，往往借华人笔述其口语，殊不知所借之华人必系不谙西法者居多，笔述之际，安能尽美。"华人笔述者不懂西学致使翻译受到影响。第二种情况是："其西人之稍擅华文者，立意措词恐究逊于华人之明通条达，其华人之稍擅洋文者，于西书之本末又恐未能细切演绘。"即使中、西译者都稍擅他语，但若不精通，也会造成翻译粗糙。第三种情况是："其深擅华文之西人，深擅洋文之华人所译之书或未经人校阅，则其书之疵谬百出，于人有损无益。"即使中、西译者都深谙他语，但若未经校阅，也会疵谬百出。第四种情况是："即经人校阅矣，而校阅者仅是通晓西法者，校阅又须择深擅华文不擅洋文之华人校阅。"校阅者的双语掌握程度若欠缺也是不行的，需另找精通该语的校阅者再度把关。第五种情况是："苟不擅洋文之人于译出之书有费解之处，必令译者重为申释，自首页以至终篇，无不如是而后再与通晓西法者商榷，必令毫无讹错，毫无疑议，而后付之剞刷。"译者要与通晓西法者从头至尾重审一遍，才能付印。这样的层层要求，对比傅兰雅所述的合译过程，不但对中、西译者的双语掌握水平提出了更高的要求，还增加了两轮校阅和去除疑义的环节，相较于传统的合译操作，该法更为复杂精细、周密严格。作者提出这一合译步骤和规范，认为其效果必然是"则识华文而不知西法者一见此书无不快读一过，明白晓畅，何虑西法之不明不行哉"。作者观察"近来坊间所售译出之西书……不遗余力，苦心孤诣，固当见谅于千秋"，但他强调让不懂西法的华人通读，去除可能的疑义和费解之处，这一关键环节是不能省略的。"特以未尝经人校阅或系经通晓西法者校阅，未经不通晓西法者校阅，则何处可借以厘正。则彼不通晓西法者阅之，断难清爽，仍须访之西人，设无西人之可访，则仍终身幽暗于西法，仍行隔膜，谓其书之译犹不译。”作者补充并强调最后一个环节：“格令不通晓西法者读之能解而后定稿，则译一书得一书之用，不致令学者索解无从，而后西法乃能尽明。即能尽行译书之功，乃列之上上考而无愧。”而这一点正是扣了文题——“译书宜令易解论”，可贵的是作者并没有局限于“宜令易解”，从头至尾论证该点，而是通过一个系统的合译步骤和程序，来规范并完善现有的合译操作，对文题和中心论点的强调则置于其中。

作者于文末写道：“余读《益闻录》‘译书说’①，及贺啸湖故友‘自强先贵译西书论’②，不觉有感于中，泚笔书此，质之大雅以为然否。”《益闻录》③为晚清报人、学者提供了一个对话翻译问题、阐发个人译论的交流平台，较为集中地刊发了晚清各种译论，记录了时人对晚清翻译及相关问题的各种思考。

（二）译论中论西书“译法”

前文中所提贺景章[106]的《自强先贵译西书论》一文刊登在《益闻录》同年第 1684 期上，距前篇仅 12 期。登在 12 期之前的《自强先贵译西书

① 即本章第一篇译论《华人宜译西书说》。

② 即下篇译论《自强先贵译西书论》。

③《益闻录》1878 年（光绪四年十一月二十三日）在上海创刊，创刊之初为半月刊、半周刊，上海徐家汇汇报馆出版。1898 年 8 月 17 日与《格致新报》合并，易名为《益闻格致汇报》，并改为半月刊（一说每周两次）。1907 年改称为《时事科学汇报》。自 1899 年 8 月 9 日第 100 期起，简称为《汇报》，于 1911 年停刊。1912 年又易名为《圣教杂志》复刊，改为月刊。综合性刊物。

上海徐家汇汇报馆编辑，撰稿人有杨伯润、陈鸿诰、曼寿甫、秋生等。栏目有摘译、时事评论、谕旨恭录、公牍、诗文、各种杂论、论说、图画、诗歌等。

其办报宗旨是以时事、科学作为两大支柱。登载时事评论、谕旨和公牍，还载有诗文、各种杂论。对戊戌维新运动多有报道，但在政治立场上比较保守。并报道社会新闻，载有《中俄变局》《泰西各国近闻汇录》《续录明大西利玛窦先生行迹》等。

论》尚处于对西书翻译的提议阶段，未深入论及具体的翻译问题和翻译操作。可见，在翻译救国的晚清局势下，对翻译的探讨亦日新月异，很快地进展到具体的翻译程序和方式的探索上，这既是形势所迫，又说明了华人在翻译救国的探索中紧锣密鼓地跨越前行。

文中，作者以甲午战争为界梳理了中国自强的两个阶段，从立约通商、大弛海禁后的“仿效定造战舰，购办枪炮，于上海及南京两处设制造局，于福州设船政局，于天津设水师及武备学堂”到甲午战败后的“改辙易弦，讲西人致胜在兵强而又辅之以国富，于是举西法之确见为有益者次第仿行。如招童子成军，教习操立储才及师范等学堂，筑铁路开矿务，设邮政创铸局”。作者认为：“考西人致强之由，其大纲细目条理甚多……殊不知西人之所以能强者，其中层累曲折之故，非合中国数千万人之才智读其书籍，考其论说，必不能穷其底蕴，……欲画一至妙之策能使行之众皆称善，且收效甚易甚速者，其莫如译西书乎？按西书种类甚多，译之亦殊，不易法惟有先择其关切时务，为经世所不可少者，如律例、公法、农政、商务、制造、测算、武备、工程与凡有益于民生国计及交涉事件者一一翻译成书，广为流布，经手之人务皆渊博鸿通，华文洋文无不晓畅，所译之书按之本意毫不背谬，体例既极严谨，文笔更极雅驯，一切驳杂繁芜及鄙陋粗俗之病绝之必净。”由上可知，作者认为选译的西书范围是“关切时务，为经世所不可少者，如律例、公法、农政、商务、制造、测算、武备、工程与凡有益于民生国计及交涉事件者”。作者亦强调翻译的忠实原则“所译之书按之本意毫不背谬”，在忠实原作内容的同时，作者主张译者在形式上要把关、要操纵“体例既极严谨，文笔更极雅驯，一切驳杂繁芜及鄙陋粗俗之病绝之必净”，即在形式上，作者主张采用归化策略，以达到“如是则一编刊出，多士传观，读其书者，非徒能知洋务，抑且可习华文，洵一举而两得也”。可见，内容上的忠实、形式上的不忠实，都是由译介目的决定的。“谈时事者劝曰，今日之中国欲求富强，非仿形西法不可然。欲行西法，必先明西法。欲明西法，必宜有传人，尤宜有传书。”此期译介目的不是引进英文特有表达，不是借鉴英语语言特点，而是学习西书中所含的西学和西法，照搬照用于中国，求富求强，最后求存求胜，因此不容篡改内容。但是形式上又要利于华人读者可习华文，一举两得，因而，形式是不改不行的。

（三）译论中论“译西学书”

《新译西书提要》是较早倡导翻译西书的刊文，作者朱逢甲[107]仿《四库全书》提要，为新译的西书逐一作了提要，推荐华人选购西书。“仿《四库全书》提要，每览一书，笔识数语，阅者可知崖略，至欲得其详，则有本书在，可购于制造局以究底蕴也。”该文发表于 1872 年的《中国教会新报》上。该报带有宗教性质，创办者和馆主是来华传教士，所以不难理解作者的自述：“西士之译者五人，英国二人，曰伟烈亚力曰傅兰雅，美国三人，曰金楷理曰林乐知曰马高温。余与傅君林君马君皆有文字缘，与伟烈君于京师于上海亦数相见，惟于金君未订交焉。五人皆闳博之士，其所译书，新奇精辟，穷极智巧。”该华人作者与译书的西人有文字之交，对他们所译西书推崇备至，作者将自己博览的中书与西书作了比较，以突出西书的新颖独特。“余读书喜博览涉猎，四五万卷于中国之书略知梗概矣。而于此新译西书，诚闻未闻见未见，为之欢绝爱。”

刊登这则文字，既为该提要及其中所列西书作宣传，又向读者介绍了译书西士和提要作者的学识水平，增强了西书的权威性和可信度。晚清新译的西书要想被华人知悉、购买、传阅，在报刊上刊登这样的介绍文字是非常必要的，尤其像此篇仿《四库全书》提要的体例，为西书而作的提要。类似这样的译书广告和提要也是晚清西书译介的重要组成部分，体现了译介和宣传形式的多样性。其他形式的各种宣传，如文字广告、漫画广告、书目、转录、节选、摘抄、销量介绍、名人推荐、读后评论等，在译介初期都多有出现且应用广泛。

译介初期，某些概念对于华人来说很少接触和使用，正处于生疏阶段，概念的内涵义和外延义都不确定，没有达成共识，仅有一个模糊的核心义附着其上，或仅为了与其他已知概念相区别。只有随着公众对这一概念认识的加强，逐渐形成清晰的界定，将此概念与彼概念或系统之间的关系和定位清晰化、统一化、标准化之后，才能形成稳定的定义和认识。

"西学"一词的定义过程就是一个很好的例子。每个译论者都有自己对西学的界定。《论译西学书》中写道："欲自振兴不得不仿西法、读西学、知西史矣，然而西人之法与学与史将何以明乎？论者曰：西法西史犹可以华语述，而西学则甚奥，非通其文不能达其理。故从事西学必先读西文也。子曰：否否，不然。所谓西学者，如测算，如格致，如天文，如地理，条目纷如，不胜缕指。"作者将西法、西学与西史划为中国自强振兴应并行取法的三个方面，这种划分不同于以往研究的预设，以往学界默认晚清时人统将西史和西法划归到西学当中。可见，这种划分是到后期认识统一之后才确定的，之前也出现过很多不同的划分。该篇译论显然将西学对应西方的自然科学知识，例如：作者列出其定义的西学所包含的科目，"所谓西学者，如测算，如格致，如天文，如地理"。可知作者这里界定的西学不包括社会科学、人文科学，只涉及自然科学学科。

在每一篇探讨西学及西学翻译的译论文章中，译论者都不可避免地卷入对西学这一新概念（或陌生概念）的界定中，也不可避免地进入对古、今、中、西学科和知识体系的划分和构建中，或直接或间接地提出自己的界定和标准，在初期的各种译论中，我们可以看到各式各样的界定，读到译论者对自己定义的论辩和支撑。随着大量文本的共时历时研究，我们得以窥见这些定义是如何演变、汇聚、消亡，进而形成统一的概念和界定的。

在《论译西学书》中，作者阐发了自己对新名词定义的看法，主张使用汉语而不必用英文来定义新名词。“将谓中国无定名，故讲一事不能指实欤，然名由人定，物以名辨，始无名而创立之，辗转流传不久沿为成例，如轮船、火车、公司、气灯、电报、水雷等，中国向无是名而今妇孺共晓矣。”“则西人讲学各用本国文字，何独我华人不能用华文字乎？……如必知西文而后讲西学，将来设科取士亦将横写蝇头。”

作者提出翻译西书的四难。

第一难：“欲行西学必先多译书，而译之亦实难，何者？中西文法如牛马之背驰。中文简西文烦，中文直贯西文婉曲，中文鲜虚字西文多旁附之辞，若必字字翻译，言言符合，微特诘屈不成文，而其义反晦而不达。故译书者当会其意脱其词，乃能悦人目而醒人心，此译书之难一也。”在进行中西语言对比之后，作者提出自己的翻译观：反对逐字翻译、反对直译，主张采用归化策略，取得“悦人目而醒人心”的翻译效果。作者也提供了具体做法——“当会其意脱其词”，也就是翻译方法中的意译法。

第二难：“西人有一学，必有一学之称名，犹华人之律例医书，与夫诗歌帖括文不相若也。欲译西学必先读其学而后可，不然画依样之葫芦，反失庐山之真面。历观书籍，其译文不合西文者不胜枚举，贻误士林良堪太息，此译书之难二也。”即译西学要深谙相关西学学科，掌握西学知识，要以精通专学为前提，否则即使逐字翻译也与原意背离。

第三难：“近今西学精益求精，渊微缥缈，推测靡穷，其间事理有中国所未尝有，亦华人所未尝闻者，欲译述之，口授者结舌不能言，笔记者握管不能下，当此之时，需有精西学兼通华文者，思其义索其词，费数刻之光阴，达一事于行间。若惟含混其语，阅者乌得领悟，此译书之难三也。”即翻译新名词、译名之难。对此，作者提供了解决方案：“当此之时，需有精西学兼通华文者，思其义索其词，费数刻之光阴，达一事于行间”，并要求确立的新名词或译名不应“含混其语”、让人费解，要准确达意、便于领悟。

第四难："西国人名地名动辄七八音，尽翻之则聱牙，不能合吻，节略之则浑不知其所指，甚有一名焉，而粤人译之用粤音，吴人译之用吴音，楚人译之用楚音。言人人殊，适从无自。况同是一名，而英法德意之文音韵不同焉，于是译法文者曰如此译，德文者曰如彼，颠倒错乱，眩人心志，乌乎？可必也定其格正其名，作合表以为式，然后事归划一，不至纷歧。此译书之难四也。"即统一译名，作专有名词译名表。

这篇译论作于1897年，作者开篇揭示了华人对待中西语言文字、学问、制度的态度，古今迥异。"时至今日，人心好异，往往而然。古之华人意中国之外，无所谓文字，无所谓学问者。今则不然，无论士商官吏怦然心动，以为中国之制度远不及欧美之良。"结尾处作者建议："愿国家广开译馆，聘饱学之西士十数人。"可见作者对西方、西人持认可和学习的态度，这与该刊《益闻录》的性质和国内外形势相吻合。

（四）译论中论"统一体例"

20世纪的报刊翻译与晚清政治、经济和思想同处于巨变之中，西学的译者群体逐步扩大，翻译主动性日益增强，译介内容趋向系统化，对翻译的质量要求也逐渐提升。1900年发表的《杂录：着译凡例》一文展现了西学盛行三十多年后的翻译状况。[109]当时，西学书籍的译介已形成规模化，由各地译书馆、译书局委派专门的译员从事翻译。"馆员中专门硕学耆宿，均称协修，而着译校雠，各从所长。"撰写此《杂录：着译凡例》的善邻译书馆十分看重译员的知识素养及译员优势的发挥。译书馆也对翻译的质量有着较高的要求。文章指出当时社会上发行的译述书籍较为杂乱，存在诸多错译之处，语言表达繁复冗余。对此，译书馆从多个方面提供了解决方案。首先，译者需具备渊博的知识，翻译的材料需谨慎选择，并满足大众需求。"今本馆着译，折衷硕学名士，鉴于从前得失，慎选择，审取舍，期使清韩两国不承其弊”。“以编着群书外，兼应清韩官民之索，从事诸般译述。”其次，注重采取直译、意译等多种翻译策略，译文力求简明顺畅。“兹本馆译法，务取简明。直译难通者，迎意解之，句妥字适，明白晓畅，庶几一读得其要领。”最后，为西书中的生词难词编撰术语字典，为译者提供有力的索引和参考，同时确保译文的同一性与专业性。“本馆先取妥当文字，译所谓学术语者，分类别门，作为字典，使两国学者不迷多歧。”

另外，由文中“期使清韩两国不承其弊”和“兼应清韩官民之索”两句可知，这篇发表在《亚东时报》[①]上的凡例，除针对华人外，还服务于韩国读者。这与该报由日本乙未会主办有关。《亚东时报》由清末维新派编，汪康年、唐才常、章太炎、毕永年、宋恕等参加过该报的编撰工作。汪康年在《亚东时报叙》文末也感叹日本的进步和日人办报的苦心：“吾独念日本于今日，非有中国之危，而其深谋远虑，固自存之道，犹如此，则我国上下，身丁其厄，宜何如感愤振发，思物竞之烈而讲合群之道，以无负日本仁人君子之所为哉。”

《亚东时报》这份立足于整个东亚地区的时报，已经将读者群由华人扩展为东亚各国，将清韩视为一体。可见，当时西学译著的受众已不再局限于国人，中国的西学译著在东亚已有一定的影响力。1900 年的晚清报业及翻译圈已经有了区域观念，形成了区域内多国联合，合作办报、统筹译介的模式。具体体现在：一、协同译介西学，根据两国读者的需求选译西书；二、编撰学术字典，以便两国译者共同查用。晚清报业和译界无论是办报，还是翻译西书，都不再是被动的，不再局限于国内，而是将东亚联合一体，其西学东渐的规划和举措也是针对东亚整体，将日、中、韩各国都考虑在内。文中所提译书馆为善邻译书馆，其创立宗

①《亚东时报》1898 年 6 月在上海创刊，半月刊，亚东时报馆编辑并出版。综合性刊物。停刊于 1900 年 4 月。

旨就是通过汉译书籍提供文化协助，以日本维新以来的成就助力中、韩两国革新。

《论译书事例》刊登于1901年的《北京新闻汇报》，转自《中外日报》。[110]作者认为戊戌政变是翻译西书的转折点，“自戊戌政变，此事殆绝，今又稍稍出矣”。戊戌政变、维新运动的失败使译书活动几近停滞，戊戌后，虽稍现复苏，“然所译者，类皆偏记小录破碎，已多残膏剩馥，活气有限”。

该译论也同样立足于翻译的整体规划，与上篇不同的是，《论译书事例》以报刊登文的形式向清政府当局进言献策。时人已认识到统一制定翻译活动的方针和实施管理的必要性，认识到应在全国统一规划翻译活动，制定统一的翻译体例，规范翻译操作。“诚非得有力者广筹经费，特定方针，不足以一体例而广风气，今略以鄙意分举四条，书于左方以示当局。”这四条分别为首编目录、特定凡例、多译东文、附设学堂。

一、建议编目录。作者首先揭示了译书杂乱无章的问题：“从前北京同文馆、上海方言馆及教会所译之书，不下数百种，乙未以后则各报馆所译亦不下百余种，然多未成编，至已庚之间，则惟独南洋公学多译兵书，农会报馆专译农学而已，及此次乱后，则私家译本，若金粟齐译书类编，动学译编，译林等类，译出小书甚多。”接着作者给出了具体的编目建议：“谓宜将前次所译之书统加编目，注明何者旧本，何者新编，何者为不全之书，何者为未完之帙，此后拟先译何种，再译何篇，亦可先事看察，略定次序，以免重复淆乱之弊。凡事从目录入手，自少迷途，施之译书尤为要着。”

二、建议定凡例。作者首先指出了凡例混乱的问题：“中国从前译书皆枝节为之，苦无一定办法居高提倡，故一名目也，前后翻者异词，一谐音也，彼此译本异字。官位则比拟失伦，地名则差远尤大。”之后作者给出了解决办法：“欲去此弊，宜于开译之时，详翻确拟，垂为定程，务使一定之名，书作一定之字，庶归划一而免歧义。”

三、建议译东文。作者阐明了译东文较之译西文的优势：“学西文者至少非七年不能精通，而东文则两年已称能手。故西文译费必三倍于东文，且通西文者多为商业起见，不必全与学术相关。故人数虽多，能译高等书籍者有限，惟从事东文者，本为注意考求学问，故无一不通汉文之人，其中高才达识亦往往有焉。于今日所以译书为开化变法之故，自多会意允称能事，且日本所译西书至详且备，又同为亚洲取法泰西，情形正对，所谓费省功多莫善于此者也。”作者认为译介东文有诸多便利和优点，是一条捷径。

四、建议设学堂。作者从长远考虑，对培养翻译专才、储备翻译人才作了规划：“译局之设也，非徒广增典籍，亦可造就人才。日本之初创翻译也，所译之书皆使人自认专门，如愿译工商者，即专与工商书译之，愿译法律者，即专与法律书译之。久之，译本既多，专家亦进，今宜仿其意，附设学堂，多延教习，备成材之访问，为后进之师资，择聪颖子弟数十人，从事讲习，两年之后，即用本学学生使充翻译。成书必广，省费又多，而所造人才亦自不少矣。”

以上两篇译论均以宏观、大局的视角，规范译书活动，有别于之前绝大多数译论文章。后者多限于个体翻译，从译者个人角度进行译论；而前者则提出统一的方针和举措，“以示当局”，“期使清韩两国不承其弊”。

（五）译论中论“注重小学”

晚清时期，国人十分重视西学的译介与学习，开始反思、批判中学的种种不足，希望能挣脱旧学的束缚，用新学推动中国强盛。随着西学的推广，中学遭受的批评和摒弃也越来越多。面对这样的情形，不少学者积极发刊，呼吁重视中学，保留国粹，以旧学之根——小学推进西学译书，促进新学。1905年《学报汇编》上的《论译学当注重小学》一文从译学的角度出发，提出以旧学促新学，通过“深通小学”来实现“自定新名词，信而且雅，举世以为宗”。[111]

该文标题中的“小学”并不是指现代意义上的初等教育学校，而是专指研究中国语言文字，研究文字字形、字义及字音的学问，包括文字学、声韵学及训诂学等。胡奇光[112]在其撰写的《中国小学史》中详尽阐述了小学概念的历史演变：小学发端于先秦，创立于西汉。最初的小学主要指文字学，随着时间的推移，小学的内涵也逐渐丰富起来。从宋代开始，小学成为文字、音韵、训诂之学的专称。清代的《四库全书总目》把小学书明确分为训诂、字书和韵书三类：“惟以《尔雅》以下编为训诂；《说文》以下编为字书；《广韵》以下编为韵书。庶体例谨严，不失古义。”不过，这种指称于1906年被“语言文字之学”所代替，传统意义上的小学也就此终结。《论译学当注重小学》中，作者对“小学”一词作了如下阐释：“小学之书，汗牛充栋，有训诂之属，有字画之属，有音韵之属。”对于译学而言，注重小学就是要做到“正义以定名，即字以审原”，了解“一字之音韵体画”和“一字之由来”。对于前者，“当世通其形者有矣，识其义者盖寡，故一字之音韵体画可缓求”，后者则包括“象形、指事、会意、谐声、转注、假借”。

然而在西学风靡的晚清，小学的发展面临窘境：“吾国旧学，至今日而诟厉甚矣。”“而今且谓此束缚言论之原也，此锢塞思想之因也。”“继今以往，学校遍设，无论省府州县寻常高等民立官设，靡不崇西文，治西文日益多，鄙弃旧文日益甚，不知六书为何物，则字义日益晦。”“顾于本国文字，反如瞽如蒙，习用之而不识其真相，抑亦畸重未持其平矣。”

这类现象对于译学的影响更为严重。首先，作者指出译者需要兼顾中学和西学。“中文明通，西学浅尝，所译固影响隔膜，蒙十重雾障。即西文偏胜，中学浅尝，所译亦必凌乱芜杂，苟且不足观，于输入文明，介绍新学之道，似近而实远矣。”唯有把握中学和西学之间的平衡，才能实现“译述如持衡然，必两端均平，无偏无颇，而后心有所会，即章有所达”。其次，翻译是一项跨语际活动，仅通晓常用汉字对翻译有害无益，译者需从小学的视角深入考察原文。“夫在一国之中，处同文之域，我用其习惯之文字，人亦解其习惯之意义，虽不审源流，不知典要，于行文固无所阻阂。今欲求其融合中外，会通政艺，则彼昧昧者，恐一下笔而虞扞格耳。”以此可避免译者“望文生义”，“一字之成，踌躇满志”。最后，在西文初入中国的晚清，面对中西语言表达的巨大差异，译者需要通晓小学，实现译名的创立。从数量上看，“外国文伙矣，今日习者英文称十万言，其专门科学名词，与时俱增，无可统计”。“我国识字之人，少于东西列邦。然学士大夫所谓通文墨，足以立言达志者，寻常应用之字，不过四五千言而已。而此四五千言中，沿成语而习用之，因旧文而联缀之，辗转流传，后先假借。试叩以字之源流，与字之正义，吾可决其十中二三，茫乎未明，此无容为当世讳也。”用时下学者所熟知的“四五千言”来应对英文“十万言”的庞大词汇体系，显然是远远不够的。从词汇上看，虽然中文和西文中存在相互对应的内容，例如：“普通地理历史，及名法政治书，暨涉于言理论治者，则吾国之字，固未见其竭蹶，可胜用也。”但是西文中的许多表达，尤其是科学领域的专业名词，在中文里缺乏对应词，例如：“夫科学名词，在声光化电汽力重热之书，一物一名。吾国古无此义，译而求其当，诚难矣，故时有以意创造者，如化学原质之名是。”针对这些空缺词汇，作者反对直接借用日文名词，他认为：“较诸陋者，专以撮拾和文名词，诩诩自异，填塞满纸，望而生厌。”并以“深通小学”的严复为例，引述道：“侯官严氏之译天演论曰，新理踵出，名目纷繁，索之中文，渺不可得，即有牵合，终嫌参差。译者遇此，独有自具衡量，即义定名。”严复凭借对小学的深入研究，译出了“物竞天择、储能效实、拓都幺匿”等一系列“信而且雅，举世以为宗”的新名词。因此，对于晚清的广大译者来说，小学有助于他们充分发挥主观能动性，解决这类词汇空缺的翻译问题。

基于上述种种原因，作者积极倡导发展小学，提议“宜学校之中，专立一科，与国文并重”，以此来避免译者“读西文十年，好学深思，心知其意，而从事笔述，能达全篇之大意，不能定一字之正名”，并且将之作为“保存国粹之一道也”。另外，作者也点出了小学学习的两个误区。第一，小学的内容十分渊博，在有限的一生中无法研究穷尽。“小学之书，汗牛充栋，有训诂之属，有字画之属，有音韵之属，专意而研究之，白首不能毕。处此时代，仆岂欲孜孜矻矻，穷年累月，追踪戴段诸儒，枉费心思于无用，为学界之蠹也。”译者学习小学的目的绝不是成为资深的汉学家，只需“当急其所应用者而研究之”。第二，译者要避免成为舞文弄墨的“译学之巨子”，“倚马万言，矜才任气，若韩之潮，若苏之海，曲而能达，隐而能明，掉弄笔墨于区区章法字句间，以求合阅者之目”。

作者提倡小学，正是为翻译定名、为更好地建立新学服务，作者反对咬文嚼字的旧学中的小学。“吾国旧学，至今日而诟厉甚矣。金石考证也，声律骈偶也，帖括句调也，以及种种支离破碎、浮靡无用之文词，为末流所崇尚者，固已覆瓿视之，糠粃弃之。”作者既不主张因循守旧地崇古复古，书究式讲求小学；也反对时下打着新学的旗号，批古反古。“而今且谓此束缚言论之原也，此锢塞思想之因也。呜呼，学术变迁有如是耶，新旧嬗谢果如是耶！”作者的新学、旧学观是旧学之所以存续，自有其社会价值，“其绝其续，其存其亡，隐然与世道人心相维系”。新学可以不脱旧学之根，旧学之根可以助力新学。“虽然仆有一说，敢以贡诸当世，当世而诃我为謷言，指为不脱旧学之根性也可，当世而然我之臆说，许为贯输新学之一助也亦可。”这是对传统小学的价值和功用的重新定位，是将小学向新学过渡的改造和重塑，也是晚清先进知识分子对新学、旧学的理性认识和应对，是成熟的新学、旧学观，这也是该文的一大特点。

除融合新学、旧学之外，兼顾中学、西学是该文的另一大特点。作者主张翻译不仅要对汉字“正义以定名，即字以审原”，对英文也要应用这一语言文字之学，“习西文者……非仅学语言，充舌人可比”，译者需要深入了解西文，而“治西文者，必求沿流溯原，正名定义”。作者在文中提供了理解英文的三个角度和两个层次。三个角度分别为：“字音，究发声之刚柔促舒也”；“字义，既言其义，则必究其分合增减之形，与所从来之源流”；“字职，用于句中，与他字相为系属对待也”。两个层次分别为：初学“正音审义”；高等“文谱必讲字原，有由于撒逊，有由于腊丁，有由于罗马，至文字孳乳，又究其何从会合，何从转成”，“会合者，取分合之字面，合之使成一也”，“转成者，由一字之根，以意义之殊而变化其体成异字也”。

这篇文章由西学风靡国内、旧学备受批判的社会现状引出议题，从正反两方面论证了小学对于翻译的重要性，并给出了切实的解决办法，符合译论的一般行文模式。虽然作者未提供具体的翻译策略和造词方法，但是从学术的角度点明了翻译思路和翻译界、教育界需努力的方向，发出注重译学之时代，即注重小学之时代的呼声。

（六）译论中论“翻译道德”

《翻译与道德心之关系》这篇关于译书道德的译论发表于“学界时评”栏目上。[113]作者的观点是：“翻译之事，实非易易，吾不能文，然每觉译人之文虽于自属稿者倍蓰焉，苟任以己意武断删改而损益之，非徒学问之累，抑亦道德之亏也。”作者批判的对象是：“今之少年往往欺上海书卖及内地人士之不知别择，随意删去假名，颠倒一二字，苟以易百数十金而已。若此者，不得不谓为学界之蟊贼也。”

该文以古为鉴，文中写道：“吾中国先圣之教曰忠曰恕此二义者。无论言新道德言旧道德，皆无以易，放诸四海而准者也。故不为一事则已，苟为矣，则必以实心行之忠之谓也。”作者援引古圣先贤关于忠恕的教诲，将儒教中的“忠”与翻译的“忠”相对等，即将教化中的“忠诚”等同于翻译的“忠实”原则，进而把翻译中的“忠”“不忠”与道德心相联系，揭露“今乃徒以区区金钱之故，遂不惜自欺以欺人”，“兹事虽小，而我国青年道德颓落之现象，亦于此可征矣”。“故译书而以草率之心从事者，其于道德上有两大罪恶，一曰对于著者之罪恶，盖与说诳语者同科也。二曰对于读者之罪恶，盖损人精神，糜人日力与侵人自由者同科也。”这里的“罪恶”“同科”“说诳语”“侵人自由”均是法律范围内与犯罪相关的贬义用语，却被一一对等于翻译领域的“损害”“等同”“误译”“误导”等中性的学科术语。这种借其他学科用语跨领域表达的做法说明了晚清翻译讨论仍停留在科举试论、泛类推类比的逻辑范式上，没有建立起近代学术规范和严谨的逻辑推理体系。另一点是晚清及之前的中国译论尚未形成系统的翻译理论、翻译研究术语，仅以两三个关键词作为翻译批评的准则和全部内容，易以点概面，如该文仅使用“忠”与“不忠”的人文教化语词作为翻译评价的标准，既含混、无法衡量，又主观、不可靠。倘若以今天的翻译观来审视，我们似乎也可套用原文中的“道德”一语，反驳这篇译论：以“忠不忠”作为翻译评价标准也是不“道德”的，这归因于时人在翻译知识和学科水平方面的局限，但我们不能以今天的翻译学科水平强求古人。

文章大部分篇幅用于反例“破”上。批驳不解东文的新学小生：“今日译界之混杂，由于学东文太易，新学小生手《东文典》和《文汉读法》等书，未及三日，或且并四十八假名未识，亦嚣嚣然谈译书。”批评未通史学常识、前后矛盾的翻译少年：“凡译一门之书，非于此门学问研精有得者，万不能率尔从事，苟尔者未有不自误误人者也。吾有见乎今之少年以翻译为业者，其冒险自信之力，真不可及也。其贸贸然译哲学书经济书政法书者无论矣。其最易者宜莫如历史，然历史顾可冒昧耶？凡着史者，其征引材料必不能首尾完具。故苟非有史学之常识者，译之未有不前后矛盾者也。”批判不知西音，不知旧译名，且不粗解拼音法的学力不及者：“又史中人名地名最多，而其名多有见于中国旧译本者，故苟欲译史，非徒近世新着之名作不可不研究也。即旧译之陈言，亦不可不浏览。近日译本往往有寻常习见之名亦屡异其音者，吾见有以七字译哥伦布，以五字译奈端者矣。译者之寡陋不足责，独不为读者惜脑力耶。大抵译历史者虽不通西文，而拼音法终不可不粗解。今皆据东文以译，而东人以其假名一一与罗马字母对照，故依原文译之，其地名人名未有不在四五以上者，吾尝见某译本中有一人名译至十七字，一地名译至十三字者矣。译者设身处地令读者何以为情耶。”批驳一书、一页中前后互异的儿戏牟利者：“乃或同一名也，而一书之中，前后互异，乃至一页之中前后互异，若此者，吾盖数见不鲜矣。此则不能以学力不及为推诿者也。盖其以译事为儿戏，为牟利之具而不复一为读者计也，谓之无道德心谁曰不宜。”批评诡异之译语者：“更有至通行之名词，而亦故为诡异之译语者，如俄罗斯德意志，吾信虽极陋者，犹能知其名也，而译者必依东文曰露曰独（俄之译露，犹曰本音实然，尚可解免，然吾恐译者正未必为此）。夫何惮一举笔之劳而必为此异名以淆读者之耳目也。此等人真不可解。苟非自炫其能识一露字一独字，则必其全无心肝者也。”

同时，文中以正例提供了“立”的样板。以佛经翻译为典范：“试读六朝唐间所译佛典，何等精审，何等锐达，佛学之所以得盛行于中国，良有以也。”以当时著名的译家和翻译机构为例：“至如近日，若候官严士之译《天演论》译《原富》，皆以数年之功，始成此数卷。兢兢焉若深恐有负于著者，此诚译界之宗师也。即下之如前者上海制造局所译格致诸书，虽不能发扬国民之根本思想，然定名属词之间，犹煞费一番苦心。”作者给出了有道德心译者的做法：“吾译一书，则如受著者之记，为之传语焉，乌可以不兢兢也，其乐闻吾所传语者，则必以吾言为可信也。”“然亦当尽吾力，所能及以忠实之心对于著者、读者，其犹不赡，则吾扪心固无疚也。”

该文中以“全无心肝者”“罪恶”“诳语”“同科”“颓落”“蟊贼”形容无道德心的翻译，用词感情色彩强烈，贬斥批判性强，不同于传统译论中普遍温和中立、类似学术的语言风格。

（七）译论中论“翻译爱国”

《翻译与爱国心之关系》作于 1903 年。[114]在当时的时代背景和独特的历史环境下，人们很自然地把译论与道德心、爱国心相联系，这不足为怪，而今天的译论再难见与“爱国”相联系，根源在于社会环境迥异。该译论中用到“爱国心”“自炫”“弱势者”“随人脚跟”“拾人唾”“自检点”“凡爱国者未有不宝其祖国之文学者也”“实祖国国粹之一大端也”“蹂躏”“假借于人”“崇拜日本人之既极”“并其一言一字而亦仿效之而已”“是之谓无自立性，是之谓奴隶”，这些感情色彩丰富、褒贬鲜明的用词，表达强烈、刻画夸张，也是晚清译论有别于其前和其后译论的独特之处。

将翻译与有无爱国心联系在一起，这与当时国家危亡，有识之士呼吁翻译救国的社会环境密切相关。这给翻译带来了两难和矛盾：一方面，翻译救国离不开翻译，为救国需翻译；另一方面，又要以爱国心来翻译，这就要求译介既要保留原作思想内容，又要遵循汉文文辞文采，况且名词只是一个符号，只用于指代，人人可解即可，“名也者，不过一记号，使人习之，而能解云尔”。

作者也提出了批判和质问的反例：“近人好用日本新名词以自炫者，吾不解其何心矣。”“随人脚跟，拾人唾，余以为快，吾真不知其何心也。”“故为此佶屈聱牙之言。若曰，不若是不足为新学也，吾不知其何心也。若此者，吾无以名之，名之曰无爱国心而已。”作者认为：“凡爱国者未有不宝其祖国之文学者也。中国事事落他人后，惟文学殊不让泰西，若严译之《天演论》，视原本有过之无不及，此深通西文者之公言也。其余若诗词曲本，虽理想不如人而文采或过之，实祖国国粹之一大端也。”“彼学术上之语，或不能不有所假借于人，岂寻常措辞亦须尔尔耶？”作者主张翻译新学引进的是原作的思想和学术，而文采和措辞属于国粹，应区别对待。然而，“诸君必欲蹂躏之，何也？吾见近人之论著，往往有一句长至二三十言，一句中‘之’字、‘的’字三四见者”。

作者赞誉和推崇严复翻译的《天演论》，因为这样的翻译文本与原本相比，有过之而无不及，这是精通西语的人所公认的。在译名选择上，作者也援引严复的话：“据侯官严士之论，则谓学术上无论何语，苟遍搜中国古义，亦必能得其确译。如 Right 之译为民职民直之类是也。”反对“乃今之谈新学者，往往于中国久有定名，人人共知之语偏废不用”。作者认为借以日译词或外来词来翻译，是抛弃了中国语言文学国粹，而对日本崇拜至极。并以严复的《天演论》译本胜于原本为例，来说明翻译中译名的选择应从古语中搜寻，应保留和发挥中文的文采。

为使议论严谨、论述周全，作者也考虑到可能有的例外，并列出几个可以通融和接受的特殊情况，例如：“苟实难得其确译者，则无宁因之，如日本所通行之‘社会’、‘经济’等字。虽沿之亦未甚为病也。再亦难解者，乃经译其音而加以注释，亦未始不可。如佛典中之‘阿赖耶’、‘阿耨多罗三藐三菩提’者，其例亦多矣。虽然此不过穷于名而始用之耳。”“凡人之耳目，往往服从于所习，彼习于东籍，而舌端笔下流露于不觉者，固非可深责。”

（八）译论中论辩“译书难易”

《译书难易辩》作于 20 世纪初，由译论中的“今日成书已千百种，十年后必至无可纪数”“今中国译书之人以千万计，既有千万人能为瀹人智慧之事，能为开风气之事，能为著述之事，则今日之中国必不至为今日之中国，既为今日之中国，必不能有千万能为瀹人智慧、开通风气与夫著述之人，此可断言之，而无疑者也”“成书累万，曾不闻有获益之人。试任取一帙，皆文字乖谬，不可卒读”可知，当时中国译书已成一定规模，虽数量可观，但质量堪忧，尤其未能达到所期望的开启民智的效果。[115]对此，作者分析原因并相应地给出了建议。

作者对于译者的要求是“译书之人必通一种学术与二国以上之文字”“必宅其心于公德之区”“必通普通学”，分别对应于当今翻译界对译者的语言、品德、通识三方面基本要求。①

作者批判了当时译者的“图名求利之计”，并以卢梭的自由思想与法国大革命的关系为例，说明译者需具备公德心，体恤民众疾苦。“如人民憔悴困苦于虐政之下，即取发扬蹈厉振刷精神之书以药之。流连忘反于荒乐之中，即取艰险忧惧危言警语以怵之。法人自由书出，译读之国悉革君权，以恢复人民昔日所失之利。全欧为之震动，北美又旁受其激刺，译书之功用必如是。”20世纪初的译论已经不再桎梏于维护君权，不再寄希望于君主改良帝制，而是以法国大革命为样板，主张革命推翻君权、恢复民权。这样的思想变革出现在以翻译救国为宗旨的译论文章中，表达了译者对政治意识革新的新要求，也只有此期报端才会出现如是呼吁和宣传。

作者认为具备忧国忧民思想的译者将如法人自由书的译者一样，对国家乃至世界产生深远影响。作者以全球的视野，看待翻译在国与国之间的传播、在世界范围内的功效。“译书之故，唯汇集他国之思想学术，以供吾民之吸取……欧美各国遇有新明一理，新倡一说，凡文字各殊之国，莫不争得而译之，是以文化骤进至于斯极，岂一国之智虑所可企及者哉。”

① 周恩来也曾对译者提出过类似的三个基本要求：一、提高政治意识；二、精通相关语言；三、扩展通识知识面。

前文《译书难易辩》刊登在《大陆报》第 5 期后，该报第 8 期刊登了毕去謨回应它的《寄书：广读译书难易辨者意》，开篇即点明这一点：“读译书难易辨而不能无动乎其中也。”[116]

毕去謨批判了前文《译书难易辩》观点的自相矛盾，即既言译书责任重大，又建议采用速成的译东文书的方法储备译材，指出这个建议本身亦受名利心驱使。“译书之业，今日号称极盛。庞杂之弊亦至今日而始极。学者辄谓译西文书，不若译东文书。而译东文之易，则天下举无出其右者，学文法七日，即略有头绪，一月则游刃有余，三月则升堂入室，可以出应世矣。呜呼，诬焉而已，大报所谓译书为瀹人智慧之事，译书为开通风气之事，译书为著述之事。任重责大如此，岂可储其材于旬日间哉？毋亦名利之心驱迫之而然乎？”

毕去謨批判的又一理据是担心译员们见《大陆报》将译界腐败公之于众，会变得更加自暴自弃，愈陷其中。“虽然此皆大报所已言，而鄙人之拳拳不已者，亦不在此。篇中备陈数难，实慨译界之腐败，而揭示于译界中人者也。吾恐译界中不察，转生嫌恶之心。吾知中国人之气质，自尊力甚挚。誉吾者，亲之，毁吾者，远之，而译界中人终读是篇，恬然无愧色者，宁有几人？自愧之后且怨论者之排已，亦尝退思己非乎？而因其所说以自励也，则是篇将大有造于今日译界之中。若顾私自蔽，而复欲普其讳于天下之公言，则自为暴弃。”

最后，毕去謨希望读者不要被前文误导，要严戒腐败，不悖开通民智的译书初旨。“唯愿与志士仁人相勉于无已而已，即如译书难易辨一篇，因目睹译界之腐败，长此不变，则大悖译书之初旨，而民智将益阇矣。”

可见，虽然该文以质疑前文《译书难易辩》为目的，称其“诬焉而已”，“虽然此皆大报所已言，而鄙人之拳拳不已者，亦不在此”，但该文在论证逻辑上欠周密，批判难以立足，主要论述译者可能会出现自暴自弃心理，担心愈是揭露腐败，愈助长了腐败，但这个论证逻辑牵强、主观，不易信服。结论亦同前文《译书难易辩》，均落在号召读者“共严此戒”，牢记前文作者所述的译书初衷，达到前文作者文中所期：“凡在同志，当无不共严此戒，而乐闻之者也。何至有如毕君之所云者乎？”尽管这是一篇理据不强、批判牵强的质疑稿，但仍被收录、采纳、刊出，且选登的理由是“然既辱以来稿见示”，可见，当时报人对质疑的声音和异己的观点是非常包容的。“或有所见而云然，仅录报端，庸拜盛况”，晚清报人乐于发表批评质疑稿，以彰显报刊百家争鸣的盛况和不偏不倚、持平而论的办报原则以及接受不同观点、兼听则明的豁达、公允之心。

第四章　对晚清报刊中译论的历时分析

一、对“日书汉译”译论的历时分析

（一）“日书汉译”的日人译论

《日人论译书之益》是一篇日人对日本翻译西书的译论，原文刊登在日刊《长崎新报》上，后被华人译者翻译，刊登在《岭学报》上。[117]此篇译论从强国兴国的层面宏观论述日本受益于译介西书，没有涉及具体的翻译问题和翻译方法。“昔我日本一孤立小岛耳，一旦称雄海宇，其维新之法究属何如？大概我国之渐进文明，皆藉翻译欧美群书之力而择其要者，依次行之耳，如政治、兵法、文学、工艺、航海、造船、地理、历史、医术、卫生、渔农等事，以至起居饮食无不仿效欧美，故得以蒸蒸日上也。”然后作者笔锋一转，论及中国，认同中国变革的当务之急是译书。“我国对岸友邦已睡梦数十百年矣，顷稍梦醒，思欲效我国军事及一切学业，昨闻该国人论云，译书为方今急务，余阅之颇中肯綮。”篇末只谈邻邦，未点明中国，但读者均知所指。进而作者提出建议：“又曰民智未开，其弊不少，如欲孜求实学必多派生员游学泰西各国，而成效之速尤莫如留学于日本。翻译实学诸书，按彼立论，非无卓识且其意气甚勇，但能行与否，姑勿具论，要亦振兴之机也。夫是邦子智自雄，痼弊已久矣。今一旦舍己从人，殆亦无可如何穷则思通者乎？”作者认为中国民智未开，痼弊多且久，如今翻译实学诸书和派生留学于日本是振兴之机。此文看似日人论日本译书，实则是日人论中国的振兴之道，通过译介让此文以报刊刊文的形式呈现在普通华人读者面前，正是借翻译之口来转述这番隐蔽的对话。如果我们把它放在甲午战败后中日关系紧张的背景下，就不难理解日人以“邻邦”指代中国的隐晦，以及华报译者以译代言的婉转了。

《日人论译书大用二则》是在前文的基础上再发议论。[118]文中两次提及前文，第一次重申了翻译是日本文明进步的根源，“西五月一号，日本长崎新报云……凡开化之新知识，咸赖之取之海外移植邦内，然则我国之文明，皆自翻译西书来，非泛言失当也。翻译之功用真伟哉”是在前文的基础上再发议论。第二次则是强调“日为中师”的巨大优势：“西五月十九号，日本报云，清国人欲以泰西文明输入其国，而捷径无过翻日本书者，其论已录于前矣。”

作者由此倡议日人以汉文译书，施惠于中国。“夫我国犹汉文之国也，其文章大体汉文居十之八九，其转折意味，则在我文中居十之二三耳。舍其片假名，去其颠倒文字例，而加以焉也乎哉，则直逼汉文矣。今我中年读书者，多能属汉文，何不以空怀髀肉之感慨，易为有用之实事，将游戏景物雕虫刻篆，仅遣闷怀之时日，以汉文译书，救此老睡国乎？”作者论证了日译本与汉文本之间的转换简单易行，呼吁日人：“诚能利用汉学者之废物，以译我国各大学科，一切有用之书，以输出清国，更望我国之有识者、汉学家、出版业者，联为一会，大译邦书，以无用之学为有益之事，利莫大焉。”作者还认为这是促使中国受教于日本，践行“日为中师”的一举多得之法。“且邦人开口辄曰，我为清国文明之教师，其言固可听，而教之法尚未论明，况实行乎。今幸彼醒悟之时，来求之便，行素所言，果其自任而就捷径，劳少而功多，岂非一举而数得乎？且使邻邦共进文明以兴东亚，则功更伟矣。”

《知新报》和《湘报》都转载了这篇译论，可见晚清报界非常关注借由日本译介西书的动议。[118-119]从这篇译论亦可见，当时日人对华变革的关注不止于观望，而是意欲亲自动手，以汉文译书的方式参与到中国翻译救国的行动中。研究晚清的西书译介，不应只关注华人和汉译西书，还应多方考察其他国家的介入、主张和影响，考虑到他者在这方面的言行、目的、作用和效果。

（二）“日书汉译”的华人译论

《京外近事：总署议覆御史杨深秀李盛铎奏请筹款开馆译书折》刊登于 1898 年的《知新报》，该奏折《总署议覆筹款开馆译书折》同期亦刊登在《湘报》上。[120-121]奏折赞誉曾国藩远见卓识，开制造局，首译西书。至 1898 年，华人已意识到译介西书应当译介西方社会科学书籍，而不是一味译介自然科学书籍。“而奉行者不通本原，徒译兵学、医学之书，而政治、经济之本，乃不得一二，以是变法，终不得其法也。”奏折也提到与上述日人论译书相似的提议——经由日译本译介西书，依据是日文与汉文相似，易学易通。“考日本变法，已尽译泰西精要之书，且其文字与我同，但文法稍有颠倒，学之数月而可大通，人人可为译书之用矣。若少提数万金以举译书之事，而尽智我民，其费至简，其事至微，其效至速，其功至大，未有过于此者。”

奏折下篇再度提议由东译华，全数购寄日本所译西书，但与上面日人两文有所不同：该奏折主张华人数月学成日语后，自行译印日译本西书。“至日本明治以来，所译西书极多，由东译华，较译自西文尤为便捷，应请饬下出使大臣，访查日本所译西书全数购寄，以便译印。”由同期的奏折可知，中国在译介西书上不断调整，从译介兵书、医书转为政治书、经济书，从直接汉译西书转为由日译华。华人在不断探索着获悉西学、赶超西方的捷径，以欧美发达国家为学习和赶超的终极目标，而新兴发展的日本也是中国取法和借鉴的榜样，是阶段性目标。在这个过程中，西人、日人自不甘袖手旁观，而是意欲插手其中。由前文《日人论译书之益》《日人论译书大用二则》可知，日人呼吁国内汉学者代华翻译。

（三）“日书汉译”的践行

20世纪初，各地有识之士聚集民间力量，也开始自办译书局。登在《北京新闻汇报》上的《创设天津译书禀稿》一文宣传介绍了天津译书局的创办事宜。[122]开篇即声明该局的创办目的是翻译救国。“穷以我国之乱，出于士民愚妄，挽救之道，以广立学堂为急务，学堂之广又以译书为根本。此等开风气之事，人人与有责焉，时不容缓，不能尽待国家之财力也。”

天津华人集资自办的译书局，也是计划先由日译中，拟定了具体而切实的方案——赴日本购铅版，聘日本通才，译日本课本和日译本西书。“生等不揣绵力，聚集同人，自出资本，拟先聘日本通才二三人，并自置印机，设局先译日本学堂普通功课书，以次及各种专科功课，及日本所译西人有用之书，广行出售，并推陈选知县、玉田县举人史菡为总办，现已于天津城东租房一所，派人赴日本购铅版，先聘到日本通才一人，草创就绪，以渐扩充资本，不足拟续招股。”至于直接汉译西书，则并不作为首选，而作为后续工作。“俟集股较多，再聘精西文者，译西书。”由此可见，地方士人创办译书局的思路也同上文，在汉译西书和汉译日书之间选择后者，选择经由日译本引进西学，并将此构想付诸实践。

文中写道：“伏查上海租界内南洋公学译书局，曾禀准南洋大臣，两江督部堂示论保护遵行。今生等设局之地虽在联军占据之中，而此等开化之事已为外人所默许。伏乞中堂大人批准立案，一俟和局大定，联军撤退，再请地方官保护，实为公便。”由此可知，无论是租借地的外国人，还是朝廷重臣、地方官，对开办译书局都是或默许、或批准、或保护的态度，即全国上下、内外一致的支持推进，有利于民间自发创办的译书局、翻译馆的运营、维系和发展。

该禀稿得到了晚清权臣李鸿章的批准，回复以支持勉励和殷切期望之语，其书面批示也被附录于后，全文为：“李中堂批：据禀在津城之东，开设译书局，应准立案，俟地面交回，再饬地方官实力保护，该生等当竭力图成，勿蹈有始无终之习切切。”可见，至 20 世纪初，不仅官方意识到译书的重要性，成立官方译书局和翻译馆，就连地方士绅和知识分子也自发集资，在各地创办民间译书局和翻译馆，选择和拟定的译书方案也指向汉译日书，经由日本的成功经验，引介西学，翻译救国。这种选择和规划与前期报刊中大量刊载、宣传不无关系。晚清报端刊载的各种建议和主张得到了普遍关注，被官方和民间付诸实践，产生实效。中外人士借由报刊发出各种变法改革主张，这些主张在各地由官方和民间力量转化为实际行动，逐渐形成规模和模式，实现舆论和操作的良性循环，成为晚清不可小视的一支社会力量，其社会效应和影响不容忽视，值得研究。

将上述多篇报刊译论以“日书汉译”这一主题贯穿起来，不难发现：“日书汉译”这一新举措经历了从译介外人动议，到登载官员奏折，到民间自行创办，再到社会支持、官员扶助这样一个自下而上的过程。将其贯串一线后历时地分析，可以勾勒出晚清社会新举措、新提议自下而上从孕育到践行的发展脉络，梳理出从报馆译者译介设想，到报刊连续登文形成舆论，再到官员奏请，民间筹办转为行动，最后上扶下助促成实施的过程。这不同于以往研究锁定的晚清改良举措总是自上而下地发生发展，由官员举议到朝廷督办的自上而下的模式，将报刊舆论宣传、民间仿行作为之后的应和与辅助，视之为官方作为的影响和辐射。历时地分析报刊系列登文可知，报刊通过译介外报、外人观点率先开启思路，之后刊登奏折以扩大宣传，最后跟踪筹办，报道各方联动、配合，记录并引领了社会变革的全过程。这种引领是向普通华人大面积宣传，集合社会力量，调动官员、知识分子、民众，形成了一股支持、配合、人心所向、人力所集的态势，推动着新举措从无到有的进程。以往研究或聚焦于请奏的官员、批准的皇室，或关注于筹办者、创始人，而忽视了报刊早期从无到有的对外刊、外人观点的译介；忽视了隐身于报馆内摇旗呐喊、推波助澜的报人、译者；忽视了晚清报界所创造的全民集资集智、同心同意成就公益和改良的功绩。

二、对“译书会”译论的历时分析

（一）倡“译书会”

马用锡[123]的《报馆不如译书议》开篇介绍了译报的发端：“午未而降，海内士君子日惩艾积痼，以周知敌事，于是有译报之馆。”以此引出话题：“译报以为备，则无宁译书。”接下来，对比“书”和“报”：“书也者，古近之所凑也，书挈其要，报溯其支，书寔其故，报放其辞，译报能观变而译书能达经。”而当时中国更需要的是译书：“中土书不备，故民不聪，国不振，逆一切交涉则张皇振怵，芒乎无所措。五十年来，如诚得其书，则文儒之知宏，新学之故逈，变通之议一，而民聪而国振，而曾何虑夫积孱？”接着作者叙述了译书的状况：“方今译书制造局道之，同文馆塍之，西教会骖之，仅仅三百余，于宪法之首末，故事之根委，格致之功诂，靡悉靡周。……吾国译报始林文忠，而译书自曾文正，绵绵数十载，乃嗣以官书，杯水车薪，应付之不遑。”最后，作者呼吁士人君子转译报为译书：“如有君子以译报之力，为译书之役，一人受其瘁，而万流蒙其乐。”文末编辑附言：“江右某君欲设报于海上，邵公燕茂才谓设报不如译书，属为此告之，议成后公燕复酌定数处改作译书公会。……然近日报馆林立，踵起犹盛，而泰西书籍繁多，亦非一公会所能毕，故仍从原名，以质世之有意于此者自识。”

这篇名为《报馆不如译书议》的刊文，无论是篇名还是文内论证，都反复出现“设报不如译书”一语，在推举译书的同时不惜降低报馆的地位和作用。然而，矛盾的是这样一篇充满对报馆负面、否定之辞的投稿最后怎么会被《经世报》这一报刊接受并刊载，进而发行于世，广为宣传？为何《经世报》编辑、馆主不但不拒绝该稿，而且在文末附言，表示赞同“邵公燕茂才谓设报不如译书”，并且“属为此告之”？难道他们认同作者马用锡的“报馆不如译书”的观点？其实，对该译论进行文本分析后不难发现：其一，作者以“设报”抬高“译书”的社会功效，实则并不意在贬损“设报”，甚至无意负面评价报馆，而仅作为“译书”的参照、陪衬，所以实质上并未给予“报馆”任何负面评价，不会留给读者负面印象。其二，报馆从馆主到报人，并不将译书看作办报的竞争和对立。相反，很多编辑同时也身兼翻译，译报之外，致力于译书。又因受传统“藏书南山”的价值观念影响，身为知识分子的他们本身亦视著述译书重于编译小报。其三，报馆中的报人虽为谋生而从事编辑、翻译，但作为“士”阶层的他们受传统“经世济民”价值观影响，又受当时“救国救民”“启迪民智”使命的召唤，相较于报馆，他们更愿将自己与经世致用相联系、相认同，自然不会因该稿表面上对报馆的非议，而拒绝其深层对救国强民的译书思想的宣传。

（二）创“译书公会”

武进屠[124]在《译书公会叙》中将学堂和译书会进行了对比，论述了兴办学堂的劣势：“况西士教习之选大半滥竽，非工匠则神甫牧师也。”学员一半未尽颖异，养才之道、用人之地仍显不足。该文提出：“则欲推广学堂教养之法，使中国识字俊民人人得窥泰西东国变法之由与致用之实，诚莫如译书。”当时的译书也存在多种弊端：“但从前同文所译偏重法律，上海江南制造局及天津水师学堂所译颇多兵家之言。夫公法国律既因时轻重，兵家技巧复后出愈新，即此二端，今日已译之书，西人视之不啻刍狗，而各教会所译又尽出教士之口，其言多归重教宗，而于彼国政教之本与一切农工商艺术仍苦语焉不详，其不足开吾民之智也。”为改变令人堪忧的译书现状，作者建议：“固宜吾党同学之士有见于此，则益购欧墨，各洲近百年中列国之史，与国别之史，舆地之图，日本维新以来所出之书，皆彼通人撰述，首尾完具，依次译印中文，分旬传布。”即译书的选择转为侧重于西方国家历史地理类书籍和日本维新时期书籍。

《上海新立译书公会章程》更为详尽地规定了译书公会的各项事宜。[125]章程中有四条都是围绕选书问题：“本公会之设，以采译泰西东切用书籍为宗旨，……兹已向伦敦巴黎各大书肆多购近时切要之书，精延翻译高手，凡有关政治、学校、律例、天文与地光化电汽诸学，矿物、商务、农学、军制者，次第译成，……至日本为同文之国，所译西籍最多，以和文化中文取径较易，本会尤于此竞竞焉。”从中可以看出，选书范围很广，兼西书和日书，兼自然科学书和社会科学书，但这一时期并未关注人文艺术类书籍，可见尚无此方面的译介需求。除书籍之外，该公会也重视报刊的译介：“泰西新政史策等书大都会辑时报而成，兹择西报之最要者，如英泰晤士律例报，法勒当报，德东方报，法国政报五种……译附书籍之后，以备留心时务者流览。俟岁星一周即将以上各报考核同异，订为西历系年录另行发售。”作者列出了已译各书的类别，并补充了法国律例、各国条约及职官表、度量权衡考。“中国已译各书，如兵法、军械、格致、制造、算数、化学、矿质、医理等书已粗具崖略，若各国刑律，仅见法国律例一书未臻详备，他如各国条约及职官表、度量权衡考尤所罕见，本会当求善本一一详译刊行。”因是在上海成立的译书公会，对江浙商务出口中的桑蚕产业尤为关注，计划译介相关农业书。“江浙商务出口之货，以丝茧为大宗，近年华商折耗苦累已极，日本蚕务蒸蒸日上，由其加意考核，广译西书也。今本会广译东方蚕桑各书，并刊简明善本绘图列说。遍飨村农或亦中国收回利权之一助云尔。”

文中对于译书公会的资金集股、募捐、人员组成、译书之法等也有说明：“本会集股二十份，每股规元银五百两，官利暂提周年六厘，三年后将所获盈余按股均分。”1902 年的支那翻译会社与译书公会相似，都实行股份制运营管理。“愿认为本社团体者得依合资会社例，以银五百圆为一股，交本社记录收入。本社经济益益充分，则出版得益益增多。俟每年度结束期，决算其利益，照股分给。”[126]翻译社团和译书公会等在筹办、运营和管理方面已经采用了股份集资分红的方式，这体现了晚清时期翻译救国与近代新型经济形式的结合。

“本会意在挽回风气，富国保民，而愿大力棉时虞绝膑如荷，当代巨公鉴此微忱慨输廉俸，用相引掖俾底于成，本会当书列尊衔于报端，以中感激。所有译出各书，当照送一部，藉酬盛意。”“按此公会均由董君康赵君元益主持，集资万金，在上海新马路开设。”翻译家赵元益是该译书会的创办者之一。在《译书公会报》上刊登“译书公会叙”的章炳麟也是译书会主要成员。“会中延请总理一人，协理一人，英文翻译三人，法文翻译二人，德俄日本文翻译各一人，西文总校一人，中文总校一人，覆校二人，初校三人，写字四人。”“译书之法，凡翻译能中西并通者，则亲自涉笔，否则一人口授，一人笔述，后仍互相勘校，务与原书语气不差，累黍事迹不少增损，方为定本，原书具在海内通人，仍可复核而知本公会煞费经营之苦心。”

（三）五年间的两“译书会章程”比较

同为译书会，五年后的东亚译书会将其章程刊登在《政学报》第一页。[127]该译书会在章程开篇明确了其创办宗旨——“本会以流通书籍、开创风气、广联同志、输进文明为宗旨”，与译书公会译书宗旨——“本会意在挽回风气，富国保民”有所不同。[125]同为1902年创立的支那翻译会社的宗旨与东亚译书会相仿：“本社以养成人民世界的知识为公责，研究一切学而沟通之。翻译地球各国国文之书，凡关于学理与政略，有影响于社会人智之发达进步者，皆在其范围内，冀渐次组织种种最完全之书，以供世界学者之取吸，以为教育行政之标准。”可见，五年后的译书会宗旨相较于1897年《上海新立译书公会章程》中所述宗旨，视野更宽，译书范围更大。

报刊作为当时紧跟时代潮流和需求的新闻媒介，最为敏锐和快捷。间隔不到五年，就明显地体现出不同时期的时代召唤，可见其时代敏感性和映射性。不同于译书公会，东亚译书会由名誉会友和办事会友组成。“本会以中外通人、东西学士、提倡斯会者为名誉会友。本会以翻译东西要籍及各处分设支会销售新书者为办事会友。”另外，前期的译书公会类似于封闭书院式翻译机构，而东亚译书会则接近于开放众包的社会型翻译协会。“会友如有愿译何书者，先于本会题名书名、姓氏、爵里，现译何书，书若千字，自定出书日期（约每万字期以五日为限）。本会即行登报布告，不取刊资，如过所自定之期未能成书者，准由别人承译或有他事延搁，先函告本会展限亦可，惟不得重逾所自定之期。”即会友自行决定所译之书，只是与东亚译书会有类似合同的书面约定，承诺译书完稿时限等。其他翻译工作以外的事宜，诸如报酬、翻印、专利、发售、推荐、通报等均由东亚译书会承诺并主持。“会中译行之书，当由会中通禀各省，不得翻刻及改易名目，私行汇刻以保利权。”“会友所译之书如公认善本，未能付刊，可由会中代刊行世，或酌酬译资，或酌提板利，均面议定夺。”“会友所译之书如已付刊，可由会中代请专利并代发售，酌给酬劳，面议定夺。”“本会每遇新书刊行，无论编译自着，均延请通人撰述提要，如有移头换面、蹈市估恶习者，即行指明，以免购读贻者误，每期数页附刻报后。”相较于1897年译书公会的章程，东亚译书会的章程条例更为系统周全，包括捐款、年会、分会代售等。“本会如有慨捐译资及提倡译务者，随时公议如何酬谢。”“本会如同志广集，应择期公会，以考究译事之得失及权利之扩充，并行纪念礼，或一年一举一季一举，公议酌定。”“各处如有愿设分会代售本会新书者，可先函告，随时批发，格外从廉，以开风气。”

由上可知，东亚译书会的工作内容、范畴、性质与职责等与1897年译书公会均有很大差异，虽同冠以“译书会”之名，实则是不同的翻译机构，具有不同的翻译组织形式。这一方面说明了晚清的译书组织发展迅速，形式多样，已经扩展、分化出不同功能和性质的多种变体；另一方面也说明了这些建立于晚清的译书组织尚在草创阶段，处于萌芽时期，虽具雏形但并没有形成相互区分的明确的定位和理念，甚至没有专属的命名，而是混杂在“译书会”的统称之下。

（四）五年后的“译书交通公会”简章

《译书交通公会试办简章序》[128]的作者周树奎，精通英语、法语，是晚清著名的翻译家，他提倡成立“译书交通公会”，以交换智识、广通声气、维持公益为宗旨。该机构名称里的“交通”二字，就是希望译者首先有“互通声气”的机会，可以互相了解和协作，“不揣冒昧，发起斯会，愿与海内译述诸君，共谋交换知识之益，广通声气之便”。顾名思义，该“译书交通公会”的职责不同于上述两个译书会，主要是“除重复同译之弊”和“担任广销之责”。具体的办法和流程为：“凡各处会友开译一书，无论正书小说，及无论何国文字均须先将原书书名、译定书名以及著书人之姓名，用中西文详细开列寄交本会书记处注册，按月列表刊单，分送各会友，俾在会之人详悉某人现译某书，以除重复同译之弊。

译书出版之后如能见惠一册，则本会犹当竭力介绍于人。其有关教育与夫世道人心者，本会尤当竭力担任广销之责。内地会友或因交通不便，限于见闻，欲托本会同人物色中西书籍或向外洋代定书报等物者，本会自当竭尽能力以效微劳，惟价值需酌量先付。”

译书交通公会以《月月小说报》为机关报，这与上述译书公会以《译书公会报》为机关报十分相似，说明了华人在办报、译书，以及建立译书会三者之间，从创办到管理是相通的。在这篇简章序中，周树奎对定名、宗旨、会员、会友、会费、办法、度支及会所一一做了说明，在会费部分也同上述翻译会社，提到了对捐款者的优待：“会费之外，愿另捐开办经费或捐资至二十元以上者，本会当认之为名誉赞成员，永远提名会籍以彰盛德。”

作者自述：“鄙人于英、法二文，得稍知门径，从事译述，盖十余年于兹矣。此中况味，颇有所知。”还概述了1906年前后华人译书的情况，揭露了诸多弊端：“译一书而能兼信达雅三者之长，吾见亦罕。今之所谓译书者，大抵皆率尔操觚，惯事直译而已。其不然者，则剿袭剽窃，敷衍满纸。译自和文者，则惟新名词是尚；译自西文者，则不免诘屈聱牙之病，而令人难解则一也。尤其甚者，坊间所售之书，异名而同物也；若此者不一而足，不特徒耗精神，无补于事，而购书之人，且倍付其值，仅得一书之用，而于书贾亦大不利焉。夷考其故，则译书家声气不通，不相为谋，实尸其咎。”译者之间不通译讯、盲目重译，进而导致读者、译者、书商三方均受其害，周树奎等报人为解决这一问题决定成立译书交通公会。这样的初衷和设想虽好，但因难以维系，很快夭折了。但从晚清翻译史的宏观角度来看，应时而生的译书交通公会是晚清翻译救国思潮下的华人知识分子（尤其是华人报人、译者）自发成立的民间翻译组织协调团体，采用集资的方式建立和维系，挂靠于相应的报馆报社，以先其成立且发展较为稳定的报刊为机关报。在晚清没有统一的翻译权力机关和管理机构进行统筹规划的情况下，民间自发创办译书组织，集结全国各地分散的译者群体，从事译书译报工作。虽然译书组织自生自灭，也存在各种问题，但这一现象在中国翻译史上是独特的，这不仅体现了晚清翻译史的特点和自身规律，也说明各种形式和功能的翻译组织、团体在一个社会中有着自然萌发、变迁、消亡的发展轨迹，其始末时间、变体形式、经历阶段等既在具体社会历史条件作用下具有独特性，又因各种社会历史文化的相似相通而展现出一般特点和规律。如果统察世界翻译史，可以发现：晚清翻译社团的发展轨迹在历史的不同时期、不同国家地区有着相同或相似的再现。此外，晚清社会的独特需求为翻译社团的发展提供了源源不断的动力。

自强运动期间，民间筹办的译书会是对官方译书局、翻译馆及广方言馆等译书机构的有益补充，作为晚清萌发的新型翻译组织和团体，它们的译书章程明确了选书、翻译方式、资金、人员等诸多事项，从上文1897年、1902年的译书会章程和1906年的《译书交通公会试办简章序》中可以推断：这类组织从筹备到运行、管理等都是有章可循的，其规模和规范程度也可窥见一斑，虽然以往学界对此少有研究，但可以推知这股翻译力量在晚清译介中一定起到了不可小视的作用。“近来中国所刊之书，多为初学，而设得此公会以辅助，不及获益良非浅显。若各省仿而行之，中国自强之基捷如影响。”[129]应予以专题研究。

三、对“翻印西书”译论的历时分析

《论宜盛翻译翻印西书》的标题，容易使人误认为这又是一篇倡导翻译西书的译论，因为正好契合了晚清报刊对翻译救国的诉求，但该文的论证重心实际落在“翻印西书”上。[130]翻印西书就是盗版侵权，在华外国著者对此极为不满，并请出使馆和官方代表予以抗议。作者在《亚东时报》上将标题拟为《论宜盛翻译翻印西书》，却未论及“翻译”西书，只谈“翻印”一事。之所以这样拟题，一方面旗帜鲜明地论辩并倡议“宜盛……翻印西书”，另一方面加入“翻译”，使得题目不那么刺目，“翻译”和“翻印”一前一后，如不仔细看，会误以为是在重复报端老生常谈的话题——翻译救国。作者提出“翻印西书”，实指以翻印的方式使得翻译的西书在华流行，广为人知，为国人“实在之利益而速行之”，不管名分、不问禁令。这样类似的呼吁其实在晚清地方管理中经常被采纳和践行，只是不像此文这样直截了当地登载出来，搬出一二证据，论证“宜盛”的必要和可行。在义和团运动之前和之中，外国施压不大，虽然地方官府收到清廷下达的明令——保护外国人，禁止华人与之发生冲突，但由于清廷是在外国军事的强压下不得不做出妥协，华人自上而下都是迫于外国的压力，如果留有余地，可以在这方面无所作为，那么无论是地方官府还是清廷，都更愿意不闻不问、视而不见，或借口托词。只有在外国官方出面施压，在武力、军事、外交等胁迫下，才迫不得已施行禁令。这就形成了华人从上到下，暗中纵容或联合，一致对外的暗流，使得民间无论是教案冲突等大事，还是翻印西书等小情，都有屡禁不止之势、屡息屡长之象。

作者开篇交代了禁令背景，即清廷官吏总是在订立条约时受制于外人。“支那官吏不通于中外形式，受愚外人，每订立一约，辄将利权交让，积至于毛尽而皮不存，竟无恢复之日，即在条约应有之权，亦复置之不理，使彼族独擅其利。如禁翻外人所著之书籍，其一也。顷读广学会所出中东战纪，弁端有上海道刘某告示，云无论何人，不得翻印，如违禀究。”这里将禁翻西书作为官吏受愚于外人的一个例子，使得华人读者由不平等条约联想开来，更感不平，“如禁翻外人所著之书籍，其一也”。

作者认为不应为保护外人而做有损国人的事。“不知该道据何条章出是告示，以为保外人专利之地乎。查列国皆有保护著述人禁其翻印之制。

盖为报其劳，赏其功起见，事理明白，无可致疑。然其保护者，唯保护国人，并无保护外人之制。”作者的另一论据是：假使外人的书有害中国，属应禁之书，但谁能禁呢？所以华人也应做到：“我有一分之权，必持之不至于旁落。”“或曰广学会系有心人所创，其著书立言，有大效于支那，故保护其印权以酬之，不为不可，然此事已许广学会，则他外国人亦有一律均沾之权。若不幸其著书立言，害于世道人心，妨于国体政治，夫孰能禁之。夫与泰西列国相交，在明划权利所在。”作者的又一论据是：中国未加入“印权同盟”。外人不应平日视中国为野蛮未开化之族，而在此事上又以印权同盟或文明之族的标准来要求，这简直是“愚支那人”。“中国向来未入是盟，何苦被外人拘束，禁绝其国人翻印哉？”最后，作者呼吁：“故今之支那人，宜考求实在之利益何如而速行之，至区区无谓之名分，则付之不问可也。”

这样一篇不为取悦且不惧得罪外人的倡议发表于1899年的《亚东时报》上，因而有必要研究一下这份清末维新派主持的报刊——《亚东时报》。该刊1898年6月在上海创刊，为半月刊，由亚东时报馆编辑并出版，属于综合性刊物，1900年4月停刊。汪康年、唐才常、章太炎、毕永年、宋恕等参加过该报的编撰工作，第六期起由唐才常任主编。清末维新派编，由日本乙未会主办。该刊刊载政治、军事、法律、教育等方面的论著和译述，鼓吹维新变法，介绍国外经验。支持康梁变法维新，宣传维新派的政治观点和主张，抨击清政府的反动统治，介绍西方资产阶级社会政治学说，在中国知识界颇具影响力。汪康年在《亚东时报叙》中阐明办刊宗旨：

“环地球之上，有支体官理知觉之伦，书夜戢戢，搏心壹志，纷然不一致者。求其公理，一言蔽之曰，争自存而已。太古之时，人与物争，人非存人，不能以自存也。故人与人群而胜物，物既胜矣，人害绝矣。民之孽乳日以番而地力日以不给，于是群与群又争，争则小群败，大群胜；愚群蹶，智群兴。由是散者求合，昧者求明，而种数日以进也，故习争，不争则不能群，不群则不能存。生学家之恒言曰，物竞物，果无竞则虽自生民以来无群之事可也。故争及一家者，必群一家之人而争之；争及一国者，必群一国之人而争之；其争及全种者，则必群全种之人而争之矣……将以扩兴亚之愿，击中国之蒙，志甚闳焉……不教子弟，不能保其家；不存其邻，不能保其国，亦势之相激之使然欤！吾独念日本于今日，非有中国之危，而其深谋远虑，固自存之道，犹如此，则我国上下，身丁其厄，宜何如感愤振发，思物竞之烈而讲合群之道，以无负日本仁人君子之所为哉。呜呼，其可感也夫，其亦可愧也夫。"

物竞天择、自强保种的自然进化思想转化为中、日、东亚的优胜劣汰的社会进化思想，成为该报的舆论基础和立论出发点。在略偏激进的《亚东时报》报人看来，在维新思想和社会进化论的支撑下，翻印更符合物竞天择、适者生存的社会进化观，符合翻译救国、救亡图存的紧迫和决心。

时至 1911 年，晚清影响最大、最重要的报刊之一的《申报》，仍专文登载了《翻译西书之版权问题》，记录了中西官员就翻译西书的版权问题进行的磋商和调节。[131]说明时至辛亥革命前后，翻译西书的版权问题仍旧普遍存在，且困扰着在华外国人。"商务印书馆翻印西书与金恩公司涉讼一案迭志。本报兹沪道刘观察又准外务部施肇基左丞函开，谓本月初六日美卫署使到署，声称上海商务印书馆将美国人所著之书翻印一百余部，在中国售卖。著书人暨原印各书局不能分利，颇觉吃惊，似应设法保全权利。"

中方官员提到双方条约中的规定："按照条约，凡为中国特着之书，方有禁止翻印之条。"并据此问道："该馆所翻印之书是否特为中国著作？"得到的回答是："各书虽非为中国著作，然均系中国可用之书，若任听华商翻印致伤作者权利，未免稍欠公允。"外方自知如果严格按照条约，商务印书馆翻印之书不属于为中国特著之书，因而不受禁止翻印的条约保护。但是，外方提出请求：“可否请贵部饬令沪道，转饬该书馆与原印各书局订妥善办法，俾彼此可得翻印之益。”中方的回答先是例行公事式的，让其付诸诉讼：“此系商业本部碍难电饬沪道设法办理，贵国著书人等若自以为理直，尽可赴公堂诉讼。”外方回复：曾与商务印书馆有过公堂诉讼，未能解决。最后商议结果是双方不诉诸立案诉讼，而是协商和解，一方面回复美使馆领事，另一方面嘱原告及原印各书局并商务印书馆自行妥商，以期和解。“最好由贵部转饬沪道饬令印书馆，斟酌一公允办法。答以贵大臣既谆谆来说，可令本部丞参作一私函，将贵大臣之意告知沪道，惟不能作为公事各等语查此案。本部于本年三月间接准英使来函，称驻沪美领不以公堂判断为然。已将案详请驻京美使核办等，因当经本部驳复在案，惟该使既以彼此妥订办法为言，应由尊处嘱原告及原印各书局并商务印书馆自行妥商，以期和平了结云云。沪道业已照复美领，并饬该书馆遵照矣。”

由此文可知，1911 年前后，中国在翻印等版权问题上倾向于依据条约与西人谈判。如果文中外方所言“上海商务印书馆将美国人所著之书翻印一百余部，在中国售卖”属实的话，则可推知当时翻印西书、侵犯版权的问题非常普遍，难以遏制。

对比两文后可以发现，1899 年国内还未使用“版权”一词，而是以“印权”指代“版权”，“印权盟”“印权同盟”也由此而生。之后在 1911 年“版权”取代了“印权”的译名，“翻印”“专利”的译名一直延续使用至今。

第五章　晚清报刊中的专题译论

一、翻译史的专题译论

《译书略论》系统地梳理了中国翻译史。[132]这篇译论对佛经翻译的发展过程和主要特征进行了阐释，对明以后翻译史进行了分期、分类型的比较研究。其中，对明以后翻译史每一期的特点进行了归纳，包括时代、所译书、译书人、译书地、译书宗旨、译书经费。作者把第三期又细划为四种类型，“第三期同时者尚有数社会”，同样从时代、译书、译者、地点、宗旨、经费六个方面揭示了每一类型的特征。该篇整体对比了中国翻译史在明之前和明之后译书的差异。作者对翻译史的四个时期译书的功用、功名一一点评，认为译书者必将改良，提出改良方案。这篇翻译史的译论未被学界关注，以往研究将关注点放在翻译理论、翻译问题上，未能充分挖掘翻译史议题的文献史料。其实晚清华人、西士没有忽视翻译史问题，对翻译史也进行了认真的探讨和研究，留下了宝贵的翻译史研究文献，他们对翻译史问题的重视和研究也同样体现在该篇译论上，这篇梳理翻译史的文章不仅刊登在《中外日报》上，而且被《选报》全文转载，说明了时人对该文的重视和宣传。

该文最初发表于晚清重要报纸之一的《中外日报》。《中外日报》上的时评文章、新闻报道见证了晚清社会文化的发展变迁。1898 年汪康年将《时务日报》更名为《中外日报》，《中外日报》很快和《申报》《新闻报》成为晚清上海新闻界影响最大、销量最高的报纸。该篇后又转载于《选报》①，《选报》由蒋智由、赵祖德创办，马叙伦、蔡元培等为主要撰稿人。该报以“开民智”为主旨，选登国内外各报所载重要消息和言论，并附以评论。其《本报缘起叙例》明确揭示其宗旨：“虽购一报，如见各报，耗费无多，精要具在，留备调查，亦易检阅，分饷内地，沾匄斯广，于开民智不无尘末之助。”[133]《译书略论》先后登载在这两大重要报刊上，亦可证明其传播范围和影响力。

该文从读书、译书对个体和群体的价值这一话题切入，既说明译书对中国的重要性，又强调当下中国落后于欧美，译书更加紧迫和必要。“人生于一群之中，欲自开其智识，则必读书。两群相遇，欲互换其智识，则必译书。两群之中，甲群稍高，乙群稍次，则甲群译乙群之书尚可暂缓，而乙群译甲群之书，则在所宜急。夫今日者脑力之世界也，人固不可不读书，而支那者又稍次于欧美者也，更不可不译书。然则今日之支那，其以布帛菽粟视译书也，审矣。”

作者从“支那”一词即为译名引出译书。“且支那者久惯译书之国也，问支那二字之名从何而来，即从译书而来。”简要梳理了中国译书史，切入话题：中国是翻译历史悠久的国家，重点论述了从东汉开始的佛经翻译，突出中国佛经翻译的久远和繁盛。“当东汉之初，金容入梦，遂为支那译书之始。自汉明章时法摩腾等译四十二章起，至唐贞观时玄奘等译相宗各经论止。此八百年之岁月，皆为支那译书之时代。其间主张译书者，有华人、有胡人，其口译笔受者，有华人、有天竺人。其宗派则大小乘无定，其文笔则华朴繁简无定，其择书则一书二译三译甚至六译亦

① 《选报》1901 年创刊于上海，原为旬刊，自第四十二期起，改为周刊，发行至第五十六期。停刊于 1904 年 3 月。该刊设论说、谕旨、内政纪事、外交纪事、地球各国纪事、所闻录、他言集、筹远集、工产志略、文学小史、经济备览、倚楼杂录、剧谈录、国风集等栏目。

无定。而自其大势观之，则其哲理由浅而渐深，四十二章经等至浅顺，地经等至深，其文辞由疏而渐密。慈恩以前所译，通其义而已，至慈恩所译则必合名学，其一书之卷轴亦由少而至多。四十二章经共一卷，大般若经六百卷，自竺法阑至规基等，其进步之等级，至清晰至完备也。”对于佛经翻译这段历史，作者从译者身份、翻译方式、文笔特点、演进规律几个方面予以论述，揭示了佛经翻译的发展过程和主要特征。

叙述之后，作者发表议论，揭示佛经翻译与之后翻译的主要差别在于：“夫古之译释典也，求死后之罪福而已，非以救燃眉之存亡也。讲高尚之哲理而已，非以求切肤之衣食也。”这里所指“救燃眉之存亡”和“求切肤之衣食”正是意指在西方殖民危机下晚清翻译的救国功用。作者将佛经翻译与当时的晚清翻译进行对比，说明作者虽然将该篇冠以“译书略论”，即整个中国翻译史，但其关注点实际上是晚清翻译。

作者总结了佛经翻译由中唐繁盛到两宋元明渐败、萧条的过程：“而缁俗信徒乃能合力而成此洋洋万卷之大藏经文。支那人译书之猛勇精进，不可骇哉，惜乎中唐以来，禅宗既盛，置此不讲，两宋元明，百学俱惰，本有之书，尚多束阁，岂能他求，洎乎明季，已达极点，而译书之死灰复然。”

作者虽然没有点明自己对中国翻译史两次大的翻译高潮的界定，但从其叙述中不难获悉：其将两次翻译高潮划分为明以前的佛经翻译和明以后的西书翻译，并两相对照，有同有异。“明以前之译书，取之西方，明以后之译书，亦取之西方。明以前之译书为传教，明以后之译书亦为传教。但一则印度，一则欧美，一则释迦，一则基督耳。”作者将明以后的译书又进一步划分为四个时代：“及其后时世所迫，乃渐与国政相连，今分之为四时代。”对每一期都从时代、译书、译者、地点、宗旨、经费六个方面提炼出主要特征。表 5–1 所示为《译书略论》中明以后译书的四个分期。

表 5–1 《译书略论》中明以后译书的四个分期[①]

	时代	所译之书	译书之人	译书之地	译书之宗旨	译书之经费
第一期	明崇祯□□[②]年	宗教算学	徐光启、利玛窦等	上海徐家汇	传罗马教	教会
第二期	咸丰□□至咸丰己未	天文算学	伟烈亚力、李善兰等	上海墨海书院	显其独得之学	教会
第三期	同治十年[③]至今	格致工艺	傅兰雅、金楷理、华蘅芳、赵元益等	上海制造局	国家欲明制造	国家
第四期	目今	政治学等	士人、学生	各大市场	输入文化挽救衰亡	人民自备

作者采用列表方式，使用统一的评价指标（时代、译书、译者、地点、宗旨、经费），具有三个优点：一、便于对比四个时期在六个方面的异同；二、有效地运用历时法呈现出六个方面的历时演变；三、该列表直观地向读者展示出译书“渐与国政相连”的趋势。

对于作者所处时代的前一期译书，即第三期，进一步划分为四种类型，“第三期同时者尚有数社会”。表 5–2 所示为《译书略论》中第三期译书的分类。

表 5–2 《译书略论》中第三期译书的分类[④]

	时代	所译之书	译书之人	译书之地	译书之宗旨	译书之经费
甲	光绪初年[⑤]至今[⑥]	条约、外国律例、旅行游记、医学	丁韪良、同文馆学生等	北京同文馆	未闻	国家

① 此表是本书作者根据原文中的文字表述整理而成。

② “□□”出现在原文中，推测为作者不能提供确切的年代，用□□表示年份不明。

③ 同治十年即公元 1871 年。

④ 此表是本书作者根据原文中的文字表述整理而成。

⑤ 光绪初年即 1875—1879 年。

⑥ 文中的“至今”指的是截至该文刊登的年份，即 1902 年。

续表

	时代	所译之书	译书之人	译书之地	译书之宗旨	译书之经费
乙	光绪初年	算学、物质学、历史	艾约瑟、花之安等	上海益智会	传路德教	教会
丙	光绪十余年①	宗教、格致、史事、政治	李提摩太等	上海广学会	传路德教	教会
丁	光绪元年②	医学	嘉约翰、尹端模等	香港博济医院	传路德教	教会

对于这四种类型，作者也分别从时代、译书、译者、地点、宗旨、经费六个方面提炼出主要特征，既方便横向、纵向的对比，呈现演变规律；又帮助读者以关键词的形式抓住本阶段的核心特点。但与前面四个时代的分析一样，作者并未向读者阐明分期的标准和理据。但作者当时的划分与今天翻译史学界对晚清翻译的分期基本一致，一方面说明该分期具有科学合理性，经得起时间的过筛；另一方面也表明作者对晚清翻译史的认识和研究达到了较高的学术水平，这篇翻译史的专题研究也具有较高的学术价值。

需要指出的是：作者并不是完全按照时间的线性顺序对翻译史分期的，而是按照时代特点和内涵来分期。例如对明以后的四个时代的划分，其中第三期的时代起始时间为“同治十年至今”，而第四期的时代也标为“目今”，这两个不同的“时代”中都出现了“今”字，可见作者文中所指的“时代”不是严格意义上互不交叉重合的线性时间序列，而是以特征为界定的标准，以核心内涵作为区分的理据。“时代”一词本身除指代时间、时期外，还指“历史上以经济、政治、文化等状况为依据而划分的时期”，作者在文中使用的就是“时代”的第二个意思。这同样应用于下文第三期的四个“社会”的划分，“第三期同时者尚有数社会”，作者

① 光绪十余年，即光绪元年以后十余年，即 1885 年以后。

② 光绪元年，即公元 1875 年。

明确强调“数社会”为“同时者”，即在时间上是交叉重合的，并且同样使用“时代”一词进行标识，后面的年代——“光绪初年至今”“光绪初年”“光绪元年”，这些彼此交叉重合的年份也证明了这一点。

介绍了明以后译书史四个时期和第三期的四种类型后，作者将最近的第四期，即当下时代的译书与之前的进行了多方面的对照分析。一方面，分析了后期胜于前期之处：“观右诸表，即知支那译书，当后胜于前矣，何也？前译书之人教会也，朝廷也，前译书之目的传教也，敷衍也。后译书之人，士夫也，学生也，后译书之目的谋公利也，谋私利宜乎？”另一方面，对后期较前期的发展和进步，也予以肯定和赞美：“后译之力当万倍于前译之力。前译者，为东方之启明，而后译者，为经天之烈日。前译者，为昆仑虚丛林灌莽中之涓流，而后译者，为江河入海处，吞天之巨浸，殆时势之一定而不可改者矣。”作者把这种进展解释为大势所趋，是事态发展的必然结果。作者在字里行间向读者揭示根源：将后期较前期的发展归功于“时势之一定”，是不可改变的进程，正像作者所描述的太阳从启明到经天的烈日，河水从涓涓细流到吞天大海，“后译之力当万倍于前译之力”也和这些自然规律一样不是人为之功、人造之就，而是社会规律使然。正是这样的认识使作者一方面赞叹后期万倍于前期，另一方面又似自我矛盾地论证“乃一读其书，竟大不然，其后译之书较前译之书不及远甚”。分析作者的论证逻辑，可以看出：作者将后译远胜前译归功于事物发展的客观必然，而将后译不及前译归咎于人为操作。“其一，前译皆取诸西文，后译皆取诸东文。其二，前译多科学，后译多泛论。其三，前译多巨帙，后译多短书。此三事者，各有致此之因，其第一条，以深于西文之人过少，即有数人而其人之事已至极繁，不能再肩此任，此为西文之所限一也。第二条，有专门之科学，即有专门之名词，通东文者虽多，而会学科学者甚少，此为东文之所限二也。第三条编辑者，数字以卖之，发行者，计日以赶之。皆以短书为便，此为财力之所限三也。而此外，又有近因能致译书于至坏之地步者，则科目为最有力焉。此四者具，而译书之不及前决矣。”作者列举了译书退步的三条原因：精通西文的译者过少（西文之所限）、掌握科学的译者过少（东文之所限）、译者对报酬的追求（财力之所限），这三点都可归结为译者的局限。今天我们同样是将语言能力、知识水平和道德程度作为对译者的基本要求和评价准则。

作者在文中提出了学与利的四种结合方式：“专为传其学说起见，上也；欲以其学著名，次也；欲以其学易利，又次也；利在前而后从事于学焉，下也。以此四期分证之。”并将其与明之后的四个翻译时代相对应：“第一期之译书也，其时欧西之说，初来中土，非维无利可谋，无名可得，而且处数千年丰蔀之下，忽然而倡此新宗教，新学说，上无国家之保护，下有社会之阻力，其祸有不胜言者焉。徐利诸公，举不暇计，惟是热心信教，欲以传上主之奥理于人间，其胸次之高尚，为何如也？故所译《几何原本》等至今尚占译书中惟一之地位，此为犯难译书时代。”第一期是为学而译，不求名利，是最可取的。第二期可概括为为名而译。“第二期是嘉道之季，士大夫旧学渐进精深，故算术一科遂成显学，李壬叔生当其时，其资禀又于此为独近，故亟欲集其大成，为同时诸公所未有也。此为名誉译书时代。”即译书以求名誉，是为次选。“第三期则既已开公局，支薪俸矣，然而其局为常局，其课程以时计，不以字计，故为日较长，得以从容从事焉，且诸公又皆嗜此学者也，此为薪俸译书时代。按同时各教会译书笔述人情形，亦与此相若。”此期可概括为为利而译，是为再次选。“第四期科举既变，八股既废。于是四书合讲，诗韵合璧，大题文府策府统宗等，遂与飞蛇飞鼍大麋大鹿同为前世界之陈迹，不能不又有物焉，代与其间也。以故其购求者，非求智识也，买夹带也。其编辑者，非开民智也，卖夹带也。此为夹带译书时代。”即见利求利中夹带，不关注译书本身，不持开民智的公心，仅视其为利的附庸，因此，于己无关，不求精进，顺带而已。这在作者看来是最差的。

这篇译论就是要批判当时这种敷衍求利的译书风气。“夫译书而至以充夹带，则译书之恶达于极点矣。以观其工，则译工、印工、装订工，无不草率之极，以观其料，则墨料、纸料、线料，无不偷减之极。以较前时所译者，不必展读。盖一望其书之外形，而知其工率之分矣。”作者号召自上而下施行改革，科举考官改变出题，将译书纳入考试科目、纳入学堂读本，使译书的价值自现，不再是名利的附庸，而是输文化、开民智，甚至起到救亡图存的作用。“虽然吾知不转瞬而译书者必将改良，从何而改，即从此数十之考房官而改也。盖其力能使译书与夹带分而为二。今观各省所出之题，几可不用译书，则将来所刻之宏墨，必皆不引译书，则此后求夹带者，必不求之译书之中，即谋译书者，断无望其兼有夹带之用，而译书自译书，夹带自夹带，将见专备夹带之新书，渐不销行，专备夹带之译局，渐行停止。而其存者，必其真输文化，开民智者也。再久之，则科目之制，终必废绝，而学堂之读本兴焉，至此而译书之面目大更矣。若再言其他，则更关系于国家之存亡荣辱，此时亦无人能知之。若如上之言，则固可以确信矣。”

作者揭露译者或机构的名利之心是中国今不如古、自退不进的根源。“西人有恒言曰，今胜于古。华人有恒言曰，今不如古。若此二言者，各相反也，而要皆其社会之实情，余等自有智识以来见乎？在西人者，何事不日进，在华人者，何事不日退，不必论相角于争存剧烈之界也。即作中国仍为闭关自守，观之亦实有不堪对我古人者。同一绸鞋也，出于古人者必厚密，出于今人者必疏薄。同一器用也，出之古人者必精坚，出之今人者必糙脆。同一书册也，出之古人者，其纸墨装订必工整，出之今人者，其纸墨装订必草率。”作者认为清朝自趋没落，从嘉庆到光绪一朝不比一朝。“此均非有西人日促之也，其退化何如此之速哉？使速率常如此，十年百年千年之后国将何如？”对退化和危机的描述实欲警醒华人，立转立改，遵循作者上文“从何而改”的建议，以期达到“不转瞬而译书者必将改良”。

纵观全文不难看出，作者为了论证“译者的名利心致使翻译日趋退化”这一论点，主观地将明以后的四个译书时期机械地对应于译与利的四种组合。但以今天客观推理、科学论证的标准来审视，这种对应本身即为作者主观强加，因为单看某一时期，四种译利结合的翻译情况都是存在的，同样，某种译利结合的翻译情况也可持续地存在于其他各个时期，甚至贯穿始终，并且作者没有论证为何他所认定的情况成了主流。为了方便立论，直接推导出“今非昔比”的结论，作者没有遵从科学考证和逻辑推理，结论也是未经证实的。

统观晚清报刊文献可知，这样简化逻辑、主观臆断的论证模式在晚清非常普遍，深受科举文论套式的影响，体现了晚清报人在著述译论上的逻辑推理的普遍特征。其实，西学东渐中随着科学、实验精神的传入，以及唯物、客观标准的深化，报刊行文的逻辑和论证模式也发生着改变。历时地分析晚清报刊文献可以发现这一变化轨迹，也可以从一些史料文献中看到晚清时人对传统行文模式的反思和批判，对科学推论的呼吁和践行。对这方面的研究日后有待加强。

这篇晚清翻译史的专题研究文献具有较高的学术价值和研究意义，但同时仍存在自身局限。但整体而言，无论其价值还是局限，都为我们提供了难得的翻译史研究史料，向我们揭示了晚清时人对译书自古至今的分期和比较，对中国翻译史的研究和评价，让我们从中获悉晚清时人的认识和思考，解析其研究水平和认知局限，既帮助我们了解历史，又有助于我们从历史的进程中看到古与今的传承和演变，探究我们思维和文化的特征及其形成过程。

以古鉴今地看，尽管今天的我们在论证与思辨、表达与写作上都推崇科学和实验精神，力求客观、真实、全面、准确，但细究我们的言论、行文，不难发现潜藏着不少诸如上篇译论中的逻辑问题或论证定式，这是文化和传统积淀和塑造的结果，同样存在于今人的文化基因和传统血脉中。在历史传统的根系上生长起来的今人的意识和思维，也在我们不经意间表达着同样的文化印记，揭示和解析这些印记能够帮助我们挖掘自身的文化因素形成与发展的历史和特点，以古论今地对现实社会文化做出阐释。

二、具体学科的专题译论

（一）译商业书

《中外日报论译商业书要例》一文开头便点明写作目的：希望通过创商报、译商书，引导国人学习东西商道，从而改革国内商业环境，振兴贸易与经济。[134]文章主体部分列举了十类推荐翻译的东西洋商学书籍，即商业史、商业地理、商业书、银行书、商业贸易书、商业交通书、商业法规书、商业权衡度量书、商业相场书、商业簿记书。在列举时，首先阐述国内现状，指出目前的不足与对商学之道的迫切需求；其次解释商学之道能够带来的经济效益，并辅以例证；最后一句回扣主旨，说明翻译此类书籍的意图所在。结尾重申翻译上述十类书籍的必要性，同时指出深入学习商学之道的几个方向。

在晚清自强运动中，商业富国强国这一理念得到了维新派、变法改良派的认可，康有为在《日本书目志·商业门》中也提出相似的观点，这与中国传统以书算为主的商业知识相比有根本性的改变。《中外日报论译商业书要例》一文列举了十大商书翻译要目，不局限于介绍翻译商书的类别，而是通过倡导译介这十类不同专业方向的商务书籍，向中国全方位引介西方商务知识体系，向国人推荐和传播系统、科学的商业知识体系，改变中国传统的商业思维和认识。这样的译论文章对中国近代启蒙，对本土知识分子的思维模式、知识结构都具有重要的重塑作用。根据现今的《中国图书馆分类法》，商学书籍所在大类为经济，下分十一个小类：一、经济学；二、世界各国经济概况、经济史、经济地理；三、经济计划与管理；四、农业经济；五、工业经济；六、信息产业经济（总论）；七、交通运输经济；八、旅游经济；九、邮电经济；十、贸易经济；十一、财政、金融。依照现行标准，《中外日报论译商业书要例》推荐书目更侧重于第一、二、三、七、十、十一类，致力于促进国人学习西方商业运作制度，提升国人在对外贸易中保护自身利益的能力，增强在国际市场上的竞争力。

该文刊登在《湖北商务报》上。《湖北商务报》于 1899 年 4 月 30 日由汉口商务局创办，以“开商智，振商务”为宗旨，专刊商务谕旨、奏疏、中外商情、商务通议、商务专案、商务月表、商学商律、创造发明等方面的专业性文论新闻，全部译载中外各大报刊的文章，报馆不撰发任何社论。该报已知发行五年，出版 163 期，是国内最早发刊的商务官报。而由清政府商部谕办的《商务报》，迟至 1903 年 12 月才出版，《商务官报》更迟至 1906 年 4 月才创办。至于各省商报，亦大多在 1905 年后创办。《湖北商务报》略例：谕旨第一；择录奏疏第二；局收文牍第三；局发文牍第四；商局讲论第五；局外文牍第六；中外商情第七；东西译报第八；商务通议第九；商务专案第十；商务月表第十一；商学商律第十二；案语发明第十三；读误更正第十四；禁议时政第十五。从《湖北商务报》的栏目设置中可见其内容之丰富。

作者在篇末指出：“以上十端，皆为商学要领。不明乎此，则于是业不能高出寻常，而商权亦难扩张于外。虽然商学之道，有预养之学，有实习之学，有高等之学，非课业习学不可。本报所论，不过略示大纲而已。”向华人介绍西方商学体系的同时，指出这些仅为“商学要领”“略示大纲”，其余更加精深的商学之道“非课业习学不可”。作者已经摈弃了中国传统商道至上的自大心态，立足于富国强国，认识到商学不明与机工未兴、工学不精的因果关系，提出：“欲明商学，先立商报，藉开风气而挽利权。先将译商书之要目，发为凡例以告天下。”作者还主张以商报作为商学译本的主要传播媒介。

在引介西方商业知识体系之时，对于不同类型和方向的学科知识，作者采用了不同的引介方式。如对于商业史，作者以中国史志相比拟，便于读者理解和接受。“中国史志，体取赅恰。故一史之中，包含诸部，分而晰之，专科具焉。”对于商业地理，作者从上古追溯，并引用古圣先贤老子的话：“上古之世，山未通，水未桴，人迹所至，方隅而已。老子曰：鸡犬相闻，老死不相往来。”说明“洪荒之世，固其所也”。之后，通过中国古今之变和西方古今之变，论证翻译商业地理书的必要性。“自柞棫拔而陆运起，刳木利而水运通，交易之道，遂日以繁。夹板之兴也，荷兰西班牙东渐之局创矣。汽船之盛也，西方各国鳞萃而杂沓矣。地域日辟，贸易日甚，五洲遂成一商战之世界。”

以“商业将使中国变弱为强”为立论，作者阐明了翻译银行书的必要性。“世人通病，莫患于分利多而生利少，尤莫患于仅知以本营利，而不知以利营利。”“斯中国商业之拙，利源之竭也。”文章揭示了中国积贫积弱的病症，并对症下药。“故国有银行，商市可以保成本之憿。而世上浚利之法，亦能日出而无穷。次译东西各国银行书，所以使人知保本生利之方也。”在商业贸易书部分，这种论证逻辑体现得尤为明显。“故观于内货输出，与外货输入，岁额之多寡，即可知其立国之强弱，商业之盛衰矣。夫商易之要，不患外人，不患外货，所患者我国之货材，与商工之业力，不足相抵，则人盈我绌，而国遂贫弱。故次译东西各国商业贸易书，所以达彼我之情，而知筹抵之方也。”

另一种论证的方式是强调保利权、改变商权日绌的现状。作者虽未直接点明中西国势强弱之差，但字里行间把读者引向此点。例如："所以使人知材产运致之利，而谋收回利权之枢也。""无论国也人也，必其权力相侔，而后可以相交通。不然，无权自主，群焉以通情？责吾是欲吾自让大利于人，而为之几肉而已。商业交通，则商运便利，固其要也。而必有权以便其运，则尤要之要也。故次译商业交通法，所以使朝野上下，知自保利权，而勿使商权日绌也。""内地商法立，可以保诳倒而便交易。外国商法立，可以利运输而便交涉。故商法一定，而后一切商事方有自理之权。故次译东西各国商业法规，所以保国内商利，而明外交权限也。""呜呼！东西各国之所以弊吾者，港场之得其要也。故次译商业相场书，所以导利源而增财物也。"

另外一种较为常用的方式是诉诸学科自身特点和要求。例如："一曰商业贸易书。经商之道，以有易无，四字尽之矣。""一曰商学权衡度量书。权量之谨，所以司财富之筦键也。商得之而运载之衡，榷税之则，皆基思定焉。工得之而奇衺之禁，尺度之均，皆本斯度焉。故析利而舍权量，犹设关而无键钥也。故次译东西权衡度量法规书，所以使权利者有所准，而射利者无作之伪也。""一曰商业法规书。欲兴商务，定商法。保商之权，系于法律。故无商律，而振商权，犹车脱辐而望其绝景驰也。""一曰商业交通书。商何利，利于通，通何术，运以权。"

与此类似的是诉诸人心、人性本身特点和需求。例如："一曰商业书。人之所以合世宙者，群也。所以能群者，财也。人之体用，止分二界。外界者达物利以制用，内界者明心理以遂生。商业者，实业学中之一科，而以心理运物利者也。故次译东西商业书，所以使人谋利用之方，而不至有游惰之习也。""一曰商业相场书。商业之利，固在交通。然使居之不得其方，筹之不占其先，则交通之利，亦不能独擅。故察视港场之法，必于人共欲之所，蹈隙以定，于人未察之所，扼要以争。""一曰商业簿记书。商人者，其产业学力，可以保其营利者是也。商事者，其生业以逐利为心者是也。而凡为计利之法则，争讼之凭证者，则簿记其要也。故簿记之学，别为专门，簿记之才，必加素养。”

作者通过诉诸中国古今之变、西方古今之变、中西之差、商业学科自身和人心人性本身的特点和要求，从共时和历时两个角度论证译介各类商务书籍的必要性。该文对商务书籍的翻译进行了分类，提出从十个方面来全面、系统地译介西方商务书籍。这种对商学的细致分类，颠覆了中国传统以书算为主的商学认识，并试图以西方商学体系重塑中国本土商务。这篇译论 1899 年登载在晚清国内最早发刊的商务官报《湖北商务报》上，对颠覆传统商业认识、激励华人学习西方商务知识具有开先河的作用。

（二）译法律书

晚清具体学科的专题译论文章所采用的一般论述模式是：开篇直书中国当下对于该学科的翻译需求，往往诉诸晚清中西巨大差异暴露出来的现实问题，描述西方的文明进步，陈述中国的腐败落后，之后提出译介该学科西书是解决之道、改良之法，最后倡导华人广泛译介、效仿学习。例如前文《中外日报论译商业书要例》通过具体实例，如西方汽船兴盛、商业发达、以利生利等，揭露国内商业方面的不足，主张国人通过学习东西商学之道，改革国内商业环境，振兴贸易与经济。

《宜译各国律法以资参观说》一文开篇由各地风气、人民、政治的差异引出律法不一的弊端。[135]“天下五大洲之地，风气不同，人民各异，政治之烦简亦不同，律法之重轻亦不类此。犹夏商周三代，损益虽或有所相因，而其尚忠尚质尚文，则制度攸制，不可一例以强之也。然制不可一例，而事则宜从同，所谓一人心而联风俗也。今五大洲之内，往来晋接相与交涉者，形形色色，变变奇奇。往往各行其所是，而究其意之所是与否，则不能共明。此由律法之未经兼一而参，观之未能尽美尽善，俾相熟识也。”对比中西方在礼仪、极刑和牢狱方面的差异。“即如一行礼之际，中人以拜跪为重，西人以摘帽为重；西人以交相敬物为重，中人以茶酒款待为重；至若刑名之案，西人以轮镕为极典，中人以斩绞为极刑；其牢狱之案，西人以充当苦工为止，中人以狴禁自新为止，且不特此也。”

清朝末年，中国与西方国家外交接触日益增多，中西不同的文化背景、政治立法和商业形态激发了国人对当前社会制度的思考。《宜译各国律法以资参观说》的作者指出律法差异引发了中西各国争端冲突：“当今中外一家，臣民相处，性情不浃之际，难免稍有事端，习尚互异之间，安得尽皆降顺。况夫日久玩生，其桀黠邪僻之，自为串者，又将借口于律法之差别，而枭目鹰视毁冕裂冠，以致中西各国互相争讼。”最后作者聚焦于中外纷争，写道：“前闻美国人厌恶华民，旋则外部特颁苛例，阻遏来源，而枟香山诸处又效其尤。且日来轮船盗劫之案，戕杀人命，攫取货物，潜踪而入，累及无辜外人，以无端而畏身中官，以无故而稄累贤劳，告瘁犹或不遑。似此匪徒竟敢大干政体，受裁楼诛。天下本无事也，而自盗贼扰之，其在官绅商买行旅往还，又何以安枕乎？”究其原因，得出无律法以参的结论：“此又不得不整顿约束，而使之各峙其心也。”“而顾有若斯之祸者，要由律法之未能参观尽。”

在中外交流愈发密切的晚清，各种社会乱象频繁出现，人们对制度完善和统一的呼声也越来越高。商业制度需改进的地方有商业法规、权衡度量、商业簿记等。商业制度的统一，一方面有利于进出口贸易往来，另一方面可加强对国内经商者的保护。法律是对一切商业贸易外交活动的规范和约束，同时又是解决纷争的有效途径。而时下的法律制度未对盗窃、杀人等不法行为进行有效管制，商业和政治方面受到严重影响。尤其在中西各国互相争讼之时，因律法差别而无法最终定罪，极不利于外交事务。该译论诉诸晚清外交需求，提出以翻译各国律法来推动自身制度完善。“中国以大度而来，远人西人以信义而至，华夏通商口岸不一，其处寄构人民百万其众。”人心是相通的，所以处理相通的事务可相互借鉴。“然制不可一例，而事则宜从同，所谓一人心而联风俗也。”因此国人需要大量借鉴国外律法，取其精华，重振社会风气，保障民众安康。“使家谕户晓也，不然者怀法畏威，各安本分。士念旧德，农服先畴，上为康衢，击坏之民，下亦不失歌咏升平之乐。讴吟士女，掩映桑麻，虽草生狱聊，棘木刑清，其亦可也，而何必构衅多端，致生此奇冤大祸哉！”

《宜译各国律法以资参观说》并未明确指出需要翻译何种律法，而是首先阐述中西方在行礼、极刑、牢狱方面的不同，之后提议借鉴各国律法之“章程条教及一切大政细务”。该译论详细介绍了选材和翻译国外律法的具体程序和操作：“今拟购各国则例，遍访精于吏户礼兵刑工之人，合中西之字，比例其章程条教及一切大政细务，因类而并观之，合订而翻译之，细心较对，考核周详，制度文章规模法则，在在详加厘定，事事密为参稽，厘正成书，颁发四海。”首先需参考外国具体的条例法规，向精于法学之人请教，从而深刻理解外国律法；其次是对比中西所涉及的“章程条教及一切大政细务”，并分类，根据类别进行翻译合订；最后是对译稿进行考查、厘正、定稿，分发给国人。“使天下之人，各置一编，凛然于王章之显赫，不敢滋生他变。”该译论之所以倡议译介各国律法，归根结底是为了维护皇权帝制，管束滋事，停息国内外争讼。

（三）译政治、外交书

进入 20 世纪的晚清中国，为了满足国内对西学的更高需求，多个地区成立了专门的译书局，集聚了一批专业译者，系统地引进西学。通过各个译书局的章程，我们可以更加详细地了解晚清西学译介的组织与分工，以及翻译定位与目标。

步入 20 世纪的晚清译书局，开始有了分化和细化，形成了具有主攻学科方向、专长和侧重的专门译书局，这也从侧面证明了20世纪初的中国译书事业向着专门化、系统化、科学化的方向发展。1903年，湖北洋务译书局在《湖北学报》上刊登了章程，介绍了翻译类别，“西书汉牛充栋，本局既于政治交涉两门，择要而译”，后文再次强调“本局既定政治交涉为译本宗旨”，可见湖北洋务译书局的译书范围限定在政治、外交领域。[136]

文章开篇从时下译书弊端引出译书局的解决方案：“译务甚难，从前已译者善本甚少，而复成陈迹。今此局当以由难求易、推陈出新为责任。”由于缺少统一的组织和科学的翻译管理，译本质量普遍不高，所译主题缺乏相关材料的补充和更新，湖北洋务译书局正是为了解决这一弊端而创办的。为了提高西学译介的效率和质量，该译书局计划在报端先行刊登翻译书目，避免同其他译书局的译书重复。章程中“此后仍寄英法两国，随时取其书目清单，陆续选购，以期年出新本”“编译路透电文分册印订，从速出书”“选译本年法国官报分册印订，从速出书，使外交家知律例国详要最新之制度”说明：译书馆已构建了专门的书籍采购渠道，注重时效性，致力于为读者提供最新的国际资讯。

湖北洋务译书局章程对翻译原则、翻译质量提出了较高的要求，以“意在求精”“宁缺勿滥”为翻译原则，看重译员的专业素养，“须已习此项专门学者，方能译此项专门教科之书”，“本局选派译员有曾习各专门学者”。在翻译方法上，鉴于中英语言本身的差异，主张归化异化折衷的办法，反对以辞害意，“译务攻意”，“译者贵于此中折衷至当，不可狗华文而失西义，狗西文而梗华读”。也规定了翻译步骤、翻译标准，要求译者在熟读全文、把握原意的基础上翻译，语言流畅且不失原文全意，“务将西书先行熟阅，尽得其意，而后下笔措词，则势如破竹”。由上可知，该文对翻译的诸多认识已接近或达到今日翻译学界的水平。

章程明确了译书对象——政府要员和外交家，相关描述有“可以供当轴者取其所长补我所短之用”“外交家能知各国之制度，即以助我外交之方略”“以供外交家知外人所以对待我国之意”“以供外交家详知东方形势政略，扼要以筹良策”“使外交家，知全球日新月异之消息”“使外交家知律例国详要最新之制度”等。

翻译政治外交书籍，离不开对官制、纪年表、专有名词等的翻译。作者不但提出统一规范，制作名目表和字典，而且提供了具体要求和做法：“中西官制，各不相类，其名义能恰合者，则依中国已有之名，不能强合者，宁译音为名，下注其品秩职掌。”即主要采取翻译对等策略，没有对应译名的采取音译加注释的翻译方法。对于纪年表的翻译，力求完备。“纪年表，以中国历代帝王之纪年为主，次列西历，三打印度旧历，四列回回历，五列日本纪年。其有小国纪年不同而可考者，附列以臻详备。”对于专有名词，则委以多人专职编译专名字典。“本局及外间各译本所有译音，及各专门诸名目，往往同名异字、莫衷一是。兹特编次英法华专名字典一书，以洋文缮校一员专任其事，以翻译一员总其成，以汉文缮校一员辅之。所有办法，详见缮校处条规。”除“纪年表”“英法华专名字典”等工具书外，译书局还计划率先编制“舆地表”“人名表、名物表、律度量衡表”，既统一了译名，又备参考之用。

在政治、外交领域内具体译介哪些内容，为何翻译，如何操作，这是该文重点论述的内容。译书局拟定翻译各国政要，“取一千九百零二年法国所出各国岁政，派法文译员，分译法比德俄意奥各国岁政。取一千九百零二年英国所出列国岁计政要，派英文译员，分译英美各国岁政。”译书局侧重译介英语和法语书籍，选派英语和法语的专门译员从事相关翻译，涉及的国家有法、比、德、俄、意、奥、英、美各国。译书局计划翻译各国国法新本，获悉立法本原，同时还需翻译各国制度。另外，“选英国蓝皮书、法国黄皮书，自一千九百零一年起所出之本，次第分译出书”，“取一千九百零二年英国所出亚东岁纪分译出书”，“编译路透电文分册印订”及“本年法国官报分册印订”。最后，作者提出附译教科书，再三强调译者的术业与专攻。“然此种读本又以专门为贵，但须已习此项专门学者，方能译此项专门教科之书。本局守此宗旨，分派译本，意在求精，以免贻误教育。其书非素习者，宁缺勿滥。”“本局选派译员有曾习各专门学者，如制造、如军政工程、如轮机、如化学格致、如鱼水雷炮、如制船水师驾驶。倘有余力，应肩编译各已习专门教科书之责任。”

从章程的字里行间可以推知：对于政治外交书的翻译，作者主张译介英法两国书籍。如选择书目时，“此后仍寄英法两国，随时取其书目清单”；翻译各国政要时，“兹取一千九百零二年法国所出各国岁政，派法文译员，分译法比德俄意奥各国岁政。取一千九百零二年英国所出列国岁计政要，派英文译员，分译英美各国岁政”；翻译他国外交声明时，“选英国蓝皮书、法国黄皮书”；翻译亚东局势时，“本局取一千九百零二年英国所出亚东岁纪分译出书”，“编译路透电文分册印订”；翻译律例时，鉴于“法国为律例之国，各国交涉公法，多采取其意，选译本年法国官报分册印订”。甚至将编纂的专名字典也定名为《英法华专名字典》。由此可知，湖北洋务译书局在翻译政治外交类别时，重点放在英法两国的书目上。

总之，湖北洋务译书局对译本的选择、翻译，各词表的制定，教科书的编译等都做了统一规划，十分注重规范性、完整性、针对性与时效性，力图将政治外交相关内容系统、全面地译介到中国，使国内读者更深入地了解世界的政治格局，更好地指导外交事务。晚清时期，译书局有针对性地对专门领域的书籍进行系统引入和高质量译介，加速了西学东渐的发展，对当时社会改革起到了重要的推动作用。

（四）译西药、西医书

《论新译西药略释》在题目下方写有“此书刊于广东，在上海格致书室寄售”。[137]开篇介绍了译书缘起：作者在同治十年（1871）买到美国嘉医士所译《西药略释》，嫌它错误太多，删改太过，于是于1876年秋，嘉医士与莆田林君同述合译，新译本比上一译本增改过半。“此书所载不下有一百余种，汗吐补泻各分其类，前有西药总论一篇，讲明用药之总理，后附华英字释。”作者指出医药翻译的弊端：“惜中西权量并用，不归一例，草木形图未载，难于采药者。”“合以西音未必相符，徒乱阅者之意。他如鸡维作佳奴，且不言明即槟榔膏。葡萄酒改为菩提酒，更属费解。”作者认为：“合信氏所译医书，印行约二十年，中国医生几乎人手一册，奉为圭臬。”《论新译西药略释》改译了书中很多术语，如“阿摩呢阿改为阿么尼亚，哑囒改为鸦囒，苦白木改为瓜沙”，而这样的改译会使读者误以为是合信氏书以外新增的药名。“假如鸦片一物，其字音虽由西字译出，究不能与西音吻合，然无论何省之人俱用此二字，故人皆知之。若改为哑片或改作鸦澄，岂能即知其为鸦片耶？余以为前人所定之药名，苟无大误不必妄改致增疑。”作者主张即使发音有出入，仍沿用约定俗成的译名，因为如果将人们习以为常的事物名称改头换面，以陌生取代熟悉，则会造成误解和混乱。作者将自己的身份定位于资深的西药翻译家，批评新出的《西药略释》一书中误译和不妥的改译，但作者对原译者也不无肯定和褒奖，如作者评价：“此书除此等弊病之外，究令人可效法者居多。嘉医士处粤东，多年施医训徒，又着化学医学，悉费苦心，其功不浅。”同时作者借机推荐、宣传了自己的译著《西药大成》：“余近译《西药大成》一书，此书分金石、植物、动物三大类，多讲化学之理法。先论形性、取法、试法，中论畏忌、功用，末论服数、解法。图说具备，西国之药几赅备无遗，惜卷帙太多，非数年之功不成也。”可见，晚清医药翻译圈对西药的译介，延续着肯定和批评并存的传统，对医学特有的译名和译法存在辩争和讨论。西医西药的译介与其翻译批评是同时存在且相辅相成的。

《创办译印西医书会启》向读者介绍，西医传入中国已有六十多年，是最早输入中国的西学。[138]由此借华人对西学及西学翻译的认可，引出西医书籍翻译及译印西医书会的创办。“然医学译本，殊属寥寥。前此所译之书，已成旧说，皆不适用于今日，以故旅华之泰西医士，纠合同志，创设译印西医书会。”介绍了书会收到捐款“洋银千元，为印行内科全书之用”。接下来，作者提出更宏大的计划：“医书秘帙，浩如烟海，择尤编译，其效更宏，既资中国医学生之研究，复资中国业西医者之参考。”中国同胞都将受益，这即是书会的目标。这篇启示向读者介绍了译印西医书会的创办、目标、工作、计划，最后落在筹资募捐的呼吁上。作者不惜笔墨，强调翻译西医书对社会的重大意义，针对医学生、医生、患者三个群体的受益情况展开论述。“以慈善主义印旧医书，则取价必廉，取价廉则销书必广，由是资本周转，译印必多，则可将泰西最新医理医法之书，常贡献于社会。于是我中国医学生有新书以研究之，则一切新理新法，洞悉要窍。而我中国之病家，能得新法医治，则病可立瘳，可免无量痛苦。”最后，规劝读者集资捐款。“然则外人既费脑力目力，以医学改良为我中国学生、医士、病家计，我同胞义士不能稍助资力，以为我中国学生、医士、病家计耶？布小启，尚希。”

从文中叙述人称“我中国”可推知作者是华人，虽然译印西医书会的创办者是西方医士，但创办之初就收到来自华人的一笔千元洋银的捐款。作者呼吁更多华人读者捐款，以助西医书翻译。可见当时虽然翻译西医书的工作尚需外国医生来承担，但华人予以了大力支持和资助，将西医视为西学的一部分，等同于新理、新法，看重的是医生、医学生和患者三方的获益。文中“以慈善主义印旧医书”“取价必廉”“贡献于社会”也切中华人心理，与读者需求相契合。

由以上几篇医学的报刊译介可以看出：总体而言，报业及华人读者并不抵触和排斥西医西药的译介，并没有因中医传统和执信中医中药而将西医西药拒之门外，而是以对待西学、新理、新法的相似态度接受并资助西医西药的译介和传播。这段历史见证了中医和西医之间的融合和接纳，而非不同传统和理念的冲突和碰撞。这个结果源于西学、新理、新法已在华人中深入人心，西方医学借华人对西学的认可和欣羡得以顺利输入，并且随着人们对西学认可度的提高，随着进化论在人们心目中生根发芽，西学优于中学的论断也辐射至西医与中医的对比、衡量之中，后期出现的以西医取代中医的主张就是这一趋势的延续。

（五）译格致书

科学书籍的翻译质量与译者的语言能力、知识储备、职业素养等密切相关，尤其面对专业、深奥的学科书籍，译者需秉持严谨专业的态度，拜访专业人士，积极寻求专业名词的准确译文。1897 年《新学报》上发表的《博物：复友人论翻译格致书籍书：驻德华翻译官稿》论述了晚清时期格致书籍的翻译弊端以及译者需具备的考证精神。[139]

该文是一位驻德华人翻译官回复友人的稿件，文辞谦逊恳切，又不乏针砭时弊。全文围绕“至来示中谓译出之书，多难征信，实为切中时弊之言，拜服高见”一句展开，论述了“多难征信”的三方面原因。一是：“华人之不精洋文，误会词义，及洋人之粗习华言，词不达意。”即译者语言水平不高，造成理解错误，表达不准确等问题。二是：“洋人自作聪明，妄加臆断，或以不知为知，敷衍了事。”即西人译者态度不端正，随便篡改应付。对此，作者进一步阐释道：“盖西国全才极少，苟通一艺，已足邀名利而福子孙。其自诩为无所不知者，类皆一无所精者也，此等人即中国所谓老江湖者，其说不无可采，特不可以全信。”由此可知，专业知识匮乏的翻译问题其实在西方国家广泛存在。三是：“西人阅西书，非必能尽解也。譬诸华人，虽读书十年，阅历十年，然于九流三教之书、梓匠轮舆之语，断不能尽解，因同此一字一语，而命名取义，各有不同。”

即译者学识有限，对熟词新义了解不多。作者举自己的亲身经历来说明，他曾购买了一本“新枪图说”，就其中的不解之处依次询问“昔年因病未入营中，平生于此道，亦未致功，所有一知半解”的“一洋友”，“未经造过此枪”的“善于制枪之工师”，“退位已数年”的“步军中之精炼武官”，均未得到满意的答案。最后他结识了一位“告退未久……所习之枪，与新枪情形相近，且于图说，业经体察一番”的“武员”，才解决了心中的疑惑。更重要的是，他意识到：“从前他人揣度之说，就文义常解似已通顺，于实在用处则大相径庭。”也就是说，不可轻易听信非专业人士通顺流畅的揣度和字面意思的讲解，而是要积极探寻真正的答案。另外，他也强调术业有专攻。“炮队中武员，不能全解枪书；步军中武员，不能全解炮书；练达之武员，如已出营有年，不能全解今时之枪炮书；营中人，不能全解造枪炮书；枪炮工师，不能全解营中用枪炮法书。”

作者撰写该文不仅是为了揭露洋人译者粗心浮躁的翻译态度，探讨背后的种种动机，更是为指明正确的翻译之道，并提醒友人和广大译文读者注意甄别。此类滥译现象往往有如下表现：“有人于此，答问如响，示以书籍，辄讲解如流，无逊谢不敏者，大抵欺华人之不解洋文，逞其割裂臆断；又或涉猎功多，耳食宏富，足以自文其陋，娓娓动人，甚至谓此书只应选取若干，当参入某书并译，乃臻至善。”即当译文太过通顺，译者能够对答如流时，读者或听众应当持怀疑的态度。而其背后的原因可以归纳为以下几点：首先，译者对原文理解不够到位。“原书难译，或无从强解，势难凭空敷衍，故为此参杂割裂之谋，以便完卷耳。”其次，译者心态浮躁，不尊重原文。“西人之无坚忍刻苦心者，动辄浮躁，甚至一段书仅看其半，或仅看其起首，不肯卒读，以为大旨不过如是，于是参入己见，并摭拾新闻纸中驳杂之论。”最后，译者过于自傲，且缺乏探究精神。“至其所曾阅之书，即告人谓无出其右，或其书有误，业经某书厘正，或地舆律法等书，所载尚系旧时情形，与今不合，彼不愿访，不暇顾也。”广大译者应当避免出现以上问题，做到“考究于平日，且有实心实力”，“于文字间，循名核义”，像作者一样“与朴实笃学之西人交，执图书器具以相印证”，方能保证格致书籍的翻译质量。

该文的行文不同于常规的译述，作者因自身经历有感而发，论述了当时格致翻译存在的诸多问题，探究问题背后的深层原因，并告诫读者注意对译文的甄别，字里行间亦流露出对格致书译者的鞭策和对高质量译文的期冀。

（六）译百科全书

《拟译英文百科全书引言》作者董寿慈[140]将近代文化发生之源、进化之功、文明启始都归功于新书译介，并以古圣贤大禹的功绩相比拟，“以是见译书之为功，不在禹下也”。以此开篇后，作者转向翻译中的弊端：“顾惟译事创行之初，重言论而罕裨科学，求普通而缺乏专门，关于物质文明微，即裨于国力根源者浅。”进而引出论点“师法彼长成效至微，由百科应用之无术”，“争存国种之道，非昌明科学而何望焉”。

该文介绍了英文百科全书的创始、影响、内容类别及各门类的著名撰述者。“始创于一千七百六十九年，迄今第十次出版。声价重于全球，自文学、宗教、哲理、政法以逮格致、器艺制作、营造海陆军备、工商专学之繁。荟萃近代专家之所著，蔚为宏编。”不但各个门类的著述者均是“专门巨学，共抒其新发明之学理”，而且“凡五十年来圣智心肝，人功菁英之进化广大，悉备咸出”，“其余别类分门，由专学者二千余人殚其脑智，蔚为巨观”。时人将这类西书比作宋朝的《太平御览》和明朝的《永乐大典》。作者进而两相对比，评论中书的缺陷，突出西书的优势。“（宋之《太平御览》，明之《永乐大典》）纂述至宏而专书未备，然当兹科学萌芽之始，藉是书以为学海之指南，艺林之智镜，师资无涯。”

作者论证了“欲求其适用于今，非译为国文不为功”，即翻译英百科全书的必要性。一是海内学人能读英文典籍者凤毛麟角；二是非造诣高深者不能明其旨趣；三是百科之学各有径途，学非专门，事非经验，终究不能深明其意。

对于“专家既罕其才，译事孰能胜任？”这一问题，作者以三十年前上海制造局译书为例做出解答，当时天象、地文、理化、汽电之书，译述流传，已成巨著。“今日欧学日新，译林蔚起，使由分功之术为集益之方，固较诸往昔借才为利便，但使有毅力者负举而前，倡率海内，集通国英文学家之诣力，复旁资东西洋鸿哲之所长，数年之间，足以告成。”

作者介绍了原作的鸿篇巨制、包罗万象，以及在编排、图文等方面的特点。“是书造端于一千八百五十年，集泰西人智之渊薮，为二十巨帙，乃距今六十年，而后出之宏编，遽增泰斗，以是征人智日新，不瞬息而驰万里，使及今不为移译。”“是书名义为 *Encyclopaedia Britannica* 译言万汇总录，其编辑也。依字母次序，事事物物按次汇载，拟之中国古籍，实兼训诂事类两例以成书。非特发明科学而已。然泰西事物之文明，色色形形，皆由格物致知而进化。故二万六千之总类，咸为专家荟萃之文。一万二千之图型，悉资物理研求之用。”

由作者的立论“争存国种之道，非昌明科学而何望焉”可知，他将翻译英百科全书的重点放在科学方面，文中也再三强调“当专求关系科学者”。“是书虽非专裨于科学，而泰东学者译以今名，其以科学赅事物之深，心可见也。今议译述此书，当专求关系科学者，审其缓急先后，宜详宜略而从事焉。”作者针对具体的理学类、工学类、技艺类、工业学类、陆军海军学类、农事学类、医学类，一一列举了其中“宜采译”的学科类别和“次采译”的类别，而对于政治、哲理、宗教、商业、历史、地理各科，作者建议：“或提挈纲领译述其精英，或融会全文，约举其要旨。”虽然作者声明“非有轻重于其间也。盖科学家之探讨与理论家之研求，取径不同而应用异”，但他主张译介英文百科全书时应专译科学各科，且对翻译的先后、缓急、详略给出了建议，这些选择都应以“今欲求裨于社会之实用，以发其物理之文明”的主旨为指导并与之契合。

对于翻译百科全书这项工程的组织运作，作者提出了四条建议：一、设立编译总部，总汇交通，以时集议。二、广征海内译家，各视所长，以任译事。三、公举通儒巨学，主持纂述，以定群言。四、预发布约售券，厚集资力，以维盛举。

晚清时期，译介二十巨帙的英文百科全书，确实是“兹事体大”，一方面译介工程巨大，任务繁重，对译员的语言和专业水准要求高；另一方面意义重大，“大裨黄人，惠此中国，译书之功，足以冠绝古今，永以为震旦进化之纪念已”。虽然大英百科全书的译介最后悄无声息，并没有大功告成，但这篇译论是中国翻译史上针对百科全书翻译的初探，具有标志性的开创意义。

第六章　晚清报刊中的译录

以往研究最多的是晚清西学书籍的译介，但纵观晚清报刊，其中除西学译介外，还有很多其他形式和内容的译介在晚清报刊中随处可见。实际上，晚清报刊上登录最多的是西事翻译，尤其关乎中国的译事，为国人了解国事和实情打开了一个窗口，晚清报人也借此窗口向国人阐发政见、灌输己见。在没有报刊这一媒介之前，普通百姓无从知悉国际外交事务等重大场合的礼仪、程序，无从获悉一些国内国外不被公开的讯息，但自报刊这一媒介在晚清各地生根发芽以后，这种情况发生了改变。尤其有的报刊或规避或较少受到官方审查和钳制，就会面向大众译录一些国内外新闻、要事，以吸引读者，如译介两国首脑的会晤、致辞、宴会，译介敏感政治人物的专访、敏感政治事件的跟踪报道及评论等。

一、宴会祝词译录

晚清报端译录的有关国事访问的新闻，内容越来越丰富，报道越来越详尽，包括各种外交事务、礼节和程序。《译日本穆丽钦差直督李中堂面谈大略》中陈述："谈论逾时，有从旁笔记者，将所谈之事录送日本新报馆刊列。嗣经西字新报馆以英文译登新报，今本报馆又以华语述之，辗转翻译难免失其本真，姑即大意述之可也。"[141]《译主宾互颂语（录申报）》中交代："美国前总统格兰脱自沪至津，李中堂殷勤款接情形及中堂宴半致辞，已列前报。兹阅西字新闻记中堂宴接总统时互相颂扬语，词意更为周备，用补译之。”[142]报人和译者仅将翻译视为工具，对翻译中的增删规避等各种处理并不介意，容忍度高。只要满足译者编者的各种目的，对原文的任何改动都是允许的，如欲转述大意，就不介意多次转译，失其本真；如欲介绍详尽，阐释充分，就在原译之后再进行补译。

对国事访问等外交事务的译介和转译，使得以往普通百姓无从获悉的新闻和外交言论，变得唾手可得，其中有很多新闻和外交译介，对具体言辞和会谈全程作了详尽的描述，拉近了普通读者和深居宫室的君王权臣的距离。如《万国公报》中登载李鸿章与日本钦差、英国公使、美国前总统的会谈。从美国前总统与李中堂的宴会祝词中，我们可以了解约 150 年前的国事访问、宴请款待等与今日中国外交礼仪之间的传承和联系，可以分析各自祝词的特点和异同。

晚清时期，中美两国首脑的宴会祝词，并不是由双方口译员实时翻译的。对于中方，中堂颂词事前已译成英文，届时由中国官员当场拿出，再请津海关德税务司代为宣读。“据称中堂宴总统于吴楚公所，中西贵客毕集酒半，国兵轮船统带许仲韬观察袖出中堂颂词，请津海关德税务司代为宣读，是词已译成西文，德税务司遂代宣云。”而对于来访者，从文中“总统遂起而答曰”可知是由外方代表直接用英语表达。该文并未提及是否有现场译员，将两个英文祝词实时译成汉语，介绍给在座的华人。据此推测，在晚清中美外交地位不平等、国内译员匮乏的条件下，宴会省略了英语祝词汉译的环节，否则预先准备好的中堂颂词中应备有一份汉语原本，并当场宣读。

两份祝词都极力称赞双方代表的功德和声名：“伏念贵总统武功文德超越寻常。总理贵国庶务时民心爱戴，贤声远播，寰区中华亦久耳鸿名。敬仰奚似想贵国百年前之总统华盛顿，为承平之令，主战乱之谊，今贵总统实后先同揆，万国咸钦。此次出游列国或愿为东道或日盼行旌，自非天下之伟人，安能如是？”“况贵督勋名鼎盛，本总统久已倾心，即欧罗巴洲留意，于各国史事之人亦无不同深钦仰。”除此之外，美国前总统还提及中国近期的发展，“今贵国风俗技艺已广于前”，最后不忘为中美关系、中国及中方代表李鸿章送上祝福，“惟愿中美两国更增辑睦”，“祝国并祝中堂之福云”。而中方结尾仅举杯敬祝总统本人：“总统后日之声名更隆隆日上也。”中方祝词全部集中于盛赞前总统一人，尤其赞誉其声名，体现了包括李鸿章在内的晚清官员对个人声名的重视，和由己及人对美国前总统所好相似的推测，而西方祝词中除对中方代表外，还包括对中美关系和中国国家的祝福，可见两国首脑的关注点，两国外交辞令的成式和侧重的不同。

二、总统批论译录

除宴会祝词翻译之外，还有很多种其他形式的外事翻译，如总统批论的翻译。虽然同属于政治外交翻译，但它们之间同中存异，刊登在报刊时又会经历新的调整和改动，以适应晚清特定语境下的译介和宣传。《美总统批论译登》在翻译美总统批论前，译者先交代背景：“美国旧金山土人与华人积不相能，恒欲下逐客之令，以泄其怨怒之私者，数年于兹。前者美国上下议院，又将其议禁华人至美佣工一项，另行拟定章程上于总统，求请准行。”[143]美国对华工问题的译介，无论在当时还是从今天回看，都是影响很大、颇有争议的热点问题。

对于这篇译录，译者并没有局限于总统批论的文本，不是仅仅将其逐字翻译成汉语，而是加进了很多译者本人的评论。“斯时土人无不私心欣慰，以为今而后旧金山一埠，可以绝华人往来之迹，而佣工觅利，我土人可以独操其权矣。”这句是模仿旧金山当地人的口吻，从他们的立场出发，描述了其心态。但仅就此句来看，句首“斯时土人无不私心欣慰”

是从第三人称旁观者的视角叙述，而句末“我土人可以独操其权矣”又直接转为第一人称，以当地人视角来描述其内心想法。接下来的一句又从第一人称叙述跳回到第三人称译者角度的评论：“不谓旋奉总统批论，竟有大谬不然者，于以见逞私臆者之不足尚，而秉公义者之诚可嘉也。”这样频繁地在第一、第三人称间自由转换，究其原因：首先，文本本身属性就是译和介二者兼而有之，并不是严格意义上的第一人称叙述者话语的翻译（译），也不是严格意义上的第三人称旁观者的介绍（介）。其次，晚清对于译者的文本操纵、改译创译是容忍的，并没有严格的规范来统一限定，译者在翻译和创作之间可以自由转换和过渡。

至文末，作者才以美总统口吻略译了批论：“其论略曰，阅议院所拟禁止华佣章程，殊属不谙国体。我国前与中国增订条约，原所以昭信守也，今寻盟未久，而虑废前约二条，倘使中国见我之废约也，而亦废去其通商之约，则我国人从此不得履中国之境矣。更或有他国从旁见我之废约也，而以为与我国订约，实不足恃，于是相率焉引以为戒，则他国人嗣后当无有与我订约者矣。若谓旧金山人过多，有碍我国人民生计，自当妥筹善法，以期相安无事，何得冒昧率请，妄思更张，予他人以借口之端耶？又况改删条约，非议院分内之事，所拟章程，着不准行。”可见作者是赞同美国总统批论的。该文被《益闻录》选译登录，原因之一便是美总统的批论维护了在美华人的权益，而这也是晚清华人希望看到的报道。美总统遵条约、昭信守，一方面受到国际条约的限制，另一方面，担心中国因此与其废约，顾虑他国据此不再信服美国。可以看出，晚清时期国内华人对在外务工的旧金山等地华人是支持的，对他们的讯息是关切的，因此，美总统的批论才得以译介，并刊登于《益闻录》这一重要报刊上。

三、人物专访译录

除译录官方外交事务外，更多见诸报刊的是对国事国情、政治事件和人物的译录。戊戌政变后一年，外国人主办的《新闻报》上连续四天连载了译自《泰晤士报》的康有为被访问答。其题目拟为《译泰晤士报西人与捕臣问答各语》，以“捕臣”指代康有为。[144]《新闻报》将《泰晤士报》刊登的康有为与外国记者的对话全部译录出来，使得广大民众能第一时间获悉采访内容。“康有为行抵英国之后，与泰晤士西报人晤谈各事，西报俱为记录，兹译如下，以供众览。”当时，《新闻报》① 在上海是数一数二的名报，与《申报》齐名②。此时又正是戊戌政变后，有关康有为的新闻事件属于社会敏感话题，据此可以推知这则新闻很快就在中国大地上传播开来。

这则新闻借康有为之口说出了光绪皇帝和慈禧太后、荣禄之间皇室内部的争斗，也揭示了英俄在中国问题上的利害关系。同时，对于英国人普遍关心的问题也经《泰晤士报》记者之口转述出来。对局势发展，国内外形势，也分别从康有为的视角和英记者的视角，藉由英记者的提问和康有为的回答做了阐释。汉译文的态度是中立的，未见译者选词择

---

① 《新闻报》创刊于 1893 年 2 月 17 日，中文日报，起初由英商丹福士（A. W. Danforth）、斐礼思（F. Ferris）与华商张叔和、袁春洲等人合资创办，由丹福士出任董事长，斐礼思为总理，袁春洲为第一任华人经理，后由戴访梅借任经理。至甲午战争前夕，在上海的中文报纸界，该报与《申报》《沪报》形成三足鼎立的局面。蔡尔康为该报第一任主笔。1899 年，美国人福开森接办，开创了该报的鼎盛时期，该报逐渐发展为上海著名四大报纸之一（其他三家报纸分别是《申报》《时报》《时事新报》）。作为近代上海四大报纸之一，该报代表了当时上海工商资产阶级的利益，在广泛报道政治消息、表达政治立场的同时，还报道各地新闻和商业贸易的消息，为研究中国近代经济，尤其是财政金融史提供了珍贵的史料。

② 此点由“新申两报”的称呼可知。总经理汪氏父子特别强调，凡报社同人一定要称“新申两报”而非“申新两报”，甚至广告客服也要使用此顺序，否则不予登报。该报在经营策略上特别重视品牌的树立和形象的宣传。

句间流露出政治倾向，这与该报一贯的定位相一致。《新闻报》创办之初即以中立原则积极报道政治与经济类消息。"重经济而轻政治"是该报的主要特色。该报以"经济独立，无偏无党"为办报方针。报刊汉译文的风格主要是政治中立，用词不偏不倚，以客观陈述为主，从其风格可以推断出英文原文措辞也是力求中立，不显露政治立场。但康有为的回答自始至终，都具有很强的指向性和目的性，他希望通过英议员、议政院，对中国保守势力施加压力，促使慈禧放权，恢复光绪皇帝的权利，推行变法维新。康有为试图通过诉诸英俄之间的势力相争，通过揭露皇帝亲英而皇太后亲俄，通过说明皇帝与保守势力对维新的态度对立，来规劝英国介入中国政事，帮助光绪帝复权。"据云康意极欲使英国人知，去岁八月京师变故利害关系之大，无出其右，并言英国百姓或未洞晓中国情形，故无足怪，而议政院之议员等应知中国皇帝退位，皇太后实掌大权之事。泰晤士西报人答以颇知一切。康又谓议员等知中国皇帝所行之政，即维新之政，亦即与英辑睦之政，而皇太后则尽反，所为惟俄人是从。"

英报记者向康有为求证慈禧迁都的传言，询问迁都对国政的影响，但康有为将话题转为迁都对英国不利。"西人唯唯，旋诘康谓近闻谣传，皇太后有选都西安之说，是否果确，此举有关国政若何，乃康于此事一似未尝深念及之者，惟答称，太后此举欲避外人，逼处北京或者有之，但既选都远居内地，则俄势转盛，而英当愈悔前此之未曾援手助我。皇帝力行新政，倘此时再不设法补救，力遏俄人北方之势，恐中国终在俄人掌握，一旦出其兵力，则印度一带，势必不堪设想。"

在《续译太晤士报西人与逋臣问答各语》中，康有为将清廷官员分为三个党派：太后党、守旧党、新政党。[145]"而目下中国官员约分三党：一党专助太后而背皇上，一党专阻新政，一意守旧，一党崇尚新政者，半属少年新进，致被旧党极力挤排。"康有为希望通过报端，使国内外知晓皇帝所处的困境及维新受到的阻碍。“故吾深欲中外之人咸知皇上此时实在无权，凡于庶务无从垂询。虽所颁上谕均出皇上之名，其实皇上深居宫内，皆所未知，照此情形在中国廷臣有鉴于前次六人正法，又孰敢再言维新，致蹈不测之祸？”康有为希望借助国外势力，向总署和慈禧太后施压，使光绪帝秉权。“是则目前中国维新之机要，惟有英美日德等国联络一气，决意致函总署，仍请皇上重秉大权，庶得希冀万一耳。”当英报记者质疑此举能否成功时，康有为的回答是非常乐观的，但这样的回答多半来自其劝说和争取的动机。“泰晤士报西人闻言谓，如各国会同致词力请，太后即能允许归政否，并可保不再有损及皇上之处否？康答谓，太后年已六十有七，讵愿再见流血之事且素喜安养。观屡次在颐和园听戏自娱，应亦自知前次举动失计矣。闻之宫中传言，太后每念前事时复涕零，则知以前变故并非出自己意，实被现握大权之懿亲某大员有激而然。”

在《再续泰晤士报西人与逋臣问答语》中，康有为否定了记者的听闻——荣禄主张维新，并指认荣禄为戊戌政变的祸首。[146]“是则去秋变故其咎当以荣禄为甚也。泰晤士报西人曰，吾闻中国凡附荣禄者，皆谓伊能维新，果然乎？康曰，否否。观去年八月之变，伊为祸魁，使非欲力阻新政，亦何至于此？且伊于西法一切绝无知识，又何能崇尚变法哉？”

康有为为了争取英国等国外势力援助，述诸以下规劝：太后本意不欲、皇帝亲英、复行新政对英有益、维新势必复行，现暂受阻而已。“现揣太后之意，原不欲加害皇上，致启祸乱，特又不能纵之自如，或恐皇上有报复之心，故吾谓目下欲皇上复掌朝政，非由各国援手不能如愿而。皇上如果有权复行新政，亦殊与英国有益也。泰晤士报西人又问曰，现在中国维新诸人，究竟情形若何？康答谓，人皆谓维新之机不过暂为阻止，其势终必复行，特此有太后及荣禄厚集兵力，在京要难复兴，而所以必需各国代为援手者实识是故。”由《泰晤士报》记者的提问可推知，西人尤其关注中国维新的现状和态势，以及西方介入的后果。

《四续泰晤士报与逋臣问答语》承接上文，康有为描述维新会现状，并称赞英在华通航为善举。[147]“现各省维新之会共有一十三处，虽各会举动，不无因变端骤起而止，然尚未至灭绝。待时而动，如草之当春萌牙耳。且英国现欲中国内地江河尽通轮舶，未始非一绝大善政也。”英报记者说明了自己对中国国情的观察，分析症结在于官贪，并对康有为的变法主张予以纠正，提出加官廉俸、冗员不裁、加入新人的主张。“泰晤士西报人答此言，实与中国内政有关，愚意中国时局之坏，坏于内政不修。英国贝恩福世爵著书一册，详论中国内有香港定例局绅士何君启，韦君玉致书世爵，言中国若欲维新非厚加官之廉俸不可，盖因此时，各官设非贪污颇难过度之故。康昔日曾力请总署先变政治，律例，余事皆当自变，而本报人之意，则谓宜先变度支财赋一切。康曾又言，昔日变故由伊，奏请裁撤各冗员衙门所致，今后乃知前之失计，其实不妨任此等人尸位素餐，一面以精明年壮之人举行新政。”《泰晤士报》记者的分析切中要害，揭示了康有为变法主张的弊端，并提供了相应的解决方案。可以看出，该报记者对中国情况十分了解，对中国问题有自己的评判和建议。然而，康有为的目的是争取英的援助，所以再三致意于此。“言至此，泰晤士报人意欲与辞。康又力言深愿英国力使皇上复权，而现在外事关系甚重，且以英国之大，若允为之，则独力已无不足。泰晤士报人始告辞而出。即以问答各言详录报端。”

《泰晤士报》记者最后点评：康有为的表述有混乱之处，对英国的洞察不够，但口译者的翻译能力很高。“又言与康当谈至一下钟有余，康之言语实未能悉照原语一一登述，且其语之伦次亦未免小有混乱，故仅勉将原意刊录。至康之所言间有于英国难能之处，康或未能洞晓。盖即欧洲名臣亦鲜有知外国情形如知本国情形之洞达者。惟此次问答，均由星架波[①]某华人传语，此华人英语甚精，倘使其易服西装，几无人疑其为华人云。”晚清时期，受访者的语言逻辑，对国外情况的了解程度以及口译员的翻译能力，都影响着新闻的质量，英报记者已经意识到这一点，并在报道中着重指出。此外，英报记者在刊登此报道前，也对采访内容作了调整和改动，“康之言语实未能悉照原语一一登述，……仅勉将原意刊录”。

《新闻报》连续四天在首页刊登《泰晤士报》记者与康有为的对话译录，将官方禁止、普通华人无从获悉的讯息以译录的形式，全文公布于众，而且第一时间译介过来，登于要报的头版和次版上，说明了报人和华人读者对此资讯的重视和关注。从四篇问答语译录中，人们能获得的新信息是多方面的：康有为的想法、英国记者的想法、国内国际形势、外交策略，甚至皇室内幕、权贵之争等都有流露，这正是晚清报刊吸引读者的地方，也是其得以生存、延续的资本。从大的方面讲，晚清报刊打破了信息的壁垒，将中外连接在一起，将上下连通，平民可以知悉王室的一举一动，可以读到不同于官方的解读和评价，可以获取事件细节，可以听到当事人的自述……这使得国内人和事的底细、实情可以绕道国外译介回来，见诸国内报端；敏感人物和事件经由译介不再隐匿，很快人人尽知。而报人、读者都可以借翻译之名，免于干系，将一切言论推给外国人，归咎于外国报纸，只管自己接受、吸收新信息，交流、互通新理念，酝酿、传播新思潮。晚清、民国发生的变革无不以此为初始，为根源，无不与此有着千丝万缕的联系。

四、外交事件译录

1895 年秋，孙中山发动广州起义失败，受到清廷通缉，被香港当局

①“星架波”即新加坡。

驱逐出境。他先后逃亡日本、美国。1896年10月1日到达英国伦敦，11日上午，中国驻英使馆将孙中山诱捕。这一历史事件引起了当时英国媒体的关注，并且正是在外国友人的援助以及英国媒体和官方的重压下，中国驻英使馆不得不将孙中山释放。这段史实通过《时务报》的系列译介，在中国广为传播，使得华人能够紧跟孙中山事件的进展，获悉其中的细节和动态。报人借助译介外刊，将自己置于局外人的安全之地，又通过如实转述的新闻报道方式，抽身于外，使得敏感的政治话语得以自由发声和广泛传播。这是晚清中国外刊翻译的优势所在。通过翻译外刊报道里的中、外人士的对话、访谈、问答等，可以在华人和外国人之间建立起桥梁，联系起中外人士对某一事件的反应，产生互动并形成交流。

《时务报》对于孙文被捕一事的最早报道，见于1896年11月5日第10册上的两则路透社电报的翻译，其一为：“华医姓孙，号逸仙者，即中国变政党人。本月11日（阳历）据说该医被人诓诱，监禁在伦敦中国使署，已暗中设法将被羁消息通知其友人，包探日夜看守使署，阻止私解回华。”另一为：“外部大臣沙列不雷照会使署，语甚激烈，令即释放孙逸仙，已于昨午将人交外部。查孙逸仙实名文。使署来犊，未提交涉道理。”

《时务报》通过报译的形式，在其14、15、19、21、27册中对此事的外刊报道和评论进行了详细的译介和跟踪转载。

第14册“英文报译”栏目中刊载了10月23日《伦敦东方报》的《某报馆访事与麦参赞问答节略》一文，内容是英国记者对中国驻英使馆参赞马格里的采访。[148]马格里在回答记者提问时说，使馆起初并不知孙文身份，也并未动手迫其进入使馆，所谓绑架一说纯属子虚乌有。英国记者的提问集中于：如何处置孙文？华官有无拘禁之权，是否有违国际公法？事发地点属于中国地界还是英国地界？使馆参赞的回答是：“所有孙被人引诱拉进使馆一说，实为假造，其未入使馆之前，我等未曾见面。”

"此皆无据之词，使馆并未设法押之出境。""按照公法，署内即中国地界。""孙实在使馆拘获，所有拘禁及押解各情，须照公法妥定。"而对于"外间有谓华官会设法将孙由使馆押登某船，有此事乎？""使馆现有包探看守，公知之否？""此事与外部开议有无头绪？""押出使馆非经英国地界不可，公等将如何办理？""公等知孙来英何为？""孙在纽约所作何事，公知之否？"之类的提问，使馆参赞均以"未便与外人道""不知""未便告人"等辞相拒。通过阅读这则英报译录，读者可以从外国记者的提问中捕捉到很多信息，如：中英争议的焦点——被捕地点属于中国地界还是英国地界？孙自入使馆还是被人引诱拉进使馆？是否会有公法之辩？读者从外国记者的提问中可知悉此事的经过、连带的牵连和瓜葛、英国的介入、中英在此事中的争议以及利害关系。因语出外国人之口，尽管译介的话题十分敏感，时常涉及朝廷忌讳和禁止的内容，但正如清廷对持有条约的在华外国人毫无办法一样，这些虽为禁忌却被流传的讯息都是转自外人之口，但作为转述者的译者并不对其中任何一句话负有责任，甚至可以借外人之口说出自己想说又不能说的话。因此不难理解为何译录过来的外国记者的提问总是富含大量信息，敏感的词句总是先经其口说出。此种以译代言、借口转述、以外刊代己刊的宣传方式是晚清大量报刊得以涌现、留存，且自下而上对华人产生深远影响的凭借和保障。

借由翻译《伦敦东方报》，《时务报》的报人、译者在翻译外刊报道之前，添加了相关的背景介绍，这段文字完全出自译者报人之口，但作为译介内容的背景铺垫，十分隐蔽，又倍显真实客观，如《某报馆访事与麦参赞问答节略》译文前的背景介绍："伦敦近因中国使馆诱监体面华人，谣言纷起。有谓上年十一月，有人谋害广东总督，事为国家所闻，当将为首之十五人拘拿正法。余党在逃未获，有一体面人，名孙文者，精于岐黄，香港咸知其名。时赴美国，旋来伦敦。本月初十日，即礼拜六，由寓所出外未归，闻被人诱入中国使署，此一说也。又谓孙以伦敦系英国地界，华官无拘禁之权，逍遥过使馆，忽有华人二名，上前拘禁馆中，孙暗中将拘禁情形通知前在香港相识之英国友人。立报外部及巡捕房，派探看守使馆，阻止押解出境。据孙之友人云，使馆雇有一船，预备载孙回国，此又一说也。”虽然译者仍然置身事外，以第三人称局外者的口吻来叙述背景，但其尽量为读者提供全面、多方的讯息，将其所知统统放在背景叙述中，如提及多方说法，且多用“闻”“又谓”“据孙之友人云”“此一说也”“此又一说也”等间接引语指示词，起到了既免责，又介绍了矛盾冲突的作用，甚至隐含地插入了报人自己的判断和猜测。因为在前情介绍中，译者抛开中国使馆参赞的说法——孙自入使馆，“使馆人并未动手，亦未用力。问然则孙自入使馆乎？曰，然其入馆不止一次”，给出的两种说法——“被人诱入中国使署”和“逍遥过使馆，忽有华人二名，上前拘禁馆中”，在诱迫孙入使馆这一点上是一致的，这给读者的印象是：背景介绍中将两种说法都和盘托出，已经是非常全面公允的了，而这两种说法在孙被迫入馆一点上又是一致的，并不存在异议，就不必对此表示怀疑，对于中国使馆的孙自入馆的说法，不应置信。

《时务报》第 15 册“英文报译”栏目中，译录了《伦敦东方报》10 月 30 日的文章《英国律师论孙文被禁事》。[149]该译录又在 1897 年 1 月 12 日《新闻报》的头版全文转载。[150]译者于开篇介绍了原作者的身份：“英国奥格司福书院之掌教，名荷兰者，致书太母士报，援引公法，辩论孙文被禁一案。夫掌教荷兰，本英国之著名律师也，其所论中国钦差于此案办法，读之尤觉有味。”文中所提的奥格司福书院就是著名的牛津大学。译者借文前介绍之机，向读者传递了原作者的身份和地位，如来自世界著名的牛津大学，位居掌教。原文登载于英国著名的《泰晤士报》，作者又是“英国之著名律师”，对读者来说，这些信息加深了原作者言论的权威性和可信度。如果上例属于译者间接引导，“读之尤觉有味”则是译者直接地诉诸自身感受来吸引读者，意欲读者阅读之前即抱持信任。

文中介绍了英国著名律师荷兰致《泰晤士报》的书信，信中援引公法质疑孙文被禁一案的合法性，并据此提出此案的两大要点：其一是“中国钦差拘禁孙文，是否与律不合”；其二是“中国钦差不肯交人，应如何办法，使之释放”。针对第一点，荷兰的回答是，孙文既然侨居英国，则应受英国法律保护，中国钦差将其收禁的行为，实际上干涉了英国君主的权利。以这一点作为前提，就不难得出第二点的结论：如果中国钦差不遵照外交照会释放孙文，英国则有权饬令孙文离境，并派巡捕进入使馆强行将其释放。荷兰还认为，孙文自称是在街中被人诱捕而拉入使馆，如果属实，则“使馆中人，厥罪匪轻，岂待言哉”，并称中国政府对此事负有责任。“丁韪良先生在北京同文馆教习有年，而中国钦差驻扎各国，犹有不恪遵公法者，岂容中国政府置之不问乎？”此文末尾还补入了《泰晤士报》刊发的一封读者来信，信中对荷兰的意见进行了补充。该信认为，对于私行禁人，巡捕并无强人释放之责，因此所谓派捕入署强行释放并无法律依据。

第 19 册再次译载《伦敦东方报》11 月 27 日的新闻，题为《论传言英将控告孙文一案》。[151]该文肯定了读者对荷兰意见的修正，也对 10 月 23 日《伦敦东方报》中《某报馆访事与麦参赞问答节略》最后一问作了权威解释：“问英国政府发海皮爱司考泼司（有拘禁人者，大公堂出票着令将拘禁人交出，此票谓之海皮爱司考泼司）致中国使臣之说。亦属无据之谈乎？曰，此说更不合理，缘爱恩君主在位时，曾经定律，禁止此习。”据此可知，中国使馆参赞的回答是符合官方约定的，而当时英国记者所提的情况则有违英律。有传言说英国外务部欲就收禁孙文一事控告中国驻英使馆，该文表示，此类传闻都不足信，英国无权控告中国使馆的工作人员，并且孙文已被释放，此事也已经了结。译者总结该案尘埃落定的原因为：“其实自孙文释放后，外部并无怨言控告之举，沙侯既得如欲，索出孙文，固已满意。华人既经申明华使所为，系属分内之事，亦已心足。此案遂寝。”

在孙文被禁一案风平浪静之后，《时务报》在1897年第21册、第27册的东文报译中又叙述了事情经过。[152-153]这篇译自《国家学会志》的文章题为《论孙逸仙事》，详细记述了驻英使馆挟持孙文事件的始末，包括孙文如何被诱捕，在使馆如何被诱供，其英国友人如何得到消息，英国首相又如何向中国使馆申辩，最终迫使中方释放孙文等前后经过。文章从国际交涉的角度指出，孙文一案关乎中英两国“交际之例”，并引用《泰晤士报》评论：即使中国使馆密解孙文回国，“处之以刑，得行初志”，英国外务省亦必要求中国加罚于参与此事的官员，由此可见，英国力争此案，意在维护其“警务之权”。

从文中“中人孙逸仙，余旧相识也”“余曾识逸仙于香港，逸仙在香港大学校，尝习西医，余实为其师”“逸仙访余于伦敦私宅，暂住余家一日，于是租得一屋寓焉，自后无日不至余家，朝夕相见，忽一日不见其足迹”等描述可以看出，《论孙逸仙事》是借孙文师友的口吻撰写，详细交代了事情经过。《时务报》以译录孙文师友的回忆讲述事情原委，虽给读者以回顾性叙事的切实感，但仍属于选择性的译介、传播。因为译介本身就是一个选择的过程。选译什么文章，选译的报刊、作者，均受报人和译者主观操控，以何种视角、何种叙述方式介绍事件原委，也是由报人和译者决定的。但这些又都隐蔽于编报、翻译的名义之下，使报人、译者的选择在读者和当局看来，都是工作的权宜，无关切身利益，是客观选择和中立公允的转述。即使与官方认可的叙述相左，造成读者的片面理解或误解，也是出于原作者之笔，归咎于原作者，与报人、译者不相干。而选译的原作者又为外国人，其身份地位在华人读者看来是中立、权威、令人信服的；在当局看来，又是惹不起、管不起，只能听之任之的。

《时务报》对孙文事件的跟踪译介，使读者了解了事件的原委、要点，并通过译介英国律师的论辩，通过报端上对合约定律的解读澄清了疑点，明确了说法，消除了传言。相比之下，国内对在华敏感政治事件和敏感人物的报道和评论，就不及译介国外报道这样隐蔽，易于跟踪和传播，易于规避清政府的钳制。因而，《万国公报》《时务报》《新闻报》等晚清影响大、传播广的报刊都倾向于把大量篇幅让位于"英文报译""东文报译"等栏目，即便化身为译报也乐此不疲，其中，借此获得的言论自由是关键，尤其还可通过外人之口道出报人或译者的"难言之语"，通过前情概述或背景提要插入他们对敏感事件和敏感人物的评论。除此之外，因译录过来的新闻报道是华人读者无法通过官方渠道获得的，经常是敏感的有争议的资讯，所以对于华人读者来说是有吸引力甚至震撼力的，这也是这些报刊深受欢迎、影响深远的原因。

五、十年后的政论译谈

十年后的《译谈：论招安孙文》刊登于上海的教育刊物《通学报》①，该刊是中国第一份专门研究外国语的刊物。[154]任廷旭（保罗）为主笔，范祎、吕成章襄助。任廷旭和范祎早些时候都曾是《万国公报》报馆编辑，都曾是馆主传教士林乐知的华人笔述助手。十年后的教育刊物上又刊登了以孙文、康有为、梁启超为评论对象的译谈，这与上文《新闻报》《时务报》上的系列译录，差别在哪里呢？

《译谈：论招安孙文》开篇提到"前见某报载有招安孙文之风说"，

① 创刊于 1906 年 2 月，旬刊，二年后改为月刊。教育刊物。停刊于 1911 年 2 月。上海通学报社编辑并出版，出版地为上海。任廷旭（保罗）为主笔，范祎、吕成章襄助。主要栏目有，第一部分刊英文、语文、数学、历史、地理、天文、理化、体育等学科的学习教案及方法；第二部分刊登时事、新闻、译谈等文章。

之后即是对这一传言的驳斥。作者认为招安仅适用于盗匪或名利之徒，作为革命党首领的孙文是不会受诱招安的。“彼（孙文）既不为患，若匪盗之当诛，又不贪名利，若奴隶之易诱。欲招安之，不其难哉？”在作者眼里，孙文及其革命党与康有为、梁启超及其宪政会一为皇权之对立，一为皇权之附庸。“康梁出亡以保皇会为宗旨，近更于丁未正月改为宪政会，其迎合之宗旨，盖可见矣。”该文借招安揭露并贬斥康梁附庸权贵。“窃意政府苟无招安亡命之意则已，若有招安亡命之意，不如先试用于康某。荣以四品乡衔，命在宪政馆行走，彼等必能俯首下心，应召而返，以遂其生平求名干禄之初衷。”最后作者以反讽披露康梁戊戌变法和宪政方案的落败和虚无。“并以竟其戊戌施展未成之政绩。一面实行宪政，首除满汉之界，举婚姻、籍贯、礼法、官缺、兵制，一切之向不平等，扫而空之，使创革命之说者，无种族之借口，然后开国会，定制度，改条约，皆与庶人共之，满汉一体，君民一德，能如是，则革命党人不禁而自戢矣，又何招安之足云？”

这篇译谈，借外报刊登招安孙文的传言，发表了作者本人的政见，作者肯定孙文及革命党不屈于皇权、不贪图名利，讽刺康梁追逐权贵，揭露其宣扬的戊戌变法和宪政政策实为保皇，为一己之利。这篇《译谈：论招安孙文》虽和上文一样，涉及的对象都是孙文、康梁。但时隔十年，我们可以感受到报刊登文和发表言论已经非常自由，报人、译者的自主权已经接近或达到畅所欲言、自由发表政见的程度。而且，即使是定位于教育的专刊，在谈论政治话题时用笔之犀利、褒贬之分明、批驳之自由是十年前的晚清报刊难以企及的。可见，晚清报业冲破束缚、突飞猛进的脚步是走在社会其他变法改革之前的。晚清报刊率先争取释放，获得言论自由、编译自主，是其他社会革新的前提和基础。实际上，正是报业的先行发展和解放，带动了其他各个行业的观念更新、除旧布新，最终进入近代化的蜕变。

该文借译介不但阐释了自己强烈的政治立场和政见，而且借报刊媒介的广为发行，将其传播到每一个角落，影响每一个华人。通过这样的译介，我们可以想象孙文及革命党是怎样形成辛亥革命前的舆论准备和民众基础的；保皇派、宪政派又是怎样丧失影响力和号召力的。每一篇短小的译介和译谈，实则发挥了指引民意、团结人心的作用，承担了战斗檄文的功用。

晚清至民国的政治风暴和巨变，不是领导者的一己之力和个人之功，而是藏于报刊纸背的字剑刀文，起着呼风唤雨、改变舆论、扭转人心的作用。试想，晚清若没有了报刊译介，就没有了日积月累、潜移默化的思想渗透，更没有了送达人人手里的战斗檄文；没有了表达与传播的渠道，更没有了号召和动员的口径。所以要想窥见社会历史文化的演变，离不开研究其承载者——大众传媒。而在晚清，这刚好由报刊担当，并且此时报刊业处于起步与发展阶段，二者相互契合。在不同的时代，大众传媒有着不同的主导媒介，从书籍，到报刊、广播、电视、电脑、网络、手机等。随着时代的发展，主导的传播媒介亦经历着更新更替，以后会更加丰富多样、更加强大便捷，但不同的媒介却有共通之处，那就是将每一个分离的、独立的个体联系起来，将讯息传达至每一个角落，留存于每一个时间点，行走于人脑、人心，化为行动、变化。

第七章　晚清报刊中的译谈、译释

遍查晚清 1833—1911 年间的报刊文献，文题中除出现“翻译”外，还有其他与“译”相关的词组：译释、（时论）译录、译谈、（电报）译登、译论、（电报/军书/传单）照译、（电报/外论）汇译、（边陲/日报）译闻、（时事）略译、详译、译件、（时论）辑译、译要、（日报/谣传）姑译、（日报）联译、广译（兵书）、述译、（军书）补译、（京事）杂译、译函等。以上很多名词不仅出现在题目中，还直接被报刊命名为栏目名，如译录、译谈、译论、汇译、译件等，说明它们在报业中被统一划分到翻译类型下，从侧面证明了晚清报刊对翻译类型和变体的定义和划分。

只要在翻译史中存在过、盛行过，哪怕是昙花一现，也扩展了翻译史的研究领域，丰富了研究对象、内容，重塑了其定义和内涵。我们今天再看这些译录、译谈、译释等翻译形式，可加深我们对翻译的理解，加深对翻译的社会作用、历史意义的认识。

诸如“译释”“译录”“译谈”等名称体现了翻译和文体的结合，生成不同形式的翻译变体，具有不同的文体模式、文体风格。将翻译和文论、文学结合起来，包含两种元素，兼具二者特点。不像今天学科精细划分后那样割裂；不仿照西方进行人为硬性界定。作者亦是译者，译者亦是作者，本身融合在一起，无法分开；译者有了作者的自由，作者有了译者的身份。笔者可以在作者和译者之间自由转换，可以同时具有作者和译者的职责、身份、权力。在晚清，这是翻译与报刊媒体特有的结合，它在报人、编辑手中重塑后得到了更多的开发、更广的应用，更有利于晚清报人运用、操作，获得了有别于西方、古代、今日的新的变体和生命力。

上一章我们从宴会祝词译录、总统批论译录、人物专访译录、外交事件译录几个方面，聚焦了译录这一晚清翻译类型，并与十年后与前文相同焦点的一篇《译谈：论招安孙文》进行了历时对比分析。本章选取与译录同为晚清报业常用栏目名的译谈和译释作为研究对象，揭示这两类晚清独特的翻译变体所记录的中西新旧思想的嬗变互动，同时，共时地分析译谈、译释两类文章的特点，揭示二者之间的异同。

一、晚清报刊中的译谈

遍查 1833—1911 年间的晚清报刊，其中译谈文章出现在 1900 年以后，集中于“译谈”“译谈丛话”“译谈随笔”三个栏目名称下，《左海公道报》和《万国公报》中刊登的译谈文章数目相当，而《通学报》所登是二者之和的五倍。《通学报》主编任廷旭署名的译谈文章最多，其次是任独、（美）林乐知、范祎。译谈栏目下的文章除对华外论外，还有外国军事、科技、医学等内容的译谈。

本章选取的译谈文章，集中于对华外论的翻译，通过外人的视角对华人群体进行剖析，与他国他族进行对比，揭示弊病及其根源所在，这是晚清译谈文章的共同特点和一般模式。对华外论的译谈之所以受到晚清报刊的青睐，原因有二：一、从读者角度来看，相较于报人自揭其短，华人读者对于外论更容易接受和信服，削弱了读者的抵触和质疑；二、从报人角度来看，相较于华人编辑或华人译者的叙事角度，外国人的叙事角度更容易触及或表达一些敏感话题。相对于华人译者的自揭伤疤，来自外国人的揭露、批判更显客观，更易说出口。

（一）译谈《拟译西报论中国时事》

《拟译西报论中国时事》一文开篇介绍了西方新报分门别类的优点。“泰西新报无国不有，亦无一人不阅新报也。但新报之设，各从其类。论农工者，谓之农报；论通商事宜者，谓之商报；论国事得失者，谓之政事报。推而至于开矿报、格致报，分门别类，各投所好，且复据事直书，无所避讳。故老幼皆当阅，即妇女亦皆阅也。西人阅之，西人不出户庭而知天下事矣。”[155]作者关注的焦点是西方新报中论及中国的新闻，不是西方新报中的所有新闻。“试即开挖煤铁等矿而论，西报中有论及中国者也。中国人不阅西国之开矿报，则未由知开矿报所论之是否也，且西报中有论及中国政事者也，中国人不阅政事报则无从知政事报所论之是否也。”进而作者缩小话题，就应否译介西报中关于中国的议论，表达了报人的两难选择。“本馆每日披阅各种西报，欲置之而不译，殊有割爱之情，欲译出而登公报，又恐招多言之咎。”

作者深知“盖好谀恶直，人情大抵然耳”，尽管华人“好谀恶直”，但仍决意拟译西报上的对华评论，不怕“见憎于华人”。作者注销此文，就是为提前声明，让华人读者有心理准备。“倘使华人喜直恶谀，则凡西报中所论中国开矿情形，通商阻滞，以及丝茶弊实，嗣当选择一二从直译出，或有益于中国，或见憎于华人，所不计也。”这说明在1875年前后，译介西报中的对华评论是颇受争议的，报人也有一定的压力和顾虑。

最后，作者假设读者读到译自西报的对华评论后，可能出现的或喜或怒的两种反应，并使用对镜自照的譬喻，期读者自我反省——意识到预设反应的不理智不合理后，进而采用更加公允的态度对待报馆所译外国对华的负面评论。“西报所论而果是欤？华人阅之，喜可知也。西报所论而或否，与华人阅之，怒可知也。倘逢华人之怒，必不谓西报为持平之论，将归咎于本馆而谓公报不公矣。且非但谓公报不公，而反谓公报有违悖之语矣。譬之以镜照人妍媸立刻，而在对镜自照者鲜不自夸其妍而讳其媸，而不知旁观者已穷议其后矣。本馆屡思翻译以达同好，惜无余功耳。”

（二）译谈《译论中国时事》

《译论中国时事》载自《画图新报》，间接转自《上海新报》。[156]从段首可知，《上海新报》又是从《英国日报》英汉翻译过来的，这两重转译转述强调的都是英方眼中的中国自强之法，体现了自强运动在当时（1881 年）受到了国内外的认可和称赞。“上海新报云昨阅西报，见有载英国日报者，其论中国日跻富强一则。”

“略言中国年来凡于西国有益之事，无不留心考究，自行兴办，惟不欲假手西人，以杜他日仰求之患，又复选派振作有为之各大员，充当出洋公使，以便采访各国见闻，择其善者而从之，以为强国之助。近又在英国定造坚猛炮船数支，又造一天下无匹之水雷，并于天津而南，沿运河接至上海，设立电报及广购军火，大备水雷诸事，如此认真，何患不臻富强耶等语。”以上是转译转述《英国日报》上的对华评论，使用的是英方第三人称的旁观者视角，但最后一句“所说如此，译略登录，亦见我国之实事求是，非徒托诸空言也”，话锋一转，由英方的第三人称旁观者视角转为中方的第一人称当事人视角。这样，叙述角度的自然切换，既是转载转译操作的结果，体现了其视角杂糅的特点，留下了多重叙述者的印记，同时又形成了报端译介中新的话语形式。无论作为新闻文体还是翻译文本，这种独特的语篇类型和话语模式都是晚清时期新闻翻译的自然结果和历史产物，既体现了当时译介的特点和局限，如仓促性、包容性、探索性，又与前后各期同类翻译迥然不同。而以往对这种因双重或多重译介而产生的新叙述方式和语篇形式，未被学界提及，相关专题研究有待展开。

（三）译谈《中国论》

《中国论》一文由日报转译为汉文后刊登在《时务报》上，这则译文描绘了出国考察、学习西方的中国官员在国外生活懒散、不作为的状态，批判他们在国外无异于国内，养尊处优，蒙蔽见识，出访考察收效甚微。[157]“况游历之大官其谈话时，总赖传译，拥不精通欧语之从者，而徜徉泰西诸国，虽身在欧洲，除赴王侯大臣之招宴与临观军队操练外，未见其与在中国有异也。查所携行李，有车与食品割烹人等，又有亲近拥侍左右。果能看何物乎？见欧美新奇之事物，果以何等相视乎？盖恐未能解国家生命智能存于其间也，除军队炮枪之外，恐不见有若何观感也。”作者将这种失败的考察归咎于“（况游历之大官）其谈话时，总赖传译，拥不精通欧语之从者”。可见，晚清时期，翻译和外语能力是官员赴外考察成败的关键，此期的外语学习和翻译工作总是与变法改革、救国救民联系在一起，彰显语言作为交流工具的功能，绝少出自纯粹的语言本身的需要，绝少为语言而学语言，为文字而习文字。相较而言，语言的其他功用是被忽视，甚至是忽略不计的。

作者以俄皇彼得大帝微服私访，深入民间，考察欧洲为例，对照足不出户的中国官员，为在国外一无所获、封闭自足的中国官员提供效仿的榜样。“昔俄皇彼得怀抱宏图，欲挽回势运，游历欧洲，与中国游历支员，全异其辙，彼得在法国和兰国之时，谢遣从者，单身飘零，微服阔步，凡己国之习尚，一切去之，欲以易俗移风矣。”

作者又以日本学习西方为例，写道：“日本人之志行也，日人尝汲汲采文明之利器，实使欧美惊叹，二变革之疾速，亦使欧美生畏怯之念矣。于是乎今也，自船舰炮枪至法律制度，精通其神理者，盖亦不少。而其二十年来所施设，或简派俊才，同往欧洲，入其学堂，或学其言语，译其书籍，或聘外人为师，或编制法典，惟恐文明之难及，故致有今日之盛矣。”将中国官员与日俄官员对比，写道：“中国大员巡游，其左右随从者，多不通欧语，行李如山，而至携带炊具食品畜类等，则吾人殆不能悉言也。呜呼，中国大员此行也，咸以为中国更始之端，然其所为，会不学俄皇日人之迹，则所得果安在哉？”

作者预测中国商业，未来将发达到足令西方生畏的程度。“虽中人西侵，不足以为念也。惟中人最可畏者，其在商情乎，中人本勤俭，粗食敝衣，有百折不挠之气，则利用其劳工，利用其积资，以造各种货物，贱廉其货价，向欧洲输进此等之货物，夫复何疑意者？亚人将来为我商务一大劲敌，必如美洲之于欧洲也。”

作者预测了未来日、中、欧洲的发展态势，提议在中国未强将强之际，抓住时机，有效地利用中国以谋利。“然则为欧洲产业家者，宜勤勉从事于制产，而资主之与劳工能相亲和，无相抵牾，是为切要。可知异时必有此事矣。日本近今文化虽疾足进步，而其商务则犹迟迟矣。中国近时，有欲采欧洲工艺技术之意，非复往昔之可比。虽然中人本狼顾慎重，其跻文明之域颇缓，抑欧洲日后之情形，将见竞强更剧，及此天未险雨，宜收利于此富物饶利之国矣。”文中的“资主”即为资本家，“劳工”即为工人，“制产”作“生产”解。

这是一篇较早分析中国在国际商务中的利害关系，宣传发展商务的文章。可见当时无论是日人还是华人，对商务竞争和工业发展都是非常重视的。晚清报业将译介关注点放在他国眼中的中国及中国与他国、与世界的关系上，译者的目的和原文作者的初衷发生了转向、偏离、错位，往往由原文的旁观中国、利用中国以促本国发展转向为译介、探知、获悉他国眼中的中国，从他国的视角了解国际形势，分析他国对华政策，进而为华人提供外交动向、他国国情和情报，思考中国的应对策略，这样的译介多为“知己知彼”而译，为获取信息，进而在政治、军事、商务等方面有效应对他国。

（四）译谈《天下四病人》

《天下四病人》译自西十一月三十日的《上海字林西报》，译者张坤德，发表于《时务报》1896 年第 14 册。[158]该文从当时紧张的世界形势展开，详述了土耳其、波斯（伊朗）、中国以及摩洛哥四国的问题。但仅就篇幅而言，土耳其、波斯及摩洛哥的相关论述仅占一两行的篇幅，而对于中国则不惜笔墨，不惜赘述，近四倍于其他三国的论述文字之和。由此不难看出，这篇译自《上海字林西报》的译文，旨在揭示中国所患之病，分析中国令人堪忧的局势。之所以提及土耳其和波斯，是为了和中国对比，“病情固与土国波斯皆不相同”。作者首先指出中国的优势：“地广户繁，甲于天下，牵联之势，骤难分裂，立法亦未赏不善。”作者认为中国积贫积弱的根源在于：“惟官无韬略之智，民少勇敢之气，一旦强敌骤至，未有不弃甲而走矣。”作者分析中国处于任人宰割而无能为力的境地：“昔中日之役，若无人干预，听其自然，中国不为其所灭者几希。今俄英法德，不论何国，果尔出师，不入中国之境则已，既入其境则长驱直进，随意要求，无有不如愿以偿者。”但作者分析中国无须忧患丧失自主之权。原因一是：“以民情凶悍，专恃杀戮谋反，所有三百兆之民人，各国均不愿劳心而治之。”原因二是：“中国海口，各国则欲求泊水师，中国铁路，各国则争求地相接，工艺必求在本地制造，销货必求其格外利益，而中国并非以威逼，非以利诱，不允所求。于是各国钦差投其所好，在于北京互相争论，彼此恫吓。”“各国欲与中国互市，并不欲分其地，但欲乘其势力衰弱之时，冀得极大利益。”各国在中国的利益相互制衡，使得中国得以苟且保全。但作者预测：“现在争分不均，欲俟各国约定各分若干，彼此满意。驻京钦差，尚须力下功夫，为时尚远也。”“欧洲必争欲得之，卒至决裂分肥于疆场而后止。”“不信余言，请观异日。”作者以其他三国作为陪衬和参照，分析中国国际形势，旨在隐含地揭露中国岌岌可危、命运未卜的局势，揭示当时中国利用西方国家间的制衡得以幸存，短时间内各国无法达成满意地瓜分中国的现实。这篇文章短小精悍，一针见血，指出因果关系。原文作者呼吁驻京钦差须下功夫，而作为晚清报刊的主要译者张坤德，通过译介原文，让华人知悉局势紧张，中国危在旦夕。

（五）译谈《中国人性质》

《中国人性质》译自日本《大坂朝日报》，译者为日人安藤虎雄，登于1897年《译书公会报》上，是对中国人性格的描述，其中也包括英国人对中国人的评价。[159]

英人认为中国人与英国人有极相似之处，称中国人为“东亚之英国人也”，而日本人却用这句话来称自己。译者认为是两国“地位、形式”相似所致，日本同英国一样是海岛，是海洋性气候，且经济发展都较为迅速。然而作者认为就性格而言，相比日本人，中国人更似英人。

译谈从以下四个方面来论述华人性格。

（1）中国人之固执不移，能守其本领似英人。

（2）尊重古来礼仪而不肯轻易风俗似英人。

（3）农工商贾互相配合，以各谋其利似英人。

（4）气力强健吃苦耐劳苦似英人，优游不迫、临机应变、未尝动心，能兼北宫黝与孟施舍之勇似英人。

“固执不移，守其本领”与中国人安土重迁的性格有关，“重礼仪，不易风俗”与中国源远流长的文化有关，译者还称道四民中的农、工、商间的相互配合，民众的踏实与勇敢。

文中还记录了一位西人对中国人“守誓约，重信义”的性格的描述，在他看来，中国人的守信是“世人之所敬服不措”的。然而由于国情与地理上的疏远，很多外国人仍然认为中国人“狡狯黠诈，善于欺狂”。所以这位西人举“父债子偿”的实例来帮助澄清外国人对中国人的偏见。

接着作者剖析了官吏的性质，列举了当时官场的丑恶污秽，刻画了官场之人贪污受贿、欺压下属、借权敛财、言行不一的性格和行径，并得出结论：“堕中国者，必此官吏也。”

作者肯定中国人的本质，认为整体而言，中国人的性质有如江河，而将官吏视为江河中的“浑浊”部分，认为应该“知泾渭之分”，不应“以一斑推全国”。最后提出：“英人之可近可亲，则中国素与我为同文之国，且有唇齿辅车之助，应先舍彼取此也。”也就是说：立交而言，日人应舍英人而交华人。这样一篇日人眼中的中国人性质的报道，被《译书公会报》译为汉语，广布华人，也可视为译者的观点的再现。译者只有认同原作者的观点才愿意选择该文并翻译过来，抽出有限的版面介绍给华人。这篇译文所反映出来的对华官的腐败的批判、对普通民众的优良品质的肯定、对英人和日人素质的称道、对邻邦友好的认同都说明了晚清报刊借翻译之名、借外国人之口，向广大读者传达了编者、译者等报人对国内时弊和国际关系的判断、定位和借口宣传。

上篇文中标的日期是“西十月十九号”，整理晚清报刊文献的过程中发现另一篇同样译自《大坂朝日报》的译文《东文报译：论中国人民之性质》，译者是日本人古城贞吉，发表于同年《时务报》第 44 期上，标注的日期为“西十月初七日”，即 12 天前。12 天前先见刊于《时务报》中的译文仅为 450 字，而《译书公会报》中为 730 字。可见，后者较前者有不少增译和补充，抑或是译者个人的发挥和评论。因刊登在《大坂朝日报》上的日语原文不可考，以下仅比较两个汉译文，探究同一篇外语原文在中国不同刊物上翻译转载的异同，以及见刊先后产生的变化。

同一篇原文，在 12 天内被中国两大有影响的报纸分别翻译后登载。后篇比前篇增加了更多的个人见解和评论，如加以“温以明目达识之人，乃举中国与其国相齿比，必有所见矣” 增强“中国人者，东亚之英国人也”这一断言的可信度，补以“我邦人辄曰，日本，东亚之英国也，盖自其地位形式言之，两者不无相似。然自国人性质观之，则殊于英国而实于法”说明日英之间的殊同，增以“凡之数者，日本人所视以为不易企及”将日本人与中国人相较，认为日人在文中提到的几个性质上都不及中国人。文末添以“故苟知，英人之可近可亲，则中国素与我为同文之国，且有唇齿辅车之助，应先舍彼取此也”更是表达了在中、英之间，日本应该舍英选中，与中结为友邦和同盟。以上数例说明了：比较而言，《时务报》中的译文仅限定在中国人性质的论题上，而《译书公会报》译文却补充了更多评论和观点，加入了中、日、英三国人民性质的比较，以及日本应与中国建立邦交的外交建议。

后见刊的《译书公会报》不仅增加了中、日、英三国之间的比较和外交关系的权衡，在论述中国人特有性质时也增加了更多的描述和对比，如“以各谋其利似英人，气力强健能耐劳苦似英人……临机应变”。对贪官污吏的本质和劣行也刻画更详，如“愚黔首以贪贿赂，抑下僚以擅威福，外饰名誉而内为盗贼之行，口谈孔孟道德而手持申韩刑名”。在举例说明中国人恪守信义时，二者都以父债子偿为例，不同的是后者补以“自孙而曾孙，而玄孙必清偿，夙债而后已”，突出中国人世世代代皆是如此。

两篇文章在译介中人与英人性格的相似之处时，一一对应，非常吻合：后篇的“固执不移”对应于前篇的“保守之性”；“尊重古来礼仪而不肯轻易风俗”对应“习惯风俗，素娴礼法”；“农工商贾互相聊合”对应“联络社会”；“优游不迫”对应“徐而不疾”；“未尝动心”对应“宽而不迫”，以及以北宫黝、孟施舍为例说明华人之勇也都是忠实原文的翻译。两位译者对中国国民的性质均持肯定态度，对华官的昏聩腐败均贬斥批判。总之，晚清报刊通过译介外人对中国人的评价，意欲引发华人读者对自身国民性质的认识和自省，同时也传达出报业中人对国家问题与国际关系的考虑与宣传。

（六）译谈《变易国民脑质论》

社会进化论思想在此期成为众多政论文和时论文的论证基础和逻辑前提，《变易国民脑质论》这篇提倡改变国民思想的译谈也是依此逻辑——民众的学术智识决定了政俗兴衰，而政与俗又决定了其在世界种族中的竞争存亡，进而引出论点：“故世之主张改革之议者，徒尔张皇外貌，不先从国民脑质中，洗其千百年之秽浊，影以新世界之规模，未有能推之政俗者也。”[160]

在这一类政论文和时论文中，作者摆脱传统的引经据典式论证，引入西方思想和西人视角，如“西人谓支那敝俗，如三十年之牛槛”“如英法美奥之民党，克伸大义于天下也”，西方代表着文明、进步、强盛、优秀，对西方文明进步极尽溢美之词：“要之时机既至，理想大开，能思千百年来不敢思之异理。即能开千百年来不敢开之异境。如格致家之哥白尼奈端赫胥黎，冲决彼中教旨之网罗，政治家之罗索福禄特尔加利生林。”进而中西对比，形成强烈反差：“有生长燕京者，饫颔彼都马失仆鼻烟尘蔽天之况味，以为神京制度，故应尔尔，逮道天津。出上海见夫租界瑰闳，街衢灿烂，宫室壮丽，物产充牣，洁清照耀，不可殚论，则反心神惊诧，耳目皇骇，顿足拊膺而叹曰，吾数千年朴实俭素之中国，何以遽沦异类若此。”

这样短短一篇时论文，充满了古今中西的对比和论述，充斥着时下中国与西方、与古代中国在思想、文化等方面各种共时和历时的对比。如对今日之政府、当道诸人的批判：“世徒见今日之政府，嗜愚若痂，守旧如命，腥秽庸浊，不可向迩。以谓当道诸人之咎，而不知彼皆从三十年牛槛中，行止坐卧而来。飨臭为香，指黑为白，亦固其所。固安能责以更新之伟业，改制之宏模哉？”“况彼汇群愚而拥高位者之奄然政府哉？”该文以现世的人和事为例：“自艳称翰林宰相爵秩官阶外，无复功名建树之奇。故世讥李元度先生事略一书为恩荣录。”“即前日两江总督马新贻一案，足见张某举事之烈，而其义尚止于复友仇。”现世的事例无一例外都是反面例子，是批判和推翻的对象。

而对于古代的事例则褒贬混合，不是千篇一律的或正或负的单一评判，而是亦扬亦抑，兼而有之。在感叹古今中国差距之大时，褒古贬今。“吾数千年朴实俭素之中国，何以遽沦异类若此。”但在论述古为今源、古为今咎时，将古今中国归为一类，证明与西方相去甚远。“痛乎历代有支那全部者之阳为静谧，阴为奇酷并其偶异寻常之理想而锢之，致结成今日之一种按部就班之脑质。”“然彼是绿林黄巾水浒一派性质，储为异想，藕断丝连，以迄今日屡酿无益之祸端。”又将古代与西方划为一类，彰显中国当下相形见绌。“若求如朱亥之诛晋鄙，荆轲之刺秦皇，日本水户臣之贼井伊直弼，专为国家除害者。”将古人、古事与今人、今事或西人、西事进行比较，说明同为刺客和行刺，今人不及古人和日人之为公而不为私。

如此种种，晚清论述文中，绝大多数都跳入褒西贬今的议论套式中，形成一种固定的论述模式。而此间对于中国古代的事例和分析则褒贬混杂、抑扬兼具，并不固定。

这篇时论文着眼于当时政俗纷乱的现实以及改革未能推进的窘境，对时事及背后深层原因进行了深入分析，并缕析国人脑质受病的六大根源。在作者看来，改革流于表面，未能实际推行的根本原因在于：主张改革者未能动摇千百年来国民固化的思想、闭塞的见识，即作者所说的脑质未开。针对脑质未开，作者总结出以下原因。

（1）迷信思想，“巫鬼命相风水之说，阻塞文化”。

（2）醉心于“科第利禄官场习气”，官场争名逐利的风气。

（3）视其身于国家毫无干涉，不知“国权系于民权”。

（4）即便有“义侠性情”，也是为私不为公，不能从国家起见。

（5）“柔静愚民”的统治策略禁锢人的思想。

（6）各种陋习由来已久，按部就班的习气浸染社会，少有有识之士，能为政俗之变革尽一份力。

针对这些问题，作者提出了相应的对策。总体解决办法是：“其实非有变法求新深谋远虑于其脑影……时有变机，而此鼓舞民权，布立宪政，暨乎穷探造化测验天人之正理。”具体改革政俗的举措是：（1）扫清迷信思想，植入文明文化，“宜廓清种种巫鬼命相风水之说，始能纳文化于人人脑中”。（2）肃清官场风气，播种学问，“宜廓清种种科第利禄醉心庸福之习，始能纳各种学问于其脑中”。（3）传播民权学说和家国存亡观念，“宜扩充民权之说，始能纳家国存亡之影于其脑中”。（4）倡导义侠性情与国民息息相关，对抗“奸臣擅命及旧党阻止进化”。（5）“宜扩充思理之奇，纳一切文明世界取用之业于其脑中”，广开新报、广译新书、广授生徒，传播新思想、造就新人，“是知一人心力，可以造就天下之人才。而其以学术智识，益人脑质，尤为改革无形之妙用”。（6）冲破君权压力，“其始皆以一人思理转移天下，而成新世界之规模”，改革国民脑质，而不是只取法西方一二。

种种社会现象都表明当时推进改革之难，作者认为仅靠一二西法，难以扭转国家衰颓之势，非具有新思想的国民不可救国。思想解放的任务迫在眉睫。作者从政治文化角度出发，涉及士、民等阶层，最终将改革之任交诸于“士民之俊秀者，深储思想之才”。虽然该文未能涉及社会方方面面，但是从作者的分析中我们不难窥见：当时社会已然开始对传统文化、社会制度进行反思。民权、宪政等概念的出现，对君权、愚民、迷信、官场习气的批判，对侠义精神的重释，对学问、文化、国权、新理、改革政俗的倡导，都浓缩在这篇针砭时弊的短篇中。

该篇客观反映出西方制度、西方文明对中国传统社会的冲击。中西国力悬殊，家国存亡问题突出，使得国人开始放眼世界，摒弃天朝上国的妄自尊大，寻求救国之策。中国深重苦难历史的开端，即是国人开始觉醒的契机。“虽和缓复生苦难针灸而良医疗国，要非从士民之脑质，首先变易不可。”这篇译谈说明了：千余年来封建思想的束缚，使得近代以来的思想变革均似刮骨疗毒，牵一发而动全身，对社会文化的每一次深层分析与批判，都受到来自社会的巨大抵触和反对，但同时也为社会开辟出新的道路。如作者这般文人志士的挣扎探索，为虽受百年凌辱但仍未分崩离析的中国注入了顽强生命力。

我们借作者一文，窥见古、今、中、西的各类人物和事件，各个思想和观念之间的传承、碰撞、演变、借鉴；透视时人的分析、鉴别、评价、取舍；反观清末历史，走进当时社会，领略中西古今思想交汇的漩涡，回溯近代以来中国思想观念蜕变的艰难历程。

二、晚清报刊中的译释

译释与译谈相似的地方在于二者都是借助翻译这一形式，或阐释概念，或论述观点。而译释往往探究原语的词源，追溯原意，以获得正解，往往引经据典，不但列出该词在汉语各个经典中的含义，而且追溯其英文字源，无论起源于拉丁语，还是借用其他语言，求本义以正今用。与译谈文章相似，晚清译释文章也集中于1900年以后，在此之前文章数量较少。有译自《日文伦理讲义》的《释公》[161]，阐释“公”与“私”、“权利”与“义务”的关系；有译自《东报》的《释客观文学衰颓之理由》[162]，阐释“主观文学”与“客观文学”的区分及当时主观文学盛而客观文学衰的原因；亦有译自《美国学问报》的人体科普文《人身略释》[163]，对人体进行简略介绍；另有译自《学理界》的《释平方十问》[164]，讲解数学问题。可见，译释所译介的学科各异，阐释的概念也是多样的，并不局限于某一领域。由此可见，译释和译谈作为晚清特有的翻译形式，其内容不受学科限制，主题、对象的选择也是灵活自由的。更足以证明其文本功能在于提供了论述的形式和切题的方式——以“译”释“义”或以“译”促“谈”。应用范围广，适用于各个学科、各种议题，与晚清报刊译介的灵活性和多样性契合。

“译释”与“释译”两字颠倒，意思迥异。释译是一种翻译方法，即用阐释的方法来进行翻译，解释说明其意。译释则是晚清报刊中常用的文类，指借由翻译解释和阐释某一个概念或名词。对于释译而言，阐释是手段和途径，翻译是目的。而对于译释则相反，翻译是手段和途径，阐释是目的。“译释”这样一种广泛运用于晚清报刊的独特的翻译变体，应当得到研究者们的关注。

（一）译释“绿十字会”

与家喻户晓的“红十字会”相比，“绿十字会”在晚清和今日被赋予了怎样的含义？是如何界定命名的？

今日的国际绿十字会是根据1992年6月里约热内卢环发会议上各国政府首脑的建议，于1994年4月在日本东京成立的一个国际组织。国际绿十字会的任务是拯救因环境、人口问题而处于濒临死亡状态的地球，奔赴环境遭到破坏的现场救援，进行日常的环境教育等。其根本宗旨是：“保护自然环境，确保人类和所有生物的未来。”[165]

知网上主题含“绿十字会”的文章，大多和上述国际绿十字会的含义一致，其中关于中国和北京的文献，其“绿十字会”的意指也如上所述。[166-167]但在地方，如工厂、生产等小范围的场所和话题中，所述“绿十字会”的定义则完全不同。“上海纺织厂：绿十字安全标志，未发生事故挂绿牌，发生工伤事故挂红牌，提醒注意安全，防止发生事故”中的“绿十字”特指生产安全，与劳动保护等话题相关。[168-169]

今日的“绿十字会”在国际、国家、省市和地方、生产生活场所中尚有分别，在大议题和小话题之间指代完全不同。在晚清，这一名称初入中国时，定义更是“五花八门”。

晚清报刊中最早出现“绿十字会”字样的是1899年译自《亚东时报》上的《绿十字会》一文，该文介绍了同期西方绿十字会名称的由来：“自瑞士国人显理圆南度君，倡道红十字会以来，地球列国赞其美德，翕然风靡，争先入会。阅年未居三旬，会员已满洋之东西，不知其几年万人，可谓美盛无伦。近日显君复将创立一会，计画略成，名曰绿十字会。”[170]绿十字会的提出是在红十字会之后，它们的首倡同出一人。鉴于红十字会的影响深广，这位瑞典首倡者进而创立绿十字会，并将其功能定义为：“将以拯薄命于穷途，愿力之宏，施济之薄，尤为冠绝古今。盖今日不论何国，莫不有无赖之徒，或甘言诱拐，或威力恫吓，巧挤妇女于陷阱。以贪不经之利，其惨状诚有不忍言者。苟仁人志士，不急为救恤之计，若辈焉得再见天日哉。想此会一成，世之有人心者，必喜翊赞之，竞植善根，犹于红十字会。然而自今以后，久呻吟苦境者，亦当得乐其天年也。”

五年之后在《女子世界》上笔名为自立[171]的作者发文《谈薮：霏屑录：绿十字会》，也讲述了相同的命名缘起，宣传了相似宗旨。“红十字会，创立于瑞士国，亨利名时能脱姓氏。近别立一绿十字会，其宗旨以保护各国各地可怜之少妇弱女，以免于残忍凶悍之手，及调查劳力之工女机女等。”可见，此期国外对“绿十字会”的定义和命名相对稳定，使得国内凡是提到译介过来的“绿十字会”，必然联系到它在国外的命名经过，被赋予的含义。

但十年之后的译介就不再沿用上述含义，而是给予“绿十字会”一个完全不同的所指。“战场之有红十字会，所以救伤人也，处于中立之地位，纯以慈善为宗旨投身其中者。咸世界有名之医士，不问同盟协约，一例视之，诚事业中之最高尚者也。近乃有踵此组织绿十字会者，则不问人而问畜，愈其疾，疗其伤。”尽管十年后的译介赋予的含义与瑞典首倡者所赋予的含义截然不同，但其定义过程仍然是建立在与“红十字会”的区分之上，仍然与“红十字会”保持着成对而立、相对而出的参照关系。“一一与红十字会之对人相同，是其关系，粗视虽若平淡，然亦含有经济之价值。盖在战场间，丧马一匹，其损失颇不亚于死一人。能治而疗之，则为用甚广。固不可以兽类而忽视之也。”同时，期待着其能产生与红十字会相同的反响和效果。“会务今已日臻发达，各地多有闻风相效者，预测前途不难与红十字会并驾云。”这篇《物质文明识小录：绿十字会》介绍的绿十字会建立于法国。[172]“该会于法国北部，已设有动物病院，即其消毒作用，亦至完美。动物之入其中者，弗论有无传染病，咸以一种除毒血清注之，则入院之后，平安无险，亦不致遗害于其他矣。”此处并没有提及红十字会与绿十字会的瑞典首倡者。至建国前，上海医院医生“一律将红十字易为绿十字”，也是效法西方，给出的缘由是：“万国红十字会盟约，取缔滥用红十字标志甚广。我国亦为签约国之一，曾经政府通令查禁，惟公私医院及医师诊所沿用红十字为标志，积习已久，卫生部饬及改换在案。盖经医师公会全国联合会拟定，一律将红十字易为绿十字，呈准卫生部备案，上海市医师公会顷接奉全国联合会通知，即日起，凡会员汽车等标志，概照规定更易为绿十字。”之所以换为绿十字，是因为要规范红十字标志的使用范围。“此后非红十字会业务范围，皆不许假用红十字标志。（按红十字会之工作为战时救护掩埋等，与平时普通医务不同）”这里的绿十字是全市医院医生改用的标志，而红十字归红十会专用。[173]

由此可见，作为以红十字为参照产生语义所指并被命名的绿十字会，实际上，间隔几年就经历了完全不同的重新命名，据此推测：绿十字会在西方不同国家有着不同的定义，在法国、在瑞典不同。“红十字会”语义相对稳定，很少产生异议和分歧，尽管如此，这一概念也被不断地规约和界定，使其与普通医务区分开来，“红十字”专指“战时救护掩埋等”工作就是一例。

西方社会和团体的不同命名和界定，通过晚清的报刊译介，传到了中国，产生了各不相关、纷繁杂乱的绿十字会的指代。可见“绿十字会”一词，并不像红十字会那样在中西有着稳定统一的所指，相反，其所指随时而变，随地而变，随人随事而被赋予不同的含义。从晚清至今，并没有呈现延续传承的语义联系，完全是断裂、随意的命名和各自不相关的定义。

这是一类很特别的名词，没有历时延续的词根限制，所指和能指之间没有稳定的约定俗成的联系。但正因其能指与所指之间没有限制和联系，则可以任意命名，语义可变，属于活动的词，又因其类似“万能”的能指，因而所指可以是变化的。尽管这类名词的语义始终处于变换不定的状态下（如“绿十字会”），但其主要特征不变，即定义初始于与另一成熟概念（如“红十字会”）相借鉴和区分当中，与其成对而立。我们姑且将这一组词称为“母词”和“子词”，只要提及子词（如“绿十字会”），人们自然会联想到其母词（如“红十字会”），但反之不成立，即提及母词时，人们不会自然联想到其子词，甚至不知其子词的存在，更别说联想到它的各种不同词义及其相互关系。而母词对应着不同的子词，各子词之间无须有任何联系。另一种类型，子词生成于母词中的部分语义，此部分意义原本存在于母词的定义范围内，但因子词的生成而对这部分语义范畴进行了母子间的重新分配和界定。不同于前者的母词、子词之间的对立、对照关系，这种情况中的子词来自母词内部，而不是外部，独立于母词，子词是从母词之中分离出去的，之后对母词有了重塑作用。其他类型还有：子词为母词的镜内影像，与其对立成像，是其影子或变体等。如此种种，特殊语言现象从古至今、无论东西，都不乏其例。对特殊类型语汇的研究有待展开，尤其是处于古今、中西交汇的晚清，这类语汇的古、今、中、西不同含义的生成和演化，体现了不同时空、不同人群的不同侧重和关注。

（二）译释“绅界”

笔名为多嘴人的这篇《闲话》白话文，围绕“绅界”一词批判了不学无术又乱立牌位的一群人的嘴脸。[174]开篇针对“今年绍兴发现了一个新名词，叫得绅界”这一新名词进行抨击。作者批判了“绅界”这一名称无从归属、不知所云、凭空杜撰、自贴虚名的性质，认为“这两个字最没有道理”。“学有学界，是指办学务的人，与同学生而言。商有商界，是指经商的人而言。这个绅界，是何所指呢？照理讲来，绅士办学就是学界，绅士经商就是商界。”

作者认为绅士群体本没有自成业届的必要，理由在于：一、不学无术。“照字义讲来，做绅士的应该属于学堂，因为没有不学的人可以做绅士的，所以绅士两字，总是连着《论语》说学而优则仕，这就是绅士的注脚。虽然捐例开，无论学与不学都好做官，但他究竟要个监生出身。这监生两字，就是国子监里读书的人。白木不识字的，总是不能做官，难道好说做绅士的好不学么？”二、不务实务。“若必定要照现在的绅士情形而论，因为绅士无所归宿，不属学界，不属商界，又不能从事实业做实业界的人，又不能研究政事做政界上的人，却要自己立一个方面，那只好名为绅党，若是开开公益会，只是秘密集议，那只好叫会党了。”

全篇使用讽刺手法，嘲讽绅士附庸风雅，以“绅界”自居，实则“不学无术”“不务正业”，致使“绅界”一词叫人不知所云，“无所适从”。以今鉴古地看，确实这样一个徒有虚名的晚清新名词没有流传下来，终被淘汰，验证了作者当年批驳这一称谓的先见性。尽管全篇是围绕“绅界”这一新名词展开议论，批驳的是这一标签的无理无据，但从字里行间读者不难读出，作者借批驳“绅界”新名词的空洞无物，实则批判的是同样空虚无实的绅士群体。所有看似针对“绅界”、揭露“绅界”词语荒谬的描述都实指向绅士。作者也不回避将诘问批判的矛头直指绅士群体，“难道好说做绅士的好不学么”，“因为绅士无所归宿”。以今回看，同样验证了无论“绅界”一词，还是“绅士”一类都终被淘汰，没有留下印迹，更未流传后世。

（三）译释“释牧”

《译谈：释牧》是一篇译谈，既然题目是“释牧”，开篇即引经据典解释了“牧”字的古义。[175]“牧，《说文》本作，养牛人也。《玉篇》训畜养，《广韵》训使，《尔雅》训临，《方言》训司训察，《韵会》训治，《经书》称治民曰牧民，后此称治民之，官曰牧。”接着，作者对比了“牧”的英文对应词“herd”的语义。“英文中有一字，即 herd（汉耳特），译作牛羊之群，或译作牧牛羊之人。”“herd”还有一系列合成词：“今皆连合他字以用之，如牧牛人曰 cowherd（考乎汉耳特），牧羊人曰 shepherd（显泼汉耳特）。”除解释词义之外，作者还补充了每个英文词的音译名。但作者介绍并对比“牧”字中、英文的用意不是词源考证，而是由词源词义的不同，推出中西政体差异：“初未尝造一字曰 menherd，以借作牧民之用。中西政体之不同，可于其文字证明之矣。”由此可推知，作者熟习中英两种语言文字，又由文末的自述“仆译英儒巴伯 Pope 天伦诗，有感而书此”可知作者曾译英语诗歌，熟谙英语语言文学，在报馆既作翻译又作编辑。晚清报馆中的华人知识分子，很多并不止步于报馆供职，而是如梁启超、王韬等人，一边作翻译、编辑，一边宣传政见，大声疾呼，抱有忧国忧民、救亡图存之心。前面我们分析过的《译谈：论招安孙文》一文亦是出自同一作者任独①，发表于同年同刊，开篇作者自述“前

① 作者注：推测“任独”为笔名。

见某报载有招安孙文之风说，嗟乎，是说也，何为乎来哉”，可见这位笔名为任独的译者、编辑，平素经常阅读并翻译外语报刊，在汉译外语刊文时，往往夹议夹论，边叙边评，变身启迪民智、改良民风的教化者。这也与他们兼习中英两种语言，较早接触西学，掌握较多的西方社会文化知识有关。作为晚清先进的知识分子，他们比普通百姓见多识广，被社会尊为师，并以师自居，这可从文末的醒世告世的表白中得见一斑：“有感而书此，以告世之忍心为牧者，并以醒世之甘心为马为牛为羊者。”

作者借词源考证，联系到中、西牧民重民之别。“考牧字之广义，实谓牧养一大群生物，以供本族人之需用。……无一不视其所牧之群，以为生活之计。……此善牧者所以视羊为命，而不肯丝毫暴虐之也。”“西国视民极重，凡有治民之责者，从无人以牧字自命。偶见中国告示中有忝为民牧字样，恒目笑存之。中国不然，虽《经书》载有民为贵、君为轻之训，仅成虚语而已。”作者批判中国牧民轻民的现实，揭露虽有古训但实为虚言的社会现状。“其视人民一如其所牧之群，其主族之自视亦与牧人无异。民脂民膏皆为主族应享之厚利，民产民命皆在主族独权之掌握。其政策务在利民之愚，塞民之智，以永保其玉食。”揭露了愚民政策的实质在于盘剥民脂民膏。作者进而转向“民之愚者”。“虽刀锯临颈，犹且谢恩以就死。正如牧人杀羊，手操白刃，捉羊之颈。可怜之羊，不知死在俄顷，犹且舔其白刃，依依恋主之裾，不亦异乎？”借助“译谈”栏目和对“牧”字释义之名，作者阐发了个人强烈的政见，批判了现存政体。全文虽没有揭露与反抗的字眼，但读到此文的任何华人读者都能感受到揭露与反抗的呼吁跃然纸上。

作者借探讨翻译之名，借对一个字的古、今义和中、西文的考证，联系到中、西统治者与民众的关系，以及中西政体的差异。这样的译介文章在晚清报纸杂志上比比皆是，大都采用了与上文相似的论证模式。相似的论证思路也是早期来华传教士在《教会新报》《万国公报》等报刊上经常使用的。作者不同、刊物有别，时间、地点亦不相同，但采用的论辩模式如出一辙，结果是广大读者不断地从中读出相同的论断和吁求。

（四）译释“实业”

《江宁实业杂志》1910年7月在南京创刊，属于实业刊物，收录有关清政府在江南的商务、矿政、铁道、官电、农务、工艺等方面的皇帝诏令、奏议以及相关的时评、纪事、调查、规章等文章。《解释实业二字正义》一文作者江葆清[176]，亦是《富国第一阶级》的作者。《解释实业二字正义》发表于《江宁实业杂志》创办半年后，为白话文。作者认为“业”字不需解释，而“实”字很有道理，未必人人领会。作者列举了四书五经中“实”字的古义。“论这个实字，四书五经上常常看见。《论语》上实若虚，《孟子》上充实而有光辉之谓大，《诗经》上实墉实壑，《书经》上阅实其罪，《礼记》上为民祈麦实，《左传》上庭实旅百。”总结上述“实”字的古义考证，作者认为：“这些实字都各有各的本旨，不是解释做圆满的说法，就是解释做成熟的说法，比较这实业的实字，差以毫厘，失之千里。”“唯有那《说文》上解释这实字，很有道理，和这实业的实字，不谋而合。”“（《说文》）说实（實），富也，从宀从贯（貫）。贯做货贝说法，实字就当富字讲。”作者赞叹《说文》中将实字解释为“富”，恰是实业正义，得其神髓。作者又以实字的三个异体字来佐证：“古写实字，有的写做宲字样儿，有的写做実字样儿，有的写做䆳字样儿。总而言之，讲求实业，原是讲求富术，用富字来解释实字，既于实字状式上活肖，复于实字精神上暗关。”

之后追溯了实字的中、西字源。“不晓得这实业的名词从何人撰出，中国向没这宗字面。但见欧西迪卡倍根那些哲学家书上，常常有这实业名词。又斯密亚丹大经济家，那《原富》书上，这实业名词到处皆是。可见这实业，原是致富的本原。那斯密亚丹才造出那部书来指授人，望人讲求实业，就可以致富。”“实业”一词的汉语起源不可考，但英语源于哲学家、经济学家的著作。笛卡尔、培根、亚当·斯密都是当时在中国众所皆知的西方学者，亚当·斯密的经济学著作被严复翻译成《原富》，在中国产生深远影响。作者称这些著名的西方哲学家、经济学家都推崇"实业"，都普遍使用该词推广实业。由此可见，作者论证实业致富，意在赋予其西学的光环，后又将其与西方的发达进步联系起来，称西方视实业为富业，推崇各种"实业"。"他们欧西一切农、工、商、矿、邮电、航路等实业发达后，杜撰出这实业两个字名词来，包括一切，这正义总注射在富字上。实字差不多就做富字说法，隐隐的合着许氏说文的解释。欧西学问也算得造到绝顶了。"作者深知华人推崇许慎的《说文解字》，渴望国富民富，欣羡西方各项实业的发达富足，因而，从这几个方面来宣传劝诫中国发展实业，以求富求强。"欧西学问也算得造到绝顶了"这句叹服被引为默认前提，可以想象当时华人对西学的态度已达到了推崇备至的程度。

接下来论证中西贫富差距归结为是否讲求实业。"我们中国耻言富，向不尊崇实业，农工尚大致不差，商业一层便看得很贱。若矿业、邮业、电业、航业（指轮航）、路业，不但不讲求，并有些影子都没照见。所以中国就害了穷的病，外国就享了个富的福。现在要医这穷病，还应该从实业上很很的讲求。从实业上讲求，就是从富术上讲求。只是没有体贴这实业的名词，所以都搁在背后。现在中国上上下下都提倡实业，看得很尊崇了，不晓得可是将来实业前途，另有一番妙境。"在作者看来，寻求实业二字的正义，不单单是考证词源，而事关改变中国贫穷落后。同理，真正从根本上发展各种实业，不是将以往的"耻言富，不尊崇实业"变为"上上下下都提倡实业，看得很尊崇了"，而要体会这实业的名词"从实业上讲求，就是从富术上讲求"，看到将来实业的前途。文章看似是对"实"字在中西字源上的考证和比较，实则揭示中国实业发展的根结和问题，即应从富术上讲求。如此从字源考证到理解正义，再到中西对比借鉴，最后调整纠正以求富国。这样的论证思路和逻辑线索，正是晚清报刊文章以学议政、以小见大、由表及里、由知至行的常用模式，也是晚清知识分子所受传统格物致知的教育理念和所持经世济民的价值信念的体现。

该文上半部分是实字的正义解释，下半部分则从反面的义例入手。“实字反对的名词是个虚字，实字正对的名词是个华字，虚而不实，华而不实，怎算得实业？”由反义义例，引出现实实业中的弊病——“我国兴办实业，有几个不是虚华的？”进而提出“真”的标准——“实业必定于社会有济，于国家有济，才叫实业。……实字就是真字，真字是实字的代名词，用真字做实字的注脚，是铁板注脚，就连朱夫子[①]复生，恐怕也是这样解释。”与前文以“富”释“实”相似，后文以“真”解“实”，也同样涉及中西现实对比，同样引经据典追溯正义。“欧西多少实业界伟人，都是从认真做起。”“不过这真字，是孙季昭说的。六经上并没有这个字，……群书上却有，《皇帝素问篇》有天真论，《庄子渔父篇》真者，精诚之至也。《仙经》《佛经》上更多得很，什么真如、真人、真宰，什么降真、正真、会真，总是教人别涉幻想，成那正果。”此外，作者补充道：“除解释正义外，还有旁义。小学家所研究的，什么象形，什么象意，富字对于实字，也算得象形，真字对于实字，也算得象意。……唯定这个实业名词，最雅最确，是欧西大哲学家言语妙天下处。”最后，作者也同样寄希望于中国实业的转变和繁盛。“实业不成正果，就是没有真功夫，真功夫用在实业上，实业的名词才渗漏无遗义。”“中国有实业名词出现，中国就应该有实业事迹出现，诸位果然开辟出一个实业新世界来，本杂志就有了价值。”文末点出《江宁实业杂志》之所以以“实业”为名，就是旨在发展中国实业。

① 作者注：文中“朱夫子”即朱熹。

第八章　晚清报刊中的译介

报刊译介的新闻、短篇或评论具有紧跟时事、关注热点、更新快、角度异的特点，便于人们快速获得关切的讯息，满足人们的好奇心。其形式短小精炼，具有趣味性，便于口口相传，易学易记。因而，比起大部头的专业译著，借由报刊译介的大量知识和技术更能为普通百姓所习得和掌握。相较于专业译著，报刊文献有其独特的优势：一、实时性；二、现实性；三、通俗易懂；四、大众化；五、普及性；六、影响广。报刊读者数量大，人群范围广，无论男女老幼，偏远与否，都是潜在的读者群，一篇译文被千万平民百姓阅读，而相比之下只适合专家学者研读的专业译著的读者就寥寥无几了。

然而报刊译介的缺点和不足也不容忽视。相较于专业译著，登载在报纸杂志上的译介文章介绍的内容相对零散，不够系统、规范，缺少科学严谨性和逻辑性，大多为科普等普及性材料。且限于作者和译者的专业水平、译者的翻译能力和翻译质量，译介信息常有疵误。与译著相比，报刊译介通常具有泛、杂、浅的缺点，在精、深、透方面不及前者。

晚清时期，西方事物大量进入中国，这类事物的译介，从微观处构筑了西学东渐的宏大风貌，透过每篇译文，我们可透视整个晚清时期新生事物的译介体系，通过对每篇译文的文本分析，可以收到见微知著的效果，为我们回顾晚清西学进入中国的历史提供例证。

一、教育译介

（一）对语言教育的译介

《通学报》是清末研究国外语言与文化的专门刊物。清光绪二十三年（1897）春发刊于上海。初为旬刊，后改为月刊。内容涉及英语、世界语，分历史、地理、理论诸科，由浅入深，性质与函授讲义相似。研读和考察晚清报刊登出的英语学习读物，对于了解当时的英语学习方法和语言文化情况都有一定的意义。下文围绕《通学报》刊出的学习材料，分析当时的英语学习方法和英汉翻译特点。今昔对比，以期从晚清报刊的英语教学的系列译介中窥见今日语言教育的历史印记，回看我国语言教育发展历程中曾走过的路。

首先，学习内容方面，当时刊出的内容偏重日常生活对话，侧重意义表达，多围绕中国文化，由字母到简单单词，再到简单句子，虽然对语法知识的讲解并不系统，但也自足自洽。

以第一课《英文初桄》和第二课《第一章：见面常谈》两篇初级学习材料为例。[177]第六十三册《译语妙法（续）》篇中，第 261～264 页都是有关喝水、饮酒与喝茶的基本内容。重点仍然偏重于日常对话。主要介绍主人和客人在饮水、酒、茶时的相互问答。[178]

在内容编排上，按照从字母到简单词汇再到简单句子的学习顺序，偏重于表达意义，分音、义、类、法四个方面，形成了初步的语法体系。

（1）第一课介绍了单一字母是否可以成为一个单词，由此引出“A”“I”“O”三个字母的学习。第二课介绍了两个字母的单词，讲解了长元音，由此引出“be”“he”“me”“we”几个单词的学习。

（2）体例上，采用了“音”“义”“类”“法”的结构安排，对字母和单词进行分析。如在字母学习的课程中，有：“A 或写作 a。音：长音、短读。义：一，不论何一个。类：不专指之纲目字，用于发声之无音字母之前。法：A 大体字，用在句首。a 小体字，用在句中。”在第二课中，以 be 为例，有：“be 义：系、在、当。类：系动字。法：用在加实字前作‘系’字，用在地方字前作‘在’字，用在句首为命词，作‘当’字。”

（3）引出内容的方式上，两课都采用了自问自答的方式，使全篇都围绕同一个问题展开，设计合理。

（4）双语表达上，仍然存在一定的语法或翻译错误，如“Why do you not take tea?”应为“Why don’t you take tea?”，属于助动词的使用错误。“Is not this pretty good beer? No, it is very good.”应为“Is this not pretty good beer? Yes, it is very good.”，这类语法错误在今天英语初学者中也很常见，明显是受到汉语思维模式的影响，属于本土语言的负迁移。因为中文是语义型语言，不要求严格的形式逻辑。“We have no cups enough.”应为“We don’t have enough cups.”，这是 enough 一词的用法错误，也是现代英语初学者常犯的错误。

其次，从英汉翻译角度来看，中文译文普遍比英语原文正式，部分翻译甚至过于正式，偏离了英文的语言特征，造成一定的翻译问题。

对于书面语翻译特点，《第一章：见面常谈》中，显现出当时英汉翻译的面貌。比如，将“How does your parent do？”翻译成“令尊令堂万福。”将“parent” 一词替换成“brother”之后，此句翻译为“贤昆仲都好？”将“parent”替换成“sons”后，译作“公郎都好/令公郎都好/令郎都好？”将“parent”替换成“he”后，译作“彼安否？”

上述例子充分反映了当时的语言特点，尤其是书面语的文体特征。同时，也体现了译者的普遍态度和策略，即所有英文，即便是最简单的英文，在翻译成中文时，也采用书面语的形式。原文的人称代词都以汉语极为正式的尊称来对应，没有使用普通的日常口语。

有些翻译过于生硬，基本是对英文的逐字对译，影响中文的通顺流畅。比如，“I do not remember ever having drunk better.”翻译为“我记不得从前喝过的酒有比它好的。”时译文读起来并不顺畅。考虑到中英文差异，英文更重形合，中文更重意合，可以翻译为“我觉得这是我喝过的最好的酒了。”再如，“I like it very much，for it is rather sour.”翻译为“我很喜欢喝这酒，好在它有点酸味。”此处将“for”翻译成“好在”，不合适。又如，“I wish to take that which you take yourself.”翻译为“我要喝你自己喝的那一样的酒。”这句话基本是逐字对译，中文语句不通，可以翻译为“我要跟你一样的酒。”

通过以上几个例子，基本可以看出：作者并不是十分顾及中文的顺畅，而是刻意对应英文的语序和字词，并没有从英文和中文语言差异的角度来适应读者的阅读习惯，没有达到双语自如的程度。

文末署名作者“吴江任廷旭保罗撰”，点明出版目的“是篇为华人习英语，英人学华语而作”。文章也体现了当时中文的拼音标准，如“见面常谈”注音为“Kien Mien Chang Tien”，“令堂纳福”注音为“lin Tang nah tuh”，“尊嫂安否”注音为“tsun shao an foo”。这些拼音为外国人打开了学习中文的通道，我们由此也得以了解当时的威妥玛拼音系统。

上面三篇文章说明了：清末民初，通过报刊学习英语口语或书面英语翻译的潜在读者是受教育程度较高的知识分子。当时英语教学采用的是单词和字母的“音”“义”“类”“法”的分类和讲解方式，现在已不再使用。当时的翻译一般是将日常英语对话对译为极为正式的古文或书面语，似乎有意抬高英文的地位，以及英语说话者的文化水平。文章作者任廷旭，原是中国旧知识分子，在与林乐知等西方传教士合译西书或交往的过程中，浅习英语，对英语的理解程度和掌握水平非常有限，这也解释了为什么文中存在一些语法错误和明显的翻译腔。翻译的文体不对等可能是由于作者过于重视书面语，而忽略了英语口语的基本交流的特性，也可能由于当时中国的国际地位较低，历次战争失败，中、西在诸多方面悬殊的差距对国人心理的影响。

这篇英语教学刊文体现了晚清旧知识分子的英语掌握程度，反映了晚清国人中处于较高层次的英语学习者的实际水平。从诸多语言语法错误中，可以看出，当时的英语表达受汉语思维模式、汉语语法影响严重，文中否定疑问的中式回答显现了英语学习受到汉语的语法迁移的影响。华人写在报刊上的英文例句，并不旨在考究和讲解正确的英语语法，而只为帮助国人用英语应付简单的应酬和交际，因此，并不注重准确性，在语法和翻译上，都处于初学阶段，并没有掌握英文语法和英语思维模式。刊文中的英文之所以蹩脚，是因为依据的是汉语思维模式，而汉语译文又没有按照汉语表达习惯，而是根据蹩脚的英语的表达习惯来对译，因而，汉语译文的翻译腔明显，这样就形成了既不似英语，也不似汉语的一种中间过渡式的英、汉句对，反映出晚清报刊英语教学的不求甚解、初级功利的特点。

（二）对慈善教育的译介

晚清时期，许多西方的新兴教育概念通过报刊译介中国，“慈善教育”便是其中之一。以往对晚清慈善教育的专题研究有：《清同光年间早期维新派的慈善教育观及实践》考察了一些早期维新派人士受西方慈善文化与慈善教育事业影响，提出并践行慈善教育的新观念。[179]它的特点体现为以安定社会秩序为主的形成动因与继承、发展并举的实现路径。《施善与传教：西方教会在九江的慈善公益事业》一文从教育、医疗、慈幼恤老等方面，论述了西方教会在九江举办的慈善公益事业。[180]《晚清江南慈善家群体研究——以余治为中心》以晚清江南慈善家余治为研究对象，介绍了余治的生平和影响，从赈灾、保婴、慈善教育三方面分析了以余治为代表的江南慈善家群体的主要慈善活动，最后总结了江南慈善家群体的活动特点。[181]《近代中国慈善教育事业的历史考察》里将近代慈善事业分为两类：慈善救济和慈善教育。[182]总结了近代中国慈善教育事业的四个发展阶段：鸦片战争后至甲午战争时期是慈善教育的发轫阶段；维新运动至新政时期是慈善教育的初步发展阶段；民国肇始至抗战前夕是慈善教育的兴盛阶段；抗战爆发后至解放初期是慈善教育的衰落及收束阶段，由此勾勒出近代百年中国慈善教育事业的发展演变脉络。《清末民初上海绅商阶层慈善公益思想及活动研究》探究了绅商阶层带有公益性的慈善教育言论与活动，从重养轻教向教养并重发展，如兴办义塾，创设贫民习艺所、妇女工艺院，开展职业教育，培养医学人才等。[183]以上关于晚清慈善教育的研究论文，资料来源较少涉及晚清报刊文献，对晚清报刊中刊登的关于慈善教育的译介文章没有进行系统全面的搜集、整理和分析。下文拟对晚清时期刊登的三篇慈善教育专题文献进行深入分析，探索近代慈善教育的演变。

1903 年刊登的《教育时评：中国之慈善教育》谈及当时中国教育的三个问题。[184]第一是学校经费不足，尤其是饮食和教学用具方面资金匮乏。“其最难者曰筹款。而问其款中之最巨者，则首推膏伙。教师器械之费又次之。夫学生而至求款作膏伙，则宜乎学堂之难办也。”之后，作者抨击了中国近代慈善教育，指出其出发点是错误的，即中国的慈善教育只是为防止国民因为贫穷而无所归，并不是为了提高国民知识水平。“中国亦尝有类似国家教育者矣，曰书院。书院之膏伙，多者十数两，少者数两不等，使学者于糊口之外，犹得以其余赡家。故中国书院之性质，则教育而兼慈善事业者也。”西方国家施行义务教育，向学生收取学费。“列国之兴国民教育，皆以义务迫民就学，取其学费，受其束修，毫无假借，何论膏伙？”这种做法保障了教学资金的来源，也有利于促进国民知识的增长。通过中西方对比，作者得出结论：西方的慈善教育使民众进步，而中国的慈善教育使民众退步。第二是国民有依赖心。中国依靠慈善事业来振兴教育，民众则期待有更多的慈善家，对慈善产生依赖心理，这样的慈善教育长期下去不利于救国图存和发展国内教育。作者以日本的教育为例：“日本全国学校皆取学费，即以其学费充学堂经费。虽间有官立学校，不取学费者，然学生卒业后，则充义务教师以偿之。”建议中国也向学生收取学费作为学堂经费，或者等学生毕业后充当义务教师，以补偿之前的学费。第三是国民教育不重视实业教育。作者认为中国学者贫穷的原因在于他们所受的教育无法用于谋生，而慈善教育无法改变这一现状。“经济竞争之势日剧，而不知兴商工业以广民谋生之路，其教育不知造就实业之民，而教以无用之学，则无怪乎其不养，则无人能受教也。”因此中国应当重视实业教育，传授有用之学，从而民众得以谋生，工商业得以振兴。总之，作者提倡义务教育，主张不依赖慈善事业并传授有用之学。

1904 年《教育：慈善教育说》一文推崇慈善教育。[185]文章开头举西伯昌对贫民实施仁政和东西诸国为残障人士提供教育两个例子，论述了慈善教育的必要性：慈善教育可以使贫民通过自身技能安身立命，进而促进社会的稳定和谐。随后作者以天津的半日小学堂和工艺厂为例，阐明慈善教育的具体实施办法。学堂和工艺厂的建造资金来源于北洋赈抚局，教学对象为家境贫困的学生，教学模式为“半日入堂学书算，半日入厂习工艺”，同时工艺的教学采取因材施教，即“聪颖者”学习“织布织毛巾造洋棹椅等事”；“椎鲁者”①学习“编柳条织簸箕提篮等艺”。作者认为此举可以转变贫民的愚笨懒惰，使其不因贫困而失去教育机会，拥有一技之长以谋生，最终可实现地方自治。但作者对于当前的慈善教

① “椎鲁者”指愚钝的学生。

育并非完全满意，指出贫困民众不了解竞争，容易重染腐败之习。作者也建议分级教育“聪颖者”和“椎鲁者”，扩大经费来源，增加外国语言和高尚工艺的课程，延长办学时间，对待绅富子弟和贫苦子弟应当一视同仁。作者在最后对慈善教育寄予希望。

1907年《社说：创行慈善教育议》一文首先肯定了广泛推行国民教育的积极作用：促进人智平等，缩小贫富差距，促进社会的和谐与发展。[186]接着描述了社会现状：资力雄厚的人奋发努力，巩固了良好的基础，而愚钝的人被社会淘汰，最终无立足之地，生活贫困。作者认为这一现象是“天行自然之趋势”，提出需要通过人治进行调节。此处的人治，即指慈善教育。针对当下的慈善教育，作者给出了几点建议：第一是从地方赈济的资金储备中取出一半用于补助贫民教育，以此推动教育普及和地方自治。第二是教养兼施，即培养有用之人，实现慈善教育的价值，而非只让国民苟活，唯有如此慈善教育才能持续下去。第三是普设教字学社，用通俗易懂的方式弘扬立身处世、治家爱国的大义。第四是普设补习学社，为农工商业优秀的人才补授普通学科，并实行分级教授。第五是普设贫民女学，授以简要学科和家庭教育，并实行分级教授。鼓励贫家妇女参加女工，补助生计。第六是在城乡各地普设实业演说社，宣传农工商学的新知识、新规定和生计学理的大旨。第七是创立通行法则，为肄业者提供奖助，并以学成酬报作为回馈。在该文的最后，作者再次重申慈善教育的重要性，强调将慈善用于赈灾是缓一时之急，但若用于教育事业，则其利无穷，有利于国家的长久发展。因此慈善教育较之通常善举更为重要。

上述三篇文章从内容上来看是环环相扣的。1903年的《教育时评：中国之慈善教育》指出学堂经费的匮乏，同时批判了国民教育漠视实业教育，只传授无用之学的弊端。1904年的《教育：慈善教育说》中慈善教育的例子里提到经费来源于北洋赈抚局，教育的内容既有书算等普通学科，也有工艺的传授，使贫民拥有谋生的一技之长。而在《教育：慈善教育说》里提到的“西伯昌发政施仁，必先穷民无告”的例子，将幼童分为“聪颖者”和“椎鲁者”以及贫民教育化愚为智、转惰为勤的作用，这些内容在1907年的《社说：创行慈善教育议》中均有提及，并且论述得更为详细。从这三篇刊文可以看到晚清中国的慈善教育经历由受批判到被推崇，从问题百出到逐步完善的过程。

三篇刊文均立足于晚清救亡图存的社会诉求，围绕教育兴国、教育改革立论。均是为国、为民众，而非为个人、为社团谋进步或谋前途。第一篇围绕免学费、做慈善的方式来批判慈善教育的弊端和隐患，对比了日本的官立学校。作者将慈善教育与官立学校区分开来，提倡日本官立学校的毕业生补充师资、回报免费教育的有效举措。第二、第三篇不同于第一篇，着眼点并不是慈善的教育手段，而是教育本身，即教育改革、教育兴国。慈善、慈善款仅作为工具，论述的对象是教育，意在推广教育。第二篇提出半工半学的措施，第三篇主张同受国民教育。由此可见，晚清，慈善教育这一概念从西方译入中国之初，与“免费教育”“公立教育”“国民教育”“官立学校教育”等相混淆，时而强调慈善之意，时而强调教育，并没有非常明晰的语义范畴和界定。在晚清，“慈善教育”的理念虽被赋予了不同内涵，但其提出和传播却又无一例外地与教育兴国、救亡图存的历史使命相联系，这是其主要特征，也是这个意义上的“慈善教育”概念后来逐渐退出历史舞台的原因。

上述文章基本遵循了晚清译论的一般写作模式——由现状引入话题，批判社会现存弊端，阐述背后原因，给出解决办法，最后文末重申主题，呼吁大众采取行动，实现社会改革，推动国家发展。

二、医学译介

（一）对医术的译介

《英医奇术》译自西二月十六号《神户又新日报》，讲述一爱尔兰人久患目疾，眼睑腐烂，英医先“以眼睑腐烂者，用刀割去，后割取猪之眼睑以补之，遂愈，他人见之如旧，然以兽肉补人肉，技亦奇矣”。[187]以上是对手术过程的简单叙述，突出医学的进步。再通过译介“英国其啮矢乎，但医士之名并施法若何，容访实再录”，突出西医的奇术。

另一篇《学校增医》译自西二月十五号《大阪每日新闻报》，该篇描述“我邦维新以来”学校中肄业生徒，时有跌伤，或自患病，近地无良医的现状，提议“今春议每学校添设一名医，以防不测”；针对近视及桌椅不适问题，文章提醒当局予以重视，“按卫生论，所谓近视眼之原实在学肄业时，不善调摄所致，且所用桌椅尺寸高低于人体不合，以致有害卫生，然浅染则近视，深患则肺病，当局者不可不慎之也”。[188]

与“医”相关的译介还有“医局”“医船/舰”“愿捐军医船一艘”，扩大了与医学相关设施的引介。译介的另一新概念是“物医”。“近有西人考得无知之物，亦能自诊其疾，……凡类身有寄生之类，骚扰皮毛，则藉灰土以撑脱之，得热疾则饮水以疗，浑然一天生白虎汤也，猫狗等胸有积滞，则食一种草，非嗝即泄，颇识推陈致新之理……猩猩受伤，以手钠住伤痕，俾血不流，裹以木药，呜呼，物无知也，未读灵枢素问，未学法灸神针，卒能立起沉疴，不啻三折臂，九折肱，彼人而无恒者，当以此为鉴矣。”[189]这里的“物医”，不是指“兽医”，而是指动物以物品、食物等自医自治。

《汇译：起死回生术》中有两段叙述。[190]第一段介绍医学博士达肥

“夙以外科着”，点明下文讲述的这则手术在欧美各国报纸上“遍载其始末”，说明了选译该文的原因。第二段讲述手术细节，借达肥之口发出感叹：“若有一种机器在，用以代我手，以助心脏之鼓动，则起死回生。”从译文只提及刀、锯、铗三种医疗器械可知达肥救治过程主要依靠双手和个人医术。从译文对手术细节和博士“从容顾学生”的手术现场讲授的描写中可见该医生医术高明。达肥凭一己之力，“触手心脏，大指在右室上边，四指在右心耳下边”，患者便“寻两颊潮红，双眼又开，肺脏心脏，徐徐运动”。“博士尚把握心脏，一伸一缩，与自然符，病者呻吟，口角出沫，乃用手巾拭之。试问其姓名，即低声答之。”其医学才能和技术使得“欧美诸国各种报章，遍载其始末，叹赏不措”。十年之后，《医药学报》上刊登了《诊断学：心脏之理学的诊查法》一文，文中所述“在健体胸廓之偃卧时，心尖搏动，常在左侧第五肋间而微偏于乳腺内方”与本文达肥博士“先用刀切开左侧第五第六两肋骨上之皮肉”的方法相吻合，但最终仍然由于无器，病人撒手人寰。[191]达肥博士的手术证明了心脏停搏即死亡这一认知是错误的，只因“人力有限，不可耐久”，而成遗憾。

作者和译者宣传和译介此事，通过广泛传播，激发了人们对死而复生的渴望，引起人们更大的研究兴趣。伴随着医疗器具的更新和技术的进步，20 世纪 30 年代，胸科医生海曼设计制作出电脉冲发生器，人工心脏起搏器正式诞生。距离晚清这篇译文短短三十年，这一医学器具便问世。虽然达肥其人的相关资料无从查考，但达肥的手术和报道对后世不无影响，展现了西方科学技术成果的更新速度。

这篇译介欲使国人对西医西术另眼相看，改变“心病不可治”的传统理念。“吾国古谓心病不可治，实则心病非不可治，不知病之所在，则不知所以治之之道。”心脏一旦出现问题就会被视为不治之症，而心脏停搏在当时看来就是死亡的标志，人死就不能复生。该译文以“起死回生术”为题，意欲吸引读者阅读，达到译介西方医学、医术的目的。如果拟以“心脏外科手术”等类似题目，不但不能引起华人对西医、西术的钦佩和渴望，还可能因抵触西医或恐惧外科手术等先入为主的偏见，而对报道置之不理。所以这篇“起死回生术”和上一章“绿十字会”的题目的拟定有着异曲同工之处，均利用了读者的猎奇心理，引发了阅读兴趣。在中国，起死回生、长生不老为人们世代梦寐以求。自古，它就和巫术宗教相关联，华人认为人“死”后的意识恢复是异常现象，只因“气数未尽”。时至晚清，人们对“起死回生”同样抱持迷信态度，而很少从医学的视角洞悉心脏起搏、复苏等问题。晚清报刊资料中以“迷信”为题的报刊文章，最早见于 1897 年《实学报》的《日蚀纪清国宫廷之迷信》。[192] 1900 年的《绍兴白话报》刊登三篇文章，分别是《绍兴近事：迷信难除》[193]《不除迷信何以开民智》[194]《论迷信之关系于社会》[195]。可见，此时的一些报刊编辑和译者已认识到：当前亟待打破国民众多根深蒂固的陈腐思想，用科学、西学（包括西医）解释医学现象，解决医学问题，进而启迪民智，救国救民。

医疗器物和医学知识的时代局限使得“起死回生”一词的词义在不同时期，有不同的语义限定。按照今天的医学水平，凭借心脏起搏得以起死回生不再是难事，借助心脏起搏器，停搏的心脏便可产生收缩。而随着医学的进步和发展，“起死回生”一词的词义和内涵又不断被突破和更新。当代医学中的“起死回生”被赋予了新的意义和内涵，比晚清时期的心脏起搏和复苏更进一步，可指通过超低温冷冻身体至数百年后，由更高超的医疗技术获得救治。可以想见，“起死回生”等名词的定义和诠释，未来将随着医学的不断进步，不断被更新和扩展。

（二）对微生物的译介

下文结合史料，对晚清时期报刊中微生物的译介文章进行文本分析，粗略勾勒出当时微生物在中国的传播情况以及时人对其认知水平，以此反观社会对于瘟疫缘由的认识转变和晚清卫生意识的发展。

1833—1911 年间晚清报刊中题目包含“微生物”的文章，多是关于“微生物”的科普文章，内容丰富，涉及微生物的名称、发现历史、形态、生长环境、传播方式、功用和害处、培养方法、消灭方法和相应的病症多个方面。报刊对于“微生物”也有超越科普层面的探讨，比如一些刊文借由对微生物的讨论，宣传现代卫生意识，比较中西医的异同，探讨中国相较于西方的不足。此外，在介绍微生物的过程中，还有不少作者详细介绍了显微镜等西方医学工具以及相关的实验方法，传播了现代医学研究知识，相关文章中还出现了“生理学”“形态学”等学科名称，这是微生物相关医学知识的整体引介。由此可见，晚清时期，报刊介绍微生物的文章虽然不多，但包括了学术理论、案例研究和社会应用，引介呈现出由零散到系统化的特点。

1. 对微生物基本信息的译介

1892 年《人与微生物争战论》中写道：“所谓微生物者，或为植物，或为动物，或为微虫，难言确定。盖以显微镜窥之，甚难辨其为动为植，考常植物内含一质令叶成绿色者，西名格罗路非勒，译言叶绿也。凡微体内含有此质者易定其为植物，而能自行移之力者亦易定其为动物。惟人目不及见之微物有多种不含叶绿者仍必为植物，间有能自行动者亦仍属乎植物，故只可将此种微体称之曰微生物，无论为动为植可概称之。”[196]这篇文章认为微生物是所有极微小生物的统称，包括微生动物、微生植物，且不能依据行动能力来判断是植物或动物。1904 年《微生物》中也给出了微生物的定义：“乃人目所不能见者亦有物焉，其体极微，非显微镜不能光之，有能活动者，有能生长者而不能活动者，且其生长极速，是物也，即所谓微生物者。”[197]由以上两篇译文，我们可以看出，当时人们对于“微”的概念限定于“目不能及”，或者说需要借助显微镜才能观察到。1905 年《学术：丙科：微生物》中又详细介绍了微生物及其发现的历史：“百余年前有一学者名留温黑克者，始发见之。适应机器制造之法，日见进步，显微镜之构造益形精巧，且专门学者后先辈出，研究微生物之法。”“夫高等生物之体有无数细胞聚合，化为种种组织，构成种种器官，各营其业之动作，骤观之殊觉复杂，而微菌之体则仅成于一个细胞，所谓单细胞生物是也。”[198]由此可知，微生物最初由“留温黑克”（即列文虎克）发现，是一种单细胞生物，与高等生物相对。我们应注意到这篇文章引入了细胞和高等生物的概念，这是当时进化论思想的体现。1904 年《续论微生物》中也有同样的观点：“按达尔文之天演论曰，万物皆自贱至尊，而于物初必有一卑微之物，乃微生物也。故万百动植等物无不托始于是……而造物者使食石质之微生物运行其中，今精验其形，有似草木，又若微虫，由此可决其为万物之起点。”[199]作者认为微生物是万物的起源，“食石质”的能力使其在世界之初存活下来，这一观点也体现了进化论中初级生命向高级生命演化的思想，同时又表明时人对于微生物的认识并不深入，存在错误。结合上述两篇文章，我们不难发现，微生物的译介打开了国人从科学视角思考生命起源的途径，尽管这种思考未必全面正确，却是国人迈向近代生物学重要的一步。同时，我们也可看出，晚清时期西方思想的传播不一定由专业学者来推动，在更多时候，这种传播是在报刊潜移默化的译介中进行的。《学术：丙科：微生物》是一篇含有诸多生物学概念的科普文章，并非大众迫切所需，内容也非通俗易懂。结合其期刊名《学术》，我们不难推知，这篇文章的发表以及晚清对微生物的系列译介都是在晚清倡导西学的社会背景下进行的，但这类西学的引介，并不是清政府甚至社会主要关注点，因而关于微生物的译介文章数量非常少，影响也不大。在 1908 年，宿迁仁济医院肄业生严京铨在《通问报》上发表了两篇文章，分别为《丛录：肺痨症微生物问答》[200]《丛录：霍乱症微生物问答》[201]。他在文中写道：“问何为微生物，答即植物中微细之草也。”“问微生物系属虫类否，答并非虫类，近年来，西国医士日益求精，用显微镜窥之实属植物中微细之草也。”他对于微生物的定义，同样是基于微生物微小这一特点，需借助显微镜观察，但结论却与上文不同，认为微生物是植物中的细草。作者身为医院肄业生，对微生物的认知停留于此，这直接反映出西方科学，尤其是现代医学在晚清中国的传播并没有形成一定规模，影响力也有限。

2. 对于微生物特性的译介

在相关译介文章中，对微生物的划分主要是根据其在显微镜下的四种形态：“曰球形微生物，曰蛋形微生物，曰柱形微生物，曰钩形微生物。”1907 年《世界》期刊上具体介绍了众多微生物，并刊载了相应的图片，如图 8.1 所示。

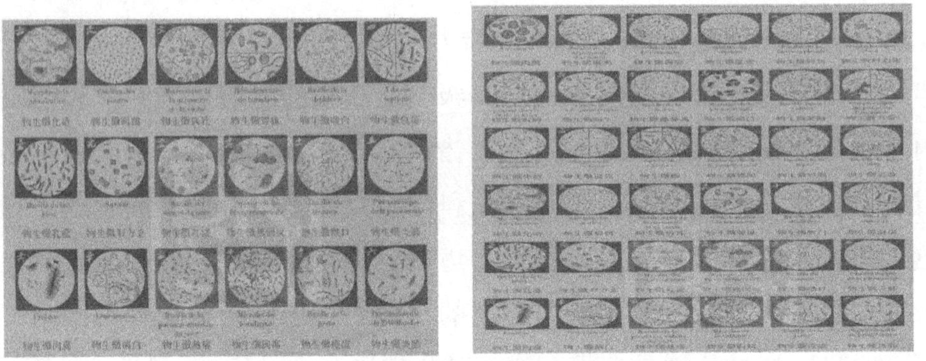

图 8.1　1907 年《世界》期刊上介绍微生物时刊载的图片

从图 8.1 我们可以看到各种微生物的中英文名称，其中中文名称多是以微生物所引起的病症命名，如肺痨微生物、霍乱微生物。虽然这种对译不完全对应英文词意，却有助于国人理解。

1892 年《人与微生物争战论》详细阐述了微生物引起的诸多化学现象，“发酵事全赖空气内所浮微生物体”，作者解释了微生物在酒、牛乳等物质发酵中发挥的作用。1907 年《世界真理之科学：生理学》中又用化学公式（见图 8.2）对此现象进行了深入剖析。“经诸化学家之考验，始知发酵为一特别生物所致，即发酵之微生物是也。若糖汁在空气中多受养气，则微生物之生殖繁，几用尽汁中之糖，故产酒甚少，反之则微生物之生殖骤减，糖多化为酒。”[202]

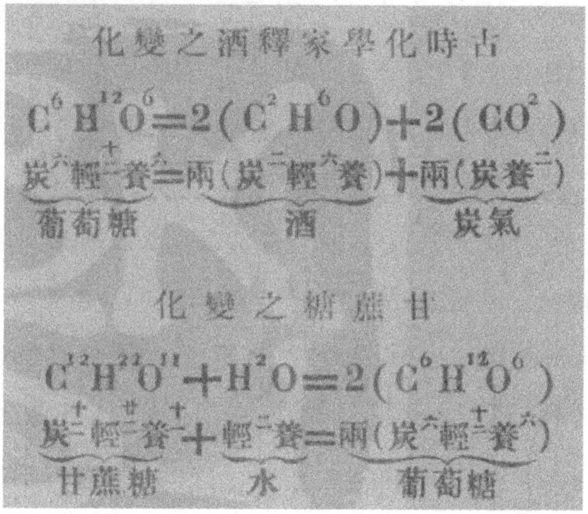

图 8.2　1907 年《世界真理之科学：生理学》中介绍的化学公式

介绍完发酵概念，《人与微生物争战论》则主要针对微生物的负面影响展开讨论。首先介绍了酒疫。“葡萄酒、麦酒每有因时生病谓之酒疫，即发酵时变苦或喷出其气或发出其油等是也。巴氏查此各病俱因酒内含微生物。”之后，又分别探讨了蚕瘟、鸡瘟、霍乱吐泻、肺痨、烂喉痧、癫狗疯等在人畜间较为普遍的疫症，认为微生物是这些病症的始作俑者。找到相应的微生物，考察其性状，才能找到根治方法。1907 年《世界真理之科学：生理学》探究了微生物的适应环境。“日光微生物之大部分皆畏日光，以日光有杀微生物之能力也……热度寒气能缓微生物活发之性，而不足以灭除之，故在寒微之微生物苟得适宜之温度则生发。”1907 年《养微生物法》详细阐释了微生物的培养步骤。[203]

这些文章借由化学公式、实验工具、实验过程，完整地译介了微生物研究及其成果。之后的文章在这些发现的基础上又进一步将微生物与疫病相联系，确定“微生物者实疫疠之起原”。[204]

针对微生物的生存环境，人们将关注点转向环境卫生。《人与微生物争战论》一文提及“微生物所喜者为秽物”。1902年《疫病之源》也写道：“人生百病多由于虫，其为虫也，希微无形，以显微镜窥之，其形或如动物，或如植物，皆由于不洁所致。”[205]针对微生物滋生的环境，《附录：论微生物》给出了四点除灭方法：“今论除灭微生物之法，设卫身警察部，须先进有障气之室，其一房中菌褥衣服，宜送之蒸气房，使受蒸气之压力。此为除微生物之第一妙法。其二则以蒸馏水洗环堵垣墙以及木器，其三以氯气蒙其室，防减隙缝中之生物。其四则高其室洞，开其窗牖。俾空气运行，日光晾晒，以屏除空中之毒疵，傥亦卫身之一法也。”[206]这里，作者主要着眼于对外在环境的清洁，而《疫病之源》则将关注点投向了身体内部，文中写道：“中国今日诚知病起于虫，力除不洁，可省医药。西人有言中国之水不洁最甚，即如饮茶一事，倘不用开水沸令虫死，则中国人类久无子遗矣。危哉灭种之忧。岂惟欲爱一己之性命乎？故开通渠沟，仿造自来水亦为治理内地最大之急务矣。”[205]作者认为饮水清洁关乎后代存亡、国家发展。

基于微生物的性状，也有作者关注到种痘术。在微生物概念还未传播开来以前，人们认为疫病源于“人身之不洁、街道之污秽耳”，并未深究不洁与病症之间的关系，因而牛痘术在国内引入时，“人尚观望，每年所种不过数百名”。[207-208]而由于微生物的发现，种痘术也得以发展。《人与微生物争战论》中谈及新的种痘方法：“种毒免病乃人力护身之法，亦可保人寿命……近来医家查得种病更妙之法，即将病之微生物所成能消化之质，种之……故现各国人民所患凶险各病，不独能治能免，并冀将来能全灭其根，使后世子孙几忘前人之有是病也。”人们不再被动地防治疫病，而是主动地借由微生物从根源上遏制疫病的发生。

微生物作为一种新的科学，在译介过程中，大部分译者基本遵循着概念—性状—功用/影响这一脉络来译介。鉴于其自然科学的属性，众多译者又使用了公式、实验、图表辅助阐释。尽管这类科普文章数量不多，但这些文章都较为系统，逻辑性强，借助多样化的阐释手段，能进一步推动微生物等相关知识在民众中的传播。即便如此，自然科学的专业性特征也使得其无法以纯粹的科普形式出现。微生物的译介总是与疫病如影随形，许多作者基于对微生物的探讨，阐释各种疫病的起源与发展，进而探讨国人的卫生意识，宣传卫生除疫之法。由此，我们总结出：外来事物只有找到与本国现实需求的共通之处，才有进一步传播的可能。

晚清对微生物的译介，话题从微生物的概念、种类、功用、诱发病症延伸到中西医之间的比较。微生物作为西方生物医学的代表，在晚清报刊上的译介并不丰富，影响也十分有限。但这类科普文章还是为国人打开了微观世界的大门，使其能够了解各种微生物的性状、众多病症的原理和治疗方法，并开始反思中医的不足。透过微生物的译介，我们可大致了解生物科学在晚清的译介情况，回溯中国近代科学萌芽的历史。此外，在晚清这段急剧变化的时期，中西交流的天秤已然倾向了西方世界。面对强势的西方文明，中国如何应对文化危机，如何在传统和外来文化间做出选择，我们可借由当时的译介文章查之以实，探之以详。传统文化和舶来文化的选题永远存在，以史为鉴，知古鉴今，回溯晚清的译介历史，会让我们对这一问题有更深刻的认识。

对于中西差异较大的思想观念或是完全来自西方的新概念，经由报刊这类社会媒介翻译成中文、译介给华人读者时，编译者往往会加入自己的诠释和理解，以在中西文化之间找到联系之处，为国人搭建好一座通往西方思想的桥梁。这是当时国情的需要，即在救亡图存的大背景下，要想引起国人关注新的思想文化，就必须找到这种文化与中国实际的联系，编译者则在这方面发挥着巨大的引导作用。同时这也是编译者的主动选择，他们在译介发表文章时，基于不同的目的，无论是出于对科学的敬仰，还是对中国人文社会的担忧，都倾向于在译介中加入自己的一些探讨。这恰是晚清译介活动的一大特征，它既有译者自身的影响，也有时代的影响。在这些影响的综合作用下，形成了晚清独特的译论风景。

三、商学译介

（一）对兴商的译介

中国古代向来奉行重农抑商的基本国策，然而到了晚清时期，在海外列强的侵略下，中国被迫开放了多处通商口岸。随着国际经贸交流日趋频繁，国内商业贸易开始兴旺起来，国人的观念也发生了改变。1901年《湖北商务报》上刊登的《局收文牍：商务报馆宜译商务书论下》就描述了这一变化：“以士大夫而谈商务，若在十数年前，有目为败类，避之若浼，后与复遇，犹摈诸不齿者矣。在数年前，尚有诧为怪事，掩耳而不愿听者。今者创巨痛深，思以自救，渐有躬亲商业，不贱贾人者矣。”[209]短短十数年，中国士大夫阶层对商业的看法发生了转变，从贬低商业、避之不谈到亲自从商、以商救国，足见华人的商业意识已经觉醒。不过中国古代商业长期发展缓慢，甚至一度处于停滞状态，该文也指出，国内的商业发展仍处于起始阶段，商人的地位依然不高，尚无令人称道的商贾代表。“然而中国之贾人，其可贱固自在也。管仲强齐，范蠡霸越，弦高犒师，子贡连骑。其他货殖传中人，大抵荦荦可称者，然而终于此而已矣。今尚有管仲范蠡弦高子贡其人乎？今之贾人，天下之贱贾也。”但是作者对振兴商业和商业强国有着坚定的信心。“今之管仲范蠡弦高子贡，方挺生于欧美诸国，此其国之所以强也。吾力行之，亦以强吾之国矣。贱贾而耻为贱贾，则亦不终于贱矣。”

在交代了时代背景和决心之后，作者点明了撰写本文的目的，即提高国人对商业运作的科学认识，让国人了解到译介商学、发展商学的必要性与急迫性，进而大力发展经济与贸易，增强国家实力。为此，作者结合了国内现状，阐释了“小贾”“大贾”“司榷事者”“刚伯度”等基本概念，点明发展商业所应采取的态度与方式。“铢锱计较，锥刀是争，此小贾也，识数目之字，知加减之算，勿误于簿记足矣。大贾则不然。今试观各口通商以来，岁必出华洋贸易总册一巨帙，此非徒记其数目，载其物件已也。”小贾和大贾二者之间的主要区别在于贸易体量和经商思想，小贾“铢锱计较，锥刀是争”，满足于正确无误的簿记，而不谋求商务的改善和发展。大贾不仅贸易额巨大，而且能够充分运用各项贸易数据，采取科学的统计方法绘制并分析表格。“比较各表，以示各种货物之消长盈虚，其编首必冠以总论，其各口贸易，又必各冠以论略。”完成以上数据统计后，大贾没有止步于此，而是委派“各口司榷事者”根据一年内的贸易数据，找出各类商品“所以消长盈虚之故”，并给出“所以筹维补救之方”。在大贾的经商环节中，“司榷事者”发挥了重要作用。可惜从事商务贸易的国人缺乏必要的知识和技能，对商业运作缺乏足够的了解，致使“三十余口之关政，司榷者皆洋人矣”，“中国内地厘金，已开办三十余年……暗无稽考，如师慧之过宗朝，如龙威之藏秘书，致侵蚀中饱之诟病，百喙而莫可解矣”。

“刚伯度”是另一类商业环节的参与者。“今之所谓洋行者，其经商皆付托于刚伯度之手，其所谓刚伯度者，遂得分其余光，而号称多金。”“刚伯度者，在东洋人所谓使用人媒介人之间，外洋人始来中国言语不通、嗜欲不同，不能不藉重此辈，而此辈适以稍通洋语，承乏其间，遂大分其膏脂之润。”由此可知，“刚伯度”处于贸易中间商的地位，利用“外洋人始来中国言语不通、嗜欲不同”的现状，凭借自身“稍通洋语”的水平，从事贸易的转手，并从中获取大量利润。作者对于“刚伯度”这类人持否定与批判的态度，他认为“刚伯度”不属于商人。“其于所谓原富、富国策、商业政策、商业经济学、商业政策论之类，未必其有讲求也。曰呜呼，刚伯度何足称为商人哉？”另外，随着晚清国际经济与文化交流不断深入，“刚伯度”很可能被卖家与买家跳过。“今东西洋商业学堂，必有语科，必有专门支那语科，其命意固有在矣。且外人于中国，据要港、开埠头者，皆为变间接为直接计也。西国之与西国，前由媒介商间接输出入者，今多变为直接输出入，所谓交通贸易之进步也。异日洋商之在中国，虽不必尽废刚伯度，然其所有权力，必不如往日，所得利益，必不如往日矣。且此后中国之能洋语者日益众，刚伯度之才，车载斗量，人浮于事，其得利更微矣。”由于对华贸易日益频繁，国内外的许多地方纷纷开设语言课程，洋人可以学习汉语，国人亦可增进英文水平，再加上中国的洋人很多都是“据要港、开埠头者”，“刚伯度”从事的中间环节已不再必要，并且，“刚伯度之才”的数量剧增也使这个行业利润骤减。

作者一针见血地指出国内不良的商业现状，唤起国人兴商保利权。“何则商业大利，几于尽归外人，我所营者，皆卑微不足道之数。后虽有奋发有为者，而资本无所措，有与蚩蚩者同坐困而已。”“又外洋人方经营内地铁路，内港小轮船，所以自人内地，置办土货。在内地开设厂屋，制造物品也。我不能往，而彼能来，彼愈能来，我愈不能往，遂无地可以自立矣。”洋人把持国内商务，利源外流，造成恶性循环。进而谈及国人对商学认识不足，缺乏主动学习的精神。“中国商人，既有商报而不能阅，商务书之文理，较深于报，更非商人所能阅矣。其他士大夫之忧深虑远、肯讲求商学者，其为数必不多。”

针对上述情形，作者提出了两种振兴国内商业的方法。第一种是让开明之士开风气之先。“曰所贵于开风气者，皆于风气未开之先，举世不为之日，有明眼人焉，知其事之实有关系，奋然而为之，迟之又久，乃渐有信从之人，其既也。一唱百和，随风而靡，此尤中国人之性情气习，莫之能外者也。” 作者号召有志于从事商业的国人学习经验。“先明地球上商业之大势，与若者为商货大宗，若者为经商大节。各就性之所近，与情形所较熟者，或于固有之利，筹补救起色之方，勿陷于衰败被夺地步。或于未开之利，有确实之把握，如可恃之资本，可靠之使用人，虽关系甚大，亦不能不放胆从事也。”第二种是译介“东西洋商业之书”，供国人学习。作者在文中推荐了一些商学中的经典书目，如“斯密亚丹之原富，斯密德之富国策”，“伊阿子之英国商业政策，日本清水泰吉之商业经济学，商业政策论”，“戴乐尔之理财节略”，还有一些商律、税务等法规，“东西洋之商律，英法各国之关税章程，皆必不可少之法规也”。作者认为上述书籍“皆切实有用之方策也”，“皆出于专门名家，坐言有心得，起行有成效者，必非欺人之谈”。

文章结尾再次回扣“商务报馆宜译商务书论”的主题，诚恳地呼吁国人“藉老马以识途”，通过译介学习他国的成功经验，开创商学的新风气。

本文的行文结构符合晚清报刊人文社会科学的一般书写方式，开篇以贱贾转为躬亲商业的社会现象引入主题，点明写作目的，之后列举古代著名商贾，批判当下贱贾风气，指出兴商的必要性与急迫性，并给出相应的解决策略。文末重申主题，呼吁改革。

晚清时期，国内商业发展迅猛，随之而来的是对商学知识的大量需求，不少报刊文章都积极倡导译介商学书籍，兴办商业学堂，希望能够通过社会繁荣来实现国家强盛。作者充分利用了报刊这一新兴媒介，向广大公众普及基本的商学知识，由浅入深地阐明正确的商业运作之道，通过对比中西从商方式和获利金额，指出改变现状的必要性与急迫性。该文处处都与救国的时代主题相联系，传达出了工商救国的诉求和愿景，这一行文模式在晚清报刊文章中十分常见。

（二）对大商店的译介

1. 单篇译介分析

1906 年登载在《商务官报》①上的《译录：会合大商店》，系统地向读者译介了百货商店的特点、近况、起源、“其组织、其利害、其势力及于经济者如何、其影响于社会者如何”。[210]译者杨志洵是《商务官报》的主要撰稿人，开门见山地交待译介缘起：“近时经济上之大问题曰脱拉司脱，而未闻谈及特巴脱门脱斯大者，何耶？不知此者之比比耶。……脱拉司脱既为世人所注目，学者专门研究之者颇多，而我国竟未知有特巴脱门脱斯大。”“竟无有以此绍介于读书社会者，兹故略述其梗概。”西学译介时，报人选取的译介对象往往是在西方盛行却不为华人所知的内容，特巴脱门脱斯大就属于此类，仅就七字之长的音译名可知这一概念在译介之初，对华人而言生僻晦涩的程度。译者一方面强调华人知之甚少，一方面反复强调其重要性。开篇有：“脱拉司脱与特巴脱门脱斯大乃近代经济之大现象，商业上之大进步，而资本社会之大压力也。”第一部分开头又重申：“此经济上之一大组织，既发达于美，乃渐横行于各国，将来世界之经济界，必为此二大组织所支配矣。”

开篇作者提及五个概念：脱拉司脱、特巴脱门脱斯大、尤斯、劝工场和会合大商店。但普通读者并不具备西方商学的基础知识，对于这几

---

①《商务官报》1906 年 4 月 28 日由北京农工商部商务官报局编辑，在北京出版，旬刊。该报前身为 1903 年 12 月出版的官商合办的《商务报》，1906 年变为官办，改名为《商务官报》。1911 年 7 月停刊。以“发表商部之针、启发商民之智讯、提倡商业之前途，调查中外之商务”为宗旨。该刊由章宗祥主编，杨志洵是主要撰稿人。作为清政府商部机关报的《商务官报》，除阐明商部有关商务政令，翔实调查中外商务外，还刊登了大量有关商务的学术论说，更加注重从学理的角度引进现代商业知识和制度。

个名称的所指及其关系更是难以分辨。因此，译者在第一部分首先阐释和区分了这几个相似概念。“特巴脱门脱斯大 Depaptmant Store 者起于美，脱拉司脱 Trast 者起于英，其始称尤斯 Use，尤斯之性质渐变，范围日广，乃成脱拉司脱。美人仿之，其制遂发达，以有今日之特巴脱门脱斯大。吾译曰会合大商店。”在概念上，译者区分了脱拉司脱与特巴脱门脱斯大，强调二者的承继关系和相似性，在区分特巴脱门脱斯大和劝工场时，译者则突出二者的不同之处，避免读者将其混为一谈。“其性质遽观之类乎劝工场，而实非劝工场，劝工场于经济上非占重要地位，其组织系合数小商店之特别物品而罗列之，未有统一之组织，结合之势力，不过与人以讲求之便宜耳。若会合大商店未始不从此胚胎，而有统一结合之力。盖不啻一大资本家所隶属而组织之一大劝工场也。所与劝工场异者，彼非为薄弱小商店所集合，亦无重复数同业商店之病。”译介之初，人们对相似的事物极易混淆，所以译者专门区分二者差异，并强调二者之间没有渊源关系，“若会合大商店未始不从此胚胎”。

“劝工场”不是音译名，而是意译名，在晚清时期指展销会、展览会、博览会。1889 年底张之洞曾说：“照得各国都会地方，多设有劝工场及商品陈列所，聚百货于其中，分行罗列，以类相从，物标定价，听人观览购取。”相比于“脱拉司脱”“特巴脱门脱斯大”“尤斯”三个音译名，“劝工场”以意译名的形式出现，说明其在华人中的熟识度、接受度和使用率已经超过三个音译名。“会合大商店”是译者杨志洵在音译名“特巴脱门脱斯大”之后，为 Department Store[①]提供的意译名，说明译者不满意现有音译名，希望推进华人对 Department Store 的接受和使用，欲对生涩的音译名进行改进，自撰意译名“会合大商店”取代七字之长、难懂难记的音译名。

① 作者注：Department Store 指百货商店。

译名选择是西学翻译中的核心和关键，体现了该事物在西学东渐进程中所处的阶段。一般而言，音译名是在译介之初，找不到汉语对应词的情况下，不得不仿其发音而采用的形式上的对应。但随着华人理解、接受的深入，以及人们日益频繁的交流、使用的需要，冗长生硬的音译名成为理解、记忆、交流、传播的阻碍，在汉语中创造出对应的意译名成为必然，这是西学东渐中译名演变的第二阶段。

从译者自造意译名欲取代现存音译名可推知：Department Store 在中国的译介传播处于由陌生、不为人知的最初阶段向具有认知、记忆需要的交流接触阶段过渡；也说明译者在西学东渐中起着推进作用，促进西学的阶段进展和跨越。但译者杨志洵将两个英文原名“Department Store”和“Trust”都拼写错了，分别写成“Depaptmant Store”和“Trast”，并且，这一错误并没有在审校和出版前各个流程中，被报馆同事或主编发现并更正，原因可能是晚清报刊的审校核查并不严谨，文章撰写和刊登过于追求时效，错误频现。但遍查该刊中的其他文章，发现并不是错误百出，未见汉字书写错误，由此推测：该篇译录中出现的两个主要英文核心词都拼写错误，不大可能是疏忽所致，说明了译者、审校、主编等报人的英语水平有限，处于可勉强拼读、但书写没把握的初级阶段，当然他们不自知，又不自查，对于审校英文词缺乏认真严谨的态度，由此可见一斑。

该译录开宗明义交代译介缘由、目的；之后厘清概念、介绍译名、阐释名称、辨析相近名词；再后，译者简单概述会合大商店及其特点。“至其名词，乃会合商店之义，其目的，凡各宗商品人所必需者，汇集陈列，赅备靡遗。”“盖依商品种类分为若干门，若美术类、装饰类、家具、食物、宝石类、衣服类、金类、书籍、玩具、细革工、细竹工、马车、自转车、自动车。其他一是具备，殆欲尽人生之所需而一手以供给之。美谚曰，除赌博场、浪游场之外，其余皆会合大商店所营业也。”至此，即使对“会合大商店”或“特巴脱门脱斯大”闻所未闻的普通读者，也能对主题对象——“会合大商店/特巴脱门脱斯大”形成一个大致认识，留下整体印象，能够跟随下文逐层递进、逐条缕析的系统阐释，逐步理解整篇译录。

该篇译录并没有按照时间先后顺序，依次译介会合大商店的起源、近况和未来，而是将人们最关心、与人们关系最近的近况一节提到最前面，与读者的阅读兴趣相吻合，也符合新闻报刊的资讯报道顺序。新闻结构一般是倒金字塔式结构，即打破了写作的常规，不是按照事情发展的时间顺序来安排层次段落，而是按事实的重要程度来决定写作顺序。倒金字塔式结构要求把最重要、最精彩的新闻事实放在消息的导语中，而其他事实也是按照先重后轻、先主后次的次序。第二部分“会合大商店之近况”是继开篇概述之后最重要、最受关注的信息。该部分首先介绍了创始人。“今美国号为商业王约翰瓦那梅客者，实会合大商店之始祖。彼始投身商界，在今四十年前，自渠入商界，成绩显著。”突出创始人在美国享有“商业王”的声望。接下来介绍会合大商店应时之需，盛行壮大。“社会之求亦益繁而促其发达，故今之特巴脱门脱斯大者，流行各境，美之各都邑莫不视其富力以组一会合大商店。所在各地之顾客，莫不为其所吸收。”列举各地商会及其中的世界三大商店：美国的纽约一家、市俄古一家、巴黎的一家，且美国的二家有超过巴黎之势。继会合大商店的发展之后，译者介绍了其规模和各项配套设施。“率有雄壮之屋六七层至十层以上，佣人四千至七八千，一日之卖价平均七八万至十四万弗。”“有大旅馆以便顾客，有银行支店，有邮便支店，即电信、电话等莫不备置，可以任意收发……而其配货之迅速，有升降机、送金管等法，且有配货马车及自动车，出入频繁，往来迅捷，又为供应各方面需用之故。”从描述中可以看出其配备先进、齐全、便捷，“文明之利益一举而网罗之”。译者欲将会合大商店这一新鲜、陌生的事物引介中土，因而译介的重点放在其优势和竞争力上。“于各种商品非第齐备而已，又每种并列多数，贵贱杂陈，以供选择。商品或直接制造，或物价低落时收买，其转运率与铁道轮船公司有特约，格外便利，此岂普通小商店所能争耶？”后以鞄为例，与留美日本商店相比较。“例如鞄一也，而大小高低内外各种之皆备其数之多，至胜专门鞄制之商店。”在美的日本商店所售不及会合大商店的物美价廉，译者解释其能够高买低卖的原因在于：规模大、取引速、转运便。故其成本低，资本之收回早，即使一二种商品稍有折耗，而结算仍有赢余。结果就是在趋利心理及物美价廉的吸引下，商民汇集。“不远千里，虽往来电车之费所补给也。会合大商店之门，常聚人如市，而其所在之地，所有一切小商店并渐次归于灭亡。”阅读至此，将不难想见身处晚清商务落后背景下的华人读者的欣羡之心、效仿之意，而译者杨志洵的译录目的正在于此。

接下来的第三、第四部分：会合大商店之起源、组织，详细介绍了其创办发展、改进过程、组织部门设置、经营管理模式、分工合作机制等，如教科书般条分缕析地讲解，内含的译介目的是鼓励华人学习借鉴、效仿自办。文中介绍了始创者氏兄弟在瓦那梅客商会营业上所做的两个改变：“一、定价划一不二；二、缩少作业时刻。”另外，列举了译者认为可资借鉴的五项改进：（1）煤气灯费时费力，易用电灯；（2）现金出纳器易用送金管；（3）开工场自造某类商品，是为小卖之大制造家之滥觞；（4）蒸汽机易用电气发动机；（5）应时新奇之物转售于小商家。对于商店组织，该篇说明各地会合大商店的组织大同小异，以纽约之瓦那梅客商会的组织为例，组织部包括工场（18 部）、广告课（6 部）、商品课（63 部）、会计课（5 部）、佣人课（19 部）。“最重者商品课，司商品之进出，其余四课则附随商品课而动，工场十八部，制衣服、零件、药品等。各课暨各部并用自治制度，各部有部长、副长。”“于一定时期之内，如有可以转动之资本金，但使预算确盘，不妨逞一己之手段而巧以运用之，以博完全之利益。”即商务上的资金周转利用。为防部长专制而设合议制。“然不甚适用，各部长仍得任意行事，是为惯例。”但各部各课之间互相联络合议，达到在内贯通，在外统一。

第三、第四部分的译介内容、顺序安排，大体上是仿西方商务教科书或百科全书中相关词条的阐释体例，按照经营管理学科框架来译录的，突出了西学译介中商务学科的译介模式。第三部分会合大商店之起源，以商学原理的阐释开篇领起，运用商学的学科理论和社会供求理论诠释其根源。“会合大商店之创始，若脱胎于博览会及劝工场，而直接以促其组织之发达者，实在与顾客之需用。盖制造业及转运业必需用分业之法，乃万不得已之事者，若小商店之分业，实于顾客大不便宜，而于是会合大商店之制以起，顾客因此可以最短之时间，最低之价值，购得最多之种类。”潜移默化地将商学原理和商务基本知识输送给读者，又将其置于第三部分开头，以引领下文对创办历史的叙述，有意引导读者利用商学原理分析经营成败的原因，培养科学、理性思维，使读者在阅读间提高了商学认识、深化了商务理念、强化了对科学原理的体认。五四新文化运动中对“赛先生”的倡导和热衷，正是晚清时期报刊中大量科学译介潜移默化地引入科学理念、输入科学原理、传播科学思想、培养科学思维、植入科学信念的延续和结果。不应断开承继的链条，割裂前期铺垫和准备，忽视萌芽的初发、前期的酝酿。晚清大量科普译录正是过渡到新文化运动倡导“赛先生”的中间环节，填充了认识的断层，起到了承前启后的作用。

第五、第六部分联系紧密，标题分别为会合大商店之利害、会合大商店之将来。这两部分论述的是其利弊。译者论证其弊“是经济界开一专制之大王国也”。“自由平等之共和国制将易为经济界之封建制度。”从其前身脱拉司脱，即今天所指的垄断的弊端说起。“今之会合大商店为美国政治上、社会上一大问题，既脱拉司脱而起者也。”“脱拉司脱既一变国际贸易之形势，会合商店复大启内地商业之新机。”这里的“新机”实为反语，文中描述：“大资家兴，中产者灭，于政治上足危美国地方平等自治之基础，何则资本与劳动、主人与奴隶之关系，一国之中遍地皆是，是经济界开一专制之大王国也。放释奴隶曾几何时，而财产上之奴隶行将再起。”会合大商店不但致使小商破产、灭亡，而且促使中产者难以为继，相继破落消亡。这都是因为“各地之富尽为大资本所吸收”，“大资家兴”，这是其对美国经济界的影响。在政治上，大资本家的垄断危及美国地方平等自治的制度基础，造成资本剥削、劳动力剥削，形成了经济关系上的封建制、奴隶制。译者不但看到华人所推崇的美国政治上的平等自治，更看出其经济上封建制、奴隶制的本质。这在当时及之后“德先生”在中国风靡一时、备受推崇之际，译者仍能看到美国经济的资本主义剥削本质，并一分为二地介绍给国人，是十分难得的。译者认为“政治界、经济界或有以为病者，是自其弊害之一面而观直一曲之谈耳”，是不可取的，他更强调会合大商店作为“社会发达之表帜”，并从三个方面论证。一是从商业进步、人类进化的阶段方面：“在商业幼稚时代，曾有此杂货商行，及社会发达，分业法行，各店皆有专卖之货，不用故事杂货之制久矣。乃自会合大商店成立，而杂货商店复行于今。”二是从国际贸易竞争优势方面：“不见夫海运事业、国际贸易之事，各国之竞争，决无藉夫国家保护者，全恃国民经济力发达而有最大之经营耳。时时刻刻所行至可恐怖之和平之竞争，非脱拉司脱之组织耶？”三是从满足新的社会需求方面：“社会益进，竞争益剧，斯生计益繁，故人人日常所需，非但欲求其至廉，且求其得之易而且速，此会合大商店之所以受欢迎也。”

译者在第五部分中已经表达了对会合大商店的利弊权衡及褒贬的态度倾向，尤其体现于最后一句结语的评论上：“政治界、经济界或有以为病者，是自其弊害之一面而观直一曲之谈耳。”译者在第六部分“会合大商店之将来”中，又进一步以未来态势论证其利，宣传、鼓励中国效仿。

但作者并不回避其弊，始终承认存在诸多弊端。“脱拉司脱会合大商店者，资本家藉是跋扈，因是而诸种弊窦生矣。”译者能够一分为二地客观分析、兼顾其利、弊，并一一告知读者，是秉持了科学的态度，对商学等西学知识亦持客观中立的态度。但作者为了给读者释疑解惑、消除顾虑，于后文从四个方面论证其利大于弊。一是以“有一利必有一弊，人事之通弊也”说明弊病存在的合理性。二是从利弊的影响对象和范围来论证：“其利之贡献于国家社会者实多，自其弊言之，惟社会主义者与夫一偏之政治经济家则然耳，吾人之所不取也。”三是从发展趋势来判断：“况世界经济之大势，固潜移默运而自能趋于贫富平均，资本家与劳动者固常得其调和者也。”四是引述西方学者的权威观点，反向论证其害：“若自其利之一面而观，则加来客氏之意见可证也，曰蒸汽电气既发明，工业始有大组织，富始集于一时少数资本家之手，然今此趋向已渐转移，多数人民已受分配矣，劳动与资本二者共同利得之中，资本家所受之配分，未尝远过于劳动之人，使于此而再事朘削，使资本家之利得再减于今日，资本家必日见困难，而无恃以勉于高掌远跖之事业。”最后总结性的语句“由此而观，则会合大商店之组织，诚吾人所思见而恨晚者矣”表达了译者的选择，同时也是对华人读者的呼吁和期望。

在第六部分，译者剖析会合大商店创始于美、发达于美的根源在于美国的新气象、新气概。“盖美者，新开之国，藏有天然之富源，其人民又自万国脱去束缚而富于自由思想而来者也，其智识才能传自母国，其气象有活泼直上之概，以此数原质相化合，而开拓新世界之文明，发动旧世界所不及预料之新局面，无论实业然也，即政治、教育、学术、宗教无不具有一种特异之亚美利加（America）之新气概，观其历史可得而知也，而其经济界之发展，尤为壮阔，犹行路，然美殆直达而无迂曲者也。”分析美国的优势，赞誉其文明、发达，阐释其富强、进步的根源，使国人产生学习效仿之心，宣传了自由思想、开拓精神。这段实与会合大商店关系不大，是译者借题发挥，插入自己的政治主张和变革理念。译者还特意举出反例，将中国与美国相比，并揭露中国落后的原因。“然诸旧国反有数千年相沿之社会组织惯习、法规及其余经济之关系，故其经济之发达，恒迂回曲折，不能驶直线之坦道。”这里虽然只字未提中国，但读者从“旧国反有数千年相沿之社会组织惯习”不难推断译者暗指的是中国。最后，译者预测会合大商店必将遍及各国，并透露日本亦有此计划，给中国以压力，不甘落后于美日。

从第六部分“会合大商店之未来”一节，可以看到译者偏离商学、商务的范畴，更多地发表政见、主张，表达对美国气象、气概的赞誉，对其经济直线发展的倾慕，并反观中国，剖析中国行进道路曲折、落后的根源在于僵持传统和固守陈规。这也体现了译者译录会合大商店的目的不仅在于介绍宣传西方商学、商务，呼吁华人效仿，更是在开启民智、改善民生的同时，借西学变民风、振民心、易民气，达到引导华人读者、教化华人的目的。这是晚清报人、译者、学者超出自身笔者身份，抱持经世致用、救世济民思想，实现精神追求和理想使命的体现。这种内在驱动力，加之传统教育理念、价值观的影响，在无数晚清报刊文章中蕴含并流露，形成了晚清刊文“千人一面”式的论证模式和“千篇一律”式的结语。

译者在第五部分和第六部分对自由平等观念的态度流露出明显的前后不一、自相矛盾。第六部分赞叹美国“其人民又自万国脱去束缚而富于自由思想而来者也”，表达对自由平等的社会的向往和追求，认为它是美国兴盛的根源，中国应效法，华人应培养这种新气象、新气概。而第五部分权衡利弊之后，译者对会合大商店的垄断本质所致的诸如专制等社会弊端持姑息容忍的态度，并且批判追求人人平等的社会主义者。“惟社会主义者与夫一偏之政治经济家则然耳，吾人之所不取也。”译者不是不知托拉斯、会合大商店的垄断“于政治上足危美国地方平等自治之基础”，“自由平等之共和国制将易为经济界之封建制度”，“是经济界开一专制之大王国也”，“放释奴隶曾几何时，而财产上之奴隶行将再起”。译者揭示了其泯灭自由平等、造成垄断专制的社会弊端。但是权衡利弊之后，译者更看重利的一面。“其利之贡献于国家社会者实多。”“不见夫海运事业、国际贸易之事，各国之竞争，决无藉夫国家保护者，全恃国民经济力发达而有最大之经营耳。时时刻刻所行至可恐怖之，和平之竞争非脱拉司脱之组织耶？”由此可见，译者口中所称道和追求的自由平等的社会并不是真正意义上的自由、平等，反而，以人人自由平等为终极目标的社会主义者被批为偏激、不可取。从作者对利弊的权衡和对取舍的论辩，不难看出：译者在社会经济发达、国家竞争力强与国民自由、平等之间决意选择的是前者，舍弃后者，认为否则悔之晚矣。但为何又在不涉及二者取舍的时候对后者大加赞誉、宣扬呢？原因在于作者意欲达到的自由、平等只是手段、过程，不是目标、终点，是实现发达、强大这一追求目标的工具，作者宣传的是功利性的自由平等，而非实质上的自由平等。

2. 多篇译介分析

晚清报刊对西人在华开办商店多有译述或报道，但一般篇幅较短，涉及中西商人、地方官、巡警甚至学生。不同的译介体现了中西商务之间的交流、借鉴、融合，也显现了矛盾、竞争、抵制的存在。日本的《东京经济杂志》在西九月十一日的登文《清国于居留外国人及商店之数》，分别被《实学报》于 1897 年、《渝报》于 1898 年翻译转载。[211-212]该篇文章统计了在华居住的外国人及其商店的数目并分国别制作列表，包括日本、英吉利、亚米利加、佛兰西（法兰西）、德国、葡萄牙、瑞典诺威、西班牙、丁抹（丹麦）、俄罗斯、意大利、奥地利、白耳义（比利时）、荷兰以及未签订条约诸国。列出了 1895 年和 1896 年以上诸国在华的商店数和居留人数。译者于开篇介绍了总人数、总商店数，以及二者较去年的增长数。“昨年末，于支那条约诸港居留外国人之数，计一万八百五十五人，比前年增多七百六十四人，商店之数计增多六十九所，内日本人之商店，计八十七所。”由此可见，1896 年前后在华居留的外国人人数过万，商店数计 672，较去年一年内增加 69 所，可见在华西商经营的商店数逐年增加，商贸往来频繁。

洋人商店在开办之初，与当地华人、华商、地方官、清政府之间的关系是十分复杂的。从《新闻报》中的《饬查洋人商店》一文可见一斑。[213]“庚子以来，各国人在京城内外经营商业者甚多，无籍可稽，偶有龃龉地方官府视为交涉巨案，务婉曲袒护，以媚外人，绝无据条约非通商口岸不准开设行栈之一条，以驳诘之者。商民积忿日久，恐复有横决溃败之一日。日前那尚书特饬局员查明各城洋人商店禀复，未知将如何核办也？”华商视洋商为竞争对手、侵占者，久有积忿，但地方官不作为，袒护洋商，不依据条约查办在非通商口岸开设商店的洋商，只能等待政府查明此事。两年后发表在《新闻报》上的《警部拟处置京城洋商店铺办法》回应并做出了规定：“巡警部以外人在京城内开设店铺时起交涉商之，外务部议将北京应设商场提前办理（按中日商约附件，应于各国护馆护路兵队全退之后，在京师外城开设商场）。开办之后，所有从前散居城内之洋商铺户，即须一律迁往。若各国驻使不肯照办，则城内各洋商均应遵警部定章，与该处华民铺户无异云。”[214]按照中日商约规定，洋商迁往京师外城开设商场；城内洋商与华商无异，都应遵守警部定章。

从 1905 年《新闻报》上的“商店咸愿签字”可知，学堂学员调查了华商抵制美货的意愿，结果“均极欢迎”，“咸愿签字”，否定了“犹恐商业中或稍存观望”的情况。所调查的抵制美货是指“惟不办美货，不载美货，不用美货”。

《日本商店之披露》描述了一件趣事。[215]“某留学生因购物，偶步至某町，见一商店，其门口大书数字，左曰‘直隶总督袁世凯’，右曰‘清国学生快进来’。某不解，入而问其意，店主曰，是无他，吾闻贵学生极喜袁世凯，今粘于外，贵国学生见之必皆至敝店，敝店之贸易可以发达矣。某曰，若更以‘革命统领孙逸仙’数字，则敝国学生必纷至沓来矣。”作者对此作了按语，登录其后：“夫以支那人诱支那人，则支那人成饵品。支那人被日本人以支那人诱，则支那人堕于日本人之计中，由前而言，人格低矣，由后而言，人格高乎，无往而不低。某君谓日人并非以无用者视我，吾岂肯信哉？”由此可见，中国人、日本人的关系被视为利用与被利用、戏弄与被戏弄的关系。关系的紧张成为必然，矛盾和冲突被视为常态。晚清的现实生活，及其中的普遍现象和问题，往往可以通过此类“学界趣语”的杂录淋漓尽致地刻画出来。

以上都是报刊中登载的在华洋商及其店铺的相关报道。1908 年的《华商拟赴俄国开设商店（山东）》则是华商在外国开办商店，获得商机并盈利的报道。该篇同年被《竞业旬报》和《南洋商务报》两家报馆转载，说明了报界对此消息的重视和宣传。[216-217]开篇也提到传统茧绸在中国受到洋布呢绒的市场侵占。“昌邑县所出的茧绸，向来为学商两界的衣料。自洋布呢绒盛行起来，服茧绸的人渐渐缺少。”但昌潍两处商人，改销俄国，获得转机。“然该业所以不至堕落，因为可以行销俄国的缘故。又所出绣货，虽然不及苏杭，而领结手帕等数，亦颇能够花样翻新，且售价极廉。历年行销俄国，极获大利，刻有昌潍两处商人，拟联合资本，购置绣品茧绸，赴俄国彼得堡设立商店。以便直接售于俄人。”作者在文后加上自己的按语：“（按）洋商理财妙策，先查华人所嗜好的物品，后来竭意制造，投我所好，特特到中国开店，致获大利，华人只晓得喜用洋货，不晓得利源外溢，真正可叹。今朝昌潍商人也用计策，令人可敬可佩。”作者意在鼓励更多华商赴国外开店盈利，抵销和扭转洋商在华开店导致的本土商业萎缩、利源外溢的不利局面。

晚清洋商借助大炮之力打开中国国门，借助条约之便在华开店，享有特权，获得盈利的便利，不可避免地损害和侵占了本土华商的利益，引起不满和积忿。此期洋商、华商之间的关系和交往的主旋律是“不和”，这种“不和”的主调势必反映在同期报刊的大量报道和译述上，体现为报道和译述的主题以洋商、华商的矛盾冲突为主。各种译介体现了中西商务之间的各个主体的相互关系：利用、竞争、抵制、排挤、争夺、吞并等。中西商户间的竞争和相处模式在同期也表现出相应的紧张关系。中西关系和商贸局势的大势直接决定了同期报刊登文的大体走向和特点，体现了当时中西商务之间不同主体、对象的错综复杂的关系以及相处中的矛盾冲突。

《译录：会合大商店》这一类学科译录，是报刊中登载的某一学科中对某一科学知识的科学普及和系统讲解。不同于专著或译著，也不同于教材或工具书，而是压缩版、简化版，甚至是精华版的读本、课本或百科书。相关知识点的介绍也经过提纲挈领的提炼和言简意赅的浓缩，译介顺序的安排也遵循了学科的讲授顺序，符合人对新知识、新事物的认知和理解规律。如《译录：会合大商店》的译介顺序为概念、现状、起源、组织、利害和将来。对某一知识点的展开讲解也是遵循科学的学习过程和认知规律。全篇的译介目的是普及商学知识，因而符合商学的知识架构和学科体系。

其亦为报刊登文，具有新闻媒体属性，所以同时也包含新闻报道的基本要素，符合新闻写作的一般规则，按照新闻报刊的写作和报道顺序，即将最新的、最关键的、最热点的讯息放在前面，而背景介绍、未来预测等内容依次放在后面。

该篇同时又是一篇译录，具有翻译的媒介属性，也符合翻译的要素和要求，如这篇译录中交代了翻译目的、缘由、侧重，解析了译名，插入了译注、评论，体现出翻译策略、方法、译者选择性操纵和介入等。

晚清报刊中每一篇西学译介都同时兼具三种身份和属性：一是报刊报道；二是翻译引介；三是科学普及（某个科学领域的学科知识）。不应分离、割裂地仅聚焦一种身份或属性，而应把三者同时纳入研究视野，研究三者之间在研究对象上的协调平衡、矛盾冲突的张力；应纵观媒体、媒介、学科对同一西学内容的分别作用和影响，解析最后产生的综合效果；应兼顾报人、译者、新知识分子三重身份，揭示晚清译介的普遍模式和一般规律。

四、交通译介

（一）对火车时速的译介

在中国，规模化铁路运行的出现，要追溯到1876年英国怡和洋行投资建成的吴淞铁路通车（上海到吴淞）。虽然这条铁路仅运行一年时间，1877年“月之十五日，为礼拜之期”，“上海吴淞铁路即于是日停行”，但这条铁路开中国规模化运行之先河，铁路的便利和影响对民众的观念形成了巨大的冲击。[218]普通民众开始认识到：“中国既知（铁路）有益国便民之利。他日廓其规模，照式铸造，各省皆可通行，未始非上海铁路为先路导也。”自此之后，晚清报刊对世界各国，尤其是欧洲国家的铁路运行报道逐渐增加。

当时报刊对世界各国铁路发展状况较为关注。下文选取1897—1902年间的报刊译介，分析当时报刊对世界各国火车运行速度的报道，尝试还原当时民众对于早期铁路发达的欧洲等国的火车运行速度的态度。

1897年，《时务报》以《最捷火车》为题，描述：“环球以内，历来火车行走之疾，当推去年西九月十一号纽约公司之火车焉。该火车由纽约启轮……至东巴芙芦，共四百三十六英里有半，只用时候四百零七分钟。”[219]按此粗略计算，纽约当时火车运行速度约为每小时 64 英里。

同年，《实学报》以《试验电气火车》为题，描述：“近经试验，验得一点钟内如拖带轻车可以行九十英里……如带三百五十吨重之火车，照寻常走法，每点钟可行七十五英里。试验既有明效，法国威斯登铁路局乃仿造此种火车机器二架。此等机器如拖带七八十吨重之火车，每点钟可行五十英里。”[220]此种火车速度仅指机车部分的运行速度。依据法国实际生产的机车，推知此种机车的运行速度为每小时 50 英里。

同年，《集成报》以《新式火车》为题，描述：“现英属澳大利亚铁路，将火烟车头改为新式。今地球中推此车为最新最捷。未有能过之者……每点钟能行八十五咪路……”[221]经查阅当时的里程单位，“咪”应为“英里”的对译。这种澳大利亚火车的运行速度应为每小时 85 英里。

1902 年，《鹭江报》对比英国和欧洲火车的运行速度，在《比较火车》中描述：“英人多嫌欧罗巴诸国之火车速率太迟，不知英之火车实逊于彼。彼处有一种火车，名曰壮捷。其速率胜于英车速率。每点钟可行六十英里。”[222]虽然这种“壮捷”已不可考，但据此新闻可知欧洲彼时的火车运行速度最快应是每小时 60 英里。

从以上译介可知：当时的各种报道信息来源纷杂，数据未必可信。对于当时各国火车的运行速度，动辄称“环球之内”“地球中”，然而对比同一时期的运行速度后，却发现其所称“最捷”未必是最快的速度。同样，对于火车的动力，虽然有的以“电气火车”等相称，但其动力来源仍然是煤炭燃烧，“如装载六十五吨重者，每一英里需用煤十四磅”，并非纯粹以电力驱动。可见，同一时期不同报刊对同一对象有不同的指称和介绍，信息交错，语汇杂糅，这对华人读者群也形成了信息和思想上的碰撞与冲击。

即便讨论的信息未必准确，此期报刊频繁译介有关最快车速和最新试验机车，也从侧面反映出当时国民对于火车发展的兴趣和重视。吴淞铁路规模化运营一年后拆除的事实和民众对于火车最新发展状况的关注，都反映了晚清民众对于更高的火车技术和铁路建设的迫切期待。

由于这些报人译者受限于自身的知识水平和专业素养，译文难免出现漏译、错译，从而造成信息失真，结论误导。然而，在晚清这个中、西、新、旧知识最初碰撞、汇集之时，报刊译者致力于将西方先进技术介绍到国内，力求在翻译领域觅得“救亡图存”之道，以笔墨推动晚清民众思想观念、知识水平的革新，推动国家技术水平的提高，他们所做出的贡献是不可磨灭的。

（二）对自行车的译介

自行车，又被称作脚踏车、单车，作为一种代步工具，在我国有着较长的历史，尤其是新中国成立之后，我国曾一度被称为“自行车王国”。晚清时期对自行车的译介与报道并不在少数，以下从外观、变体、优点、作用以及人们对自行车的态度几方面来分析。

1. 自行车的外观

对于自行车外观的描述，最早始于1868年。此时自行车有两种不同的外形：“乃一人坐于车上，一轮于前一轮于后，人用两脚尖点地，引轮而走。又一种人如踹动天平，亦系前后轮转动如飞，人可省力。”[223] 1870年，另一篇文章写道：“人坐踏足于版，其版动而其轮转，即其车自行。”[224]还有文章将中国的造车业追溯到黄帝时期，由此引出对脚踏车的叙述，如：“我国古无车之名，自黄帝睹飞篷始造车，二轮架一木，不过使牛马挽之，以代人力耳。”之后又表明：“自古黄帝造车，然其车皆以人力挽之，后世因其不便，更造出以牛马挽之者，犹不便……脚踏车者，前后有二轮，中有小轮，不践地，脚踏之则旋转，转则有铁条，与后轮相连故后轮转，前轮受后轮之转力，前轮亦转，其前有二把，手扶之，后有皮垫，身坐之，行之甚速，甚为便也。”[225]由上文可知，当时自行车与我们今天的自行车的外形是大致相似的，然而自行车在最初创造时，并非如此。

晚清报刊介绍自行车制造的文章也有数篇。《益智丛录：古时之自行车》详细讲述了自行车最初的设计与改进。[226]“其第一车为一铁匠名甲彼克梅密伦 KirkPatrickMacmillian 所制，在此制之前，造者已多，大致转动之机杆，亦全视骑者之足力以为衡，中间有一种为木马骑者必活泼灵动，始可从事其制，前而设有两轮，中有横条相贯，即为骑者乘坐之处，骑者在其上把柁转行，如今日所乘脚踏车然，然其形式极为难看，远看殆如两轮中夹一肥皂木箱，且其时道路亦不如现在之平坦，故周转一周其辛苦殆与磨粉真仿佛，不过有倾斜之势而已，因其形状可笑，故剧场小丑往往取而形容之，譬如有文人长挂高帽，高乘此车，见者无有不笑，谓此殆陆行之泅水者耳。”可以看出，自行车最初外形丑陋、行走不便、极为费力，甚至被当作剧场的笑料，当时骑车的人被形容为“陆行之泅水者”。之后自行车得以进一步改造。“木马之制既废，旋有人名 LouisGomperbz 路易思葛柏司，又造一机车，乘者需四肢并用，造成后请教者无人，惟造者自为尝试耳，当葛机思未制此车之前，先亦有人设法制造，然均未得法，所造车轮周径，有十五英尺，距离五英尺，中有一铁条横亘其中，中有铁座，俾骑者乘坐铁杆之后，有两环以便倚手，下亦有座以便骑者足可点地，此等车式，凡值转角之处，殊多危险。”进一步改造使得四肢并用，但是仍存在很高的潜在危险。“又有人设想谓车轮周围，应展至三十英尺，轴端左右应悬一吊钩，此制既成，坐车者乘坐，足须离地十二尺之远，有时肩几及星，其高如此，自无人敢于尝试。”通过以上车外形的描述可知，自行车巨大笨重，高度也超出可接受范围，行进起来十分危险，不是一个合适的交通工具。之后人们分别在材料与形状上继续改进。“自赖密伦制用，一拉杆横，插于木马之中，即为现在自由车之权典，然一千八百七十八年，赖密伦旋卒，后人绩有增设，大都系用五金之类。未几始用橡皮轮，先用四轮，前两轮甚巨，后轮略小，此制前数年尚通行，即记者亦尚目睹也。至一千八百八十七年，滕罗始作如今制，其形式略异者，则为前轮大于后轮，又乘坐之处，作角形不作直线，数年前始改从今制者也。”由自行车的外形变化可以推测它的发展趋势，即由大到小、由重到轻、由笨重到灵巧、由蹩脚到舒适，并且这样的趋势一直持续到现在。各种物品的改造虽千变万化，路径迥异，但其改造的方向和追求的目标却始终未变，而且这样的改造之路永无终点。

2. 自行车的变体

自行车在不断发展中，经历了诸多改造，出现了多种自行车的变体。

1）气行车

1870 年《自行车气行车》一文中有这样的描述：“近更有创造气行车，抑更巧焉。此法传自美国南境厥地名吕挖连土之巧人，不必如马车之用马，不必如火轮车之用火，不必如自行车之用人足，不必如火轮船之用水气。只须制车造管，管下开孔，用气入管，管中气出鼓动机轮车即自行矣，于城中路上置行车铁槽以便气行车载货而行。城外有卖气公司，计里入气车到气尽矣，再行再买，奇哉巧哉。”[224]由此可知，气行车的主要动力来源是气，进一步节省了人力。之后在 1876 年《造自行车铁路》中也提及：“两年前在法国巴列京城内，有一人欲造自行车铁路，其路为造一槽，专便自行车也。业已创成，试走甚便，但其意惟在京城内行走，尚未度量于京外行矣。”[227]首先它肯定了这一创新带来的好处，然后指出了它的用途为载货，同时点明其缺点，需借助“行车铁槽”，说明它的行进路线是固定的，也就是说行动范围有一定局限性，正如文章中提到的“惟在京城内行走”。

2）火油自行车

1898 年曾广铨[228]发表了一篇题名为《英创火油自行车》的文章。“英国邮政局，现又创造火油自行车，以备寄送邮政小包件之用。”由名字可看出，该车动力为油且主要用于邮寄。

3）水面脚踏车

1898 年《自行车行水》一文详细描述了一种新型的行于水面的自行车。[229]文章先介绍了该车的外观、运作方式及制造者。“近有一种脚踏车，能飞行水面，每点钟行十八诺脱，系两人并坐，一前一后，同用脚踏，此等新奇之事，最动听闻，曾于美国旧金山海湾及岛刻来河中（在美国西北境）试行，见者无不惊异。按创造是器者有二人，一名文宽司，一名乌尔巽，文君精于造船，曾在某船厂总理船务。”之后便详细阐释了水面脚踏车能浮于水上是由于特殊的制造技巧与材料，以显示人工之巧，同时解决了防水问题。“此车何以能浮水不沉之故，按车之下傍，有浮具两条，以铝为之，中空，各长十八英尺四寸，量其中段，约宽六英寸又四分之三，深十三英寸，腹中分六隔，令水不能入，二条相隔五英尺，中用许多铜条接连，如肋骨，然无碍轮之转旋于铜条之中间，设一激水之器在二浮具之底，加一车轴，从中心起，向后，长四英尺，车轴之尾有两螺轮，每轮两叶，可以运动不息。车轴之上复设一短车轴，端设绞链齿轮二，一轮接于脚踏车之链，复接于车轴上之绞链齿轮，亦通于脚踏车之链，复接于上面第三根车轴，该轴所以能动，系添用斜齿轮，接于脚踏车之具，此器后设两柁，每浮具各设一柁，用铁丝系住，以通于手持之处。”最后描述该车制成后的试验阶段：“制此器时，已尽心试验，可以行水稳便，无倾覆之虞，然欲令大转弯，须加长一倍，掉拨方灵，其速率追至速之小火轮，二君已驶行旧金山海湾两次，行于乌克来河近处凡数次，于某礼拜日过海湾时，适遇大风浪，衣服尽湿，其志即欲乘此飞渡大海，而抵法来罗内（在墨西哥之西）。复乘轮舟至圣表气而，计时约在今夏，复欲试行于北方由贡河（在坎拿大境内）。二君之意谓最宜行于浅狭之处，故于由贡河尤为相宜。”由上文可知，制造者进行了多次实验，甚至遇到了大风浪，然而他们仍然表示愿乘此车飞渡大海。

4）四轮自行车

1901年出现了对四轮自行车的描述：“近来美国纽约地方某园之自行车与脚踏车之赛会中，又有新出之自行四轮车一辆，亦来与赛，其式最为灵巧，其制法实驾乎自行车与脚踏车之上。前后可坐两人。在前之座位，与寻常马车大略相全，故甚为舒服；在后之座位，与脚踏车上所用之鞍一式。该车在美国坎拿大厂内制成，其铁架最轻便，亦坚固，全车共重三百五十磅，其机筒装于后轮轴上，内储火汽机以鼓动之，且在后之人，有一手柄可旋转以拑至之，略如脚踏车，然后头等自行车，已验得行动之时，约有两匹马力，至其速率之大小，可随意定之，每点钟能行至二十五英里之多。”[230]此文视自行车与脚踏车为两个不同概念，说明当时新造的自行车变体纷杂，难以归类，名称容易混淆。可以推知：此文中的自行车是指不需要人力，靠物理或化学外力驱动行走的车；而脚踏车则仍是依靠人力，脚踏前行。根据描述，这个四轮自行车分为前后座位，前面是舒适的座位，后面是操控者之位，以火气鼓动，可以随意调整方向，灵活且迅速。

又如一篇文章《论一千九百零二年西国格致之进步》中写道：“自行车者其式无异常见之马车，惟车下之轮，藏有汽机。运动初无须乎人马之力，且车渐小而价亦渐廉。西人每多购备之者，将来必能如脚踏车之盛行，并能悠久于脚踏车。昔有人验之于大城通街，知所出新式各车，凡不甚合用者，数年以后，即易衰微。所余数式，皆坚固而可久远，其汽机之火，大都藏于内者为多，较之美人所用汽机，电机亦颇不相上下。但如四十，六十，七十匹马力之重者皆不通行，即近来角赛时，亦拟于车之重轻加以限制，盖因上年角赛时，其轻而马力少之车，皆足与重车相抗也。”[231]文中提到了“气机”“电机”都是外力，佐证了上篇对自行车与脚踏车以人力、外力相区分的标准。与之前对自行车的外观描述不同，这两篇文章更注重自行车的舒适度、材料、价格与质量。“与寻常马略相仝，故甚为舒服。”“其铁架最轻便，亦坚固。”“车渐小而价亦渐廉。”并且介绍了市场竞争，优胜劣汰。“知所出新式各车，凡不甚合用者，数年以后，即易衰微。”对速度的追求也从“仅能代步”到“四十，六十，七十匹马力”。这些都表明：随着时间推移，人们对自行车的要求不断提高，促进了自行车的推陈出新，直至催生出一个新的产业。

5）自行炮车

1906 年为了运输重物又产生了自行车的新变体。“近日创自行车，或用电气，或用火油，飞行之捷，不可言喻，然尚未能载极重之物。乃欧墨诸邦，拟创自行炮车，前此军炮，惟以马拖之，若改用自行车，军炮又别开生面矣。”[232]新变体来自需求，人们对重物运输的需求推动了自行车改良，并逐渐推广应用。

6）三轮自行车

1908 年《安徽白话报》发表的《各省要闻：新发明三轮自行车（河南）》首次提到了三轮自行车。[233]“体育专修学堂管理王君现在发明一种三轮自行车，约每日能行三百里，已招工匠，如法制造，候成功后试验有效，就呈商务局立案，专利出卖，哈哈，可见我中国人的聪明并不在西人之下呐！”在西学过程中，引介、学习和创新是一个举一反三的过程，其中自主发明三轮自行车就是例证，这也增强了民族自信心和自豪感，致使原文作者发出国人智慧不亚于西人的感慨。

以往对自行车译名的研究没有涉及以上五种自行车变体的命名和翻译，未能将它们列入自行车译名的研究中。尽管这五种变体的译名都没有沿用至今，少有人用，但从这些译名的构词特点和构词方式上，我们可以看到新名词借用了之前较为稳定的译名“自行车”作为核心词，并结合其主要特征，对其变体进行命名。这里所说的“变体”二字，实则是以当时国人的视角划分，以其判断和分类为准，因为在当时华人眼中，上述五种十分接近自行车的交通工具，应归入自行车类，但从今天来看，它们已经自成一体，与自行车并列、同级，而不是其类属之下的变体。但时人的划分和命名，从当时的社会文化背景来看，是可以理解，甚至是合理、可取的。如以动力来命名的“气行车”和“火油自行车”；以应用领域来命名的“水面脚踏车”和“自行炮车”；以车轮数量命名的“三轮自行车”和“四轮自行车”。这些名称让华人读者一目了然，最快、最省力地了解和把握该车的特征、类属，并与相近事物有效区分，这样的命名和译介，在西学东渐之初，不失为首选，因而同样的命名方式和译介模式被应用于晚清大量的新名词翻译中。我们不应只看到过往译名被淘汰甚至消亡的结局，更应探究其应运而生的原因，存在的合理性，产生的作用和影响；亦应揭示这种临时和过渡阶段期的新名词翻译的模式、优缺点、效果。

3. 自行车的优点

自行车的优点主要体现在与其他车的对比以及自身固有优势之中。与自行车同期存在的交通工具有牛马车、火车、电车等。在自行车传入之初，人们首先很自觉地将马车与自行车进行对比。有两篇文章专门描写了自行车与马比赛的场景。《格物杂说：自行车与马相比赛》首先介绍了这是一场精心准备的比赛，选出的自行车选手是“有实力者久练双轮踏车，驾驭自如”，选出的骑马者是“乘迅马者，且其所并驰之马亦是素着”。[234]之后详细介绍了整个比赛过程，细致描写了比赛的焦灼，骑车者与骑马者的状态，最终“（骑马）有名者尚难于取车之胜”。由此，作者总结出自行车的优点：“迅速于马，不但无耽延时日之误，且可省养马之费矣。”另一文《杂录：学堂成绩选粹：说自行车》中写道：“中国之车皆用马力，可免步行之苦，其行甚迟，若有急事而亦赖之，则不可也。”[235]文中还指出自行车“皆赖人力，其行甚速”。“故昔有西人，骑脚踏车绕地球一周，其速可知也，且马也者必饮食，脚踏车则不用矣。”作者还将脚踏车与其他多种交通工具进行了对比。

例如：“自古黄帝造车，然其车皆以人力挽之，后世因其不便，更造出以牛马挽之者，犹不便，造有下循铁轨而行之火车，又有上系电车，下由铁轨之电车，犹不便，又造有不用电线，不需铁轨，无人挽之，无牛马牵之而自能行者，脚踏车是也。”我们可以看出与牛马车、火车、电车等相比，自行车的优点在于“不用电线，不需铁轨，无人挽之，无牛马牵之”，这就说明其他交通工具行驶范围有限，不如自行车灵活。又如：“近年来文明开化有火车电车之类，然此二者必待火及电而后能行。又有脚踏车出焉，此车不用火力，不恃电功，仅以两足之力，欲东则东之，欲西则西之。”相比于火车、电车，自行车可以不用火力、电力。脱离动力依赖，它所受限制就更少了。又如：“若夫马车，非广街大陆不能行，且体大而不灵，其行甚钝，若遇小巷则不能行矣。汽车其行虽速，非铁轨不能行，若遇小巷，则亦不能行矣。惟脚踏车体小而灵，大陆小巷皆能行走。”相比马车的“体大而不灵，其行甚钝”和汽车的“非铁轨不能行”，自行车“体小而灵”是其最大的优点。

报刊除了将自行车与其他交通工具对比外，还讨论了其自身的优势：速度快、质量好、可携带物品、省力、不易损坏且省钱等。

1876年的《大英国事自行车连走六日能行一千八百里》中这样描述：“英国有人名劳升，年二十二岁，善乘自行车走路，昨试转行，如跑马样式，六日不断，连行六百英里，即中国一千八百里。”[236]自行车可以整日骑行而不停，六日行走一千八百里，可见其速度与质量。1897年《制造：练习自行车：译德国三日军报》中描述道：“由欧麻哈炮台起程，至希喀克止，共计里一千八百四十六启罗迈当。仅行八日，即到该处，迅快无比，车上可带行李，共二十二启罗格郎木。”[237]由此可以看出，自行车行进迅速，能携带较重的物品（22.5千克），是当时十分实用的发明。1909年，一篇名为《杂录：学堂成绩选粹：说自行车》的文章描写道：“脚踏车者，仅用足下少许之力，不及一时而至数里，且昔者有人乘之绕地行，迅速真无匹也。”又如：“坐车之人体气甚强，绝无疲惫之态。”可见其极为省力与舒适。该文还写道：“其车之行，欲速则速，欲止则止，从吾人之欲矣。”可见自行车十分灵活，可按骑车人的意愿改变速度。在长途骑行之后，自行车的质量仍然经得起考验。《论脚踏车有益于陆军》中写道：“计程一千九百英里，阅时四十日……各车受伤之处，亦不甚多。统计途中，祗坏车轮带十七条，车驾六个，但易于修整，不逾时仍可驶行。自经此次实验后，查得陆军脚踏车一队，其行路时，无论有何阻碍，较诸寻常部队马队，总可快二倍，而一切经费及所需人力，只需三分之一云。”[238]可见在连续行进四十日之后，自行车只损坏一些零件，而且能立即修复，所需人力经费等均大大降低，进一步节省了开支。

4. 自行车的作用

1）军用

1868年《中国教会新报》发表的《自行车》一文中写道：“又闻外国水陆军营新报云：现在兵丁欲与兵官商量，皆作此车以代行路之力，而养其兵之锐，且免背负行囊器械之劳，到战场车弃一旁，兵有蓄息之力前进，诚良法也。”[223]可以看出，在战场上，以自行车代徒步，代替士兵运输器械，有助于养兵蓄锐，使得士兵在战场上更加投入。1890年《论自行车》中有这样的描述：“实繁有徒，据英之武报云，英国各处团兵若使尽乘脚踏车，约有二万人即可自成一队，苟无铁路之处，有事征调，则飞行而至，与火轮车无多让也。”[239]可见，当时脚踏车已经广泛应用于军队，主要取其速度优势，兵贵神速，同时还可以弥补铁路的不足，便于征调。

《见闻：各国军事：意国：自行车联队告成》中明确指出自行车用于军用是又一大进步，意大利已经建立一支自行车军队，用以传递命令。[240]“军队之设脚踏车队，欧洲各国，久已有之，因其乘走神速，适于传递命令之用，然以之编为联队。欲与敌交锋者，则自今日之意大利始，现在新编成之联队。计分三大队，其第一二大队人员，皆由义勇队而成，其第三大队，则由 Bersaglieri（意步兵之一种）兵中挑选，由四中队而成，现意人拟于今年依战术原则，行一战斗演习，藉观时效。昨第三大队，已先行渐习一番，计行军长径，共一千三百吉罗密达，闻每日能行一百吉密达云。”由文章可知，当时虽已经成立自行车联队，但未记录实战，并不知其实际战斗效果。1910 年《协和报》刊登的《脚踏车有益于陆军说》详细介绍了脚踏车在陆军中的重要地位。[241]因其速度快、“轻捷利便”、“用力少而行路远”可以“事半而功倍”，所以，“以此（车）而用于陆军为巡视兵，来往巡查传递警报，较之驿卒汗马尤为迅速”。除此之外，自行车“轮带坚固，日益行二百里，再时加以油，人之精神养足，明日复行二百里亦无乏倦疲惫之”。相比于骑行巡视兵，自行车巡视兵具有独特的优势：“至若于军旅之中，队伍之后，来往通报消息灵通，使各军得平坦之道相与卫护，以预防之，则乘马巡视兵又不及乘车巡视兵之利便多多矣。”因此应该合理分配任务，以达到最优效果：“如此则马骑可专使充当前驱，乘车者可专使来往连络军官以通声气或窥探敌情，即无紧要可通，亦当令其前行，若使其与军队同进，势必迟迟易致困倦。”然而，自行车巡逻兵的任务并不像想象中那么简单，文中描述道：“然乘车者亦有人意想不到之难，故行军者当三复思之，夫敌军马队大抵皆有胆识而窥探军情，夺取军饷，掳掠通信之人，此恒有之事也，故乘车巡视兵必敏捷聪明，不露行踪，庶不致落于敌人之手，如步队未有马骑在前，则乘车者亦可为前驱打探以窥敌情，然必须相机以自卫，若敌逼近前来，则乘车巡视兵即当速出，以据优胜之地势以待后之军队，如此方不为敌所困矣。”在另一篇文章《军用电气脚踏车》中也介绍自行车可用于通报信息：“法国军营中近试用电气脚踏车以通报信息，能于二四点钟零七分内从拔靳斯忒经巴黎以达报备化脱，途中更调十次，计程六百五十英里。”[242]

2）娱乐与锻炼

自行车不仅是代步工具，娱乐与锻炼也是其主要功能。1875 年《赛自行车》中描述：“自行车西人所创，上海行亦有年，而在各西国行之已久，而自身筋骨活动舒畅与步行颇为省力而速，近闻法国英国皆有赛跑自行车，如上海每年赛跑船马相同，其赛自行车日观看者如堵墙，乘车赛周围往返有三十里远近，得头彩者酬以银杯，值价百两。跑三十里远只有三十七分三十二秒工夫，可为迅速矣，当时乃英国人得胜。”[243]文中指出骑自行车有利于活动筋骨、身心舒畅，并且举办这样的趣味赛事供人观看，会丰富人们的生活，是一项有益的运动。

1909 年《杂录：学堂成绩选粹：说自行车》中也谈及自行车具有健身的功用：“吾人如以此为运动之器，则非不可也，吾人乘之或早或暮，至空野之处，乘之以吸清气，日日如此，久之身体必健。如以此为运动之车，佳矣。”[235]

3）邮寄

1876 年《格物杂说：自行车与马相比赛》中写道：“若中国有此坦平之道，用此脚踏车递送各处公文信札，迅速于马。”[234]可见脚踏车有利于递送公文信札。前文中提到的火油自行车的优势之一也是寄送邮政小包件十分便捷。

上述自行车的所有优势与应用，都建立在路面适宜这一前提和保障下。虽然未见专门论述自行车与路面关系的刊文，但几乎所有文章都对此有所提及。

1890 年《益闻录》中《论自行车》写道：“脚踏车不行于中国而盛行于西域，以道路之不同故也，然论善御脚踏车与脚踏车之多惟英人为最。盖英国各境无论通衢僻巷，皆用碎石填鉴。为沪上租界一般，故荡平正直，脚踏车攸往咸宜，而乘坐脚踏车之人，亦遂取其便捷。”[239] 1897 年《集成报》中刊登的《制造：练习自行车：译德国三日军报》中写道：“可行道路，甚属崎岖，又值大雨连绵，半月有余，道途泥泞，必须绕道而行。若平原天路，其迅速更无比也，查自行车以履坦途为最便。若沙漠大野，深雪满途，即行之维艰矣。”[237]可见，如果遇到较差的天气与路况，脚踏车的优势就没有了。同样的观点在 1910 年《脚踏车有益于陆军说》中也有体现：“惟此车只利于平坦而不利于崎岖，若遇路途泥泞或冰雪冻凝，以及逆风险隘之途。虽用力，亦不能速。”[241]

5. 人们对自行车的态度

面对自行车的问世与推广，西人与东人的关注点并不相同。《世界谈片：乘自行车远行者之食物》中有这样的报道：“英国某医师，近者苦心研究，乘脚踏车远行时，以如何食物为最适当，据其研究之结果，则肉类及其他窒素食物殊不适，宜唯果物及牛乳为最佳云。”[244]文中提到了骑脚踏车远行时应该注意饮食，多吃瓜果蔬菜牛奶，少吃肉类。《世界谈片：妇人乘自行车之病》一文中对于妇女因骑车而患的病症以及患病原因描写道：“英国妇人近来多因乘脚踏车，而发一种之病，其病尚无大害，而甚为特别，则足部生疮，其病源因乘脚踏车，辄着底薄踵高之靴，又时由脚踏车跳下之故。”[245]说明骑脚踏车有致足病的风险。

然而同期的刊文显示，国人对脚踏车的关注集中在游乐上。有文认为，在西方，脚踏车主要用以作事代步，而当它传入中国，就成了富人子弟用以闲游之物。“今日所称最轻小最便利之车，莫脚踏车若也，欧人造此车，以为人作事代步之用也，非为人闲游之车也。……不可于稠人之中，乘之以为闲游，自欧人售此车于吾中国，而吾国人观其最轻最便，购者甚多，以为闲游之车。至暮时乘之甚众，最好在稠人中往来以鸣得意。而行又甚速，故不免扰人。呜呼，欧人以此车为作事代步之用，至吾中国乃为闲游之车，愿吾少年之人不可置此车为闲游车也。”另一篇文章《乘脚踏车之危险》细致地描述了时人骑车的状况：“苏垣护龙街某少年，日前乘踏车赴阊门闲游，比至穿珠巷，因踏走过速，冲入乱砖堆内，车即倒翻，并伤及脚骨，呻吟痛楚，面如死灰，后经路人扶掖，以去，是诚咎由自取也。”[246]

中人、西人对于自行车在生活中的应用，兴趣点和关注点不同，究其原因，一方面，由于自行车是从西方引入的舶来品，华人的新奇、新鲜感强于对其实际功用的探究，初见其时，更多地视其为趣品、玩物，并无意以之替换传统的交通工具，无意因之改变习以为常的出行方式。另一方面，自行车自西方引入中国，始见于皇室贵族，而后自上而下，平民百姓才得以一见，且那时价格不菲，它的传播仅限于权贵阶层，而他们更倾向于炫耀而非生活中的实际使用。

虽然在 1912—1916 年时有关于自行车或脚踏车的译介文章见诸报端，但均以介绍自行车的变体或功用为主，不见对其外观、构造、基本功能等初识阶段的概述和译介。至 1917 年前后，报刊中就几乎见不到译介自行车或脚踏车的文章了。但自 1911—1957 年间，以自行车为题的论述文章（这里指非译介文章）却有增无减，主题更为复杂、细致，涉及自行车的种类、特殊形式、新奇应用，甚至相关的奇闻轶事等。

五、军事译介

（一）对军事报道的译介

报刊的影响力并不局限于国内，报刊上的诸多言论亦会影响国与国之间的交往和相处。晚清报刊不断地译介国际规范，宣传国际惯例，试图通过译介帮助处理国际事务，融入国际社会。对外国报馆的战时追踪报道，应持怎样的态度？国际通例怎样操作、执行？这也是报刊重点译介给清政府和政治、外交掌权者的讯息。

1904 年发表在《万国公报》上的《译谭随笔：报馆与国际之关系》一文以德国和日本为例，从正反两方面探讨了报馆的国际影响力，提醒清政府重视军事报道的国际惯例、关注报业发展、重视社会舆论。[247]

该文开篇陈述了报馆在军事报道方面的国际通例：“西方各国，每逢战事，恒有他国之特派员，随营札记，以报于其各本国，别有大报馆，亦均派访事往其，意不过欲纪实，而非有所秘探密窥也，此为向来之通例。”即报馆向战营派遣记者并不是为了窥探军事机密，而是旨在对国际形势进行客观的追踪报道。日俄之战爆发时，日本政府却违反了这个通例，拒绝本国媒体报道此次战争，引起报业的不满。“乃日本非不知通例之然，而迟迟不即发遣，待之许久，尚无定论。又有已发遣之人，遇有战事，则勒令退后。故战经六月，而各派员与访事，未有亲临陈前者。今各人均已退回，甚觉怏怏不乐，难免以各种蜚语，登于各报，而日本之名誉，因之大损。”日本的做法也严重影响了其国际声誉，即使最终战胜了俄国，也未能获得他国赞誉。“英美舆论，向表同情于日本者，一旦忽已改易其方针，如此则日本失英美之人心，固较一次之大败绩尤甚也。然则日本得英国之电音，谓近日英美之公见已变，犹若晴空之迅霆，不能不为之大震矣。辽阳一役，日本自以为必受英美之赞美，而不知正相反对，谓俄国虽败，犹其胜也。此语令日本闻之，何啻以冷水浇身乎？”虽然日本事后采取了相应措施予以弥补，但为时已晚。“于是日皇乃谕海陆各军之司令官，令其优待各派员与访事，除万分秘密之事外，皆许与闻云云，然恐悔之已晚矣。”在该文的结尾处，译者又补充了德国政府的做法：“译者曰，以德皇威廉第三之高心雄志，然其派弟亨利至美国，必谆谆相嘱，曰毋得罪美国之报馆，洵非无见也，余盖译此而益信。”再一次强调报馆对国际局势的强大影响力，并呼吁国家和社会对此给予足够的重视。

晚清的仁人志士在探索国家出路时十分谨慎，注重吸取他国的经验教训，各类报刊中不乏译介他国成败的刊文，这类文章的译者往往会在结尾处表明翻译目的，可见这一时期的译介具有极强的目的性和警醒世人的功用。

（二）对监狱的译介

《犯工赛会》一文译自《美国学问报》，涉及美国监狱建筑情况、管理情况、罪犯习艺和罪犯工艺堂等。[248]

美国监狱用高墙隔离犯人。“屋制与车轮无异，自中心起点，旁列分支，四围筑墙，计高三千英尺，方六百四十英尺”，还在监狱正中设塔“中建一塔，径四十英尺，高二尺。”这些设计都是为了尽量监控犯人的一举一动，防止其逃脱。

美国监狱收监时，会验证身份，记录罪犯的身高体重、体貌特征和作案情况，留作案底。《美国监狱》一文对收监程序进行了详细记录。[249]“凡犯人初到这监里，先到一间屋里，这屋里摆的桌、凳、洋秤、量身尺、号簿等物，监里的司事，先把犯人过秤，秤他有多少重，再把量身尺，量他的长短，再把犯人的姓名、面貌、犯案的情迹、身子长短轻重，都记在号簿上。”之后让犯人洗浴换衣。

“纽约狱中罪犯，无缧绁之苦，有习艺之规”，美国罪犯没有牢狱之苦，监狱的惩罚功能只是一小部分，更重要的是让犯人习得一艺，出去后能够养活自己，不再危害社会。“虽曰监狱，不几与工艺学堂并列乎”，此法颇有成效，“犯人释出，后年来不复为匪者，百人中自六十以达七十五人”。[250]可谓“一以增人之识见，一以返人之迷途，法良意美，各国其仿而行之乎”。

监狱的内部环境整洁，基本生活设施配套齐全。“房里摆一张床、一张桌、一张凳、一面镜子，一块手巾、一把扇子，床上被褥齐全，七日洗换一次。”“每一个犯人一间房，每房有五六尺阔，五六尺深，地下都铺木板，墙壁雪白。后面有窗户，窗格是铁条做的，房门是铁板钉成的方格，因为要他透风。”这与所有犯人都挤在不透光不透风的密闭黑屋里，且因一场疫病犯人便大批死去的居住条件相比，可谓天壤之别。

狱中犯人不仅习艺，而且不少作品可登大雅之堂，因而赛会专设罪犯工艺堂一所。木制品的雕镂绝非易事，犯人一定是在细心的指导下，同时自己下了一番功夫，才能完成这些灵巧之作。这种习艺明显区别于一般意义上的劳动，它更能磨砺犯人的性格和品质，起到教育之功效。此外，犯人狱中做工之衣，一部分会用来服务残疾人。“尚须织衣除自给外，兼以应聋喑残瞽各会之用”，这同样是教化、改造犯人的一种手段，他们在狱中慢慢习惯做善事，感受到自己劳动的价值，使他们可以帮助他人，给予了他们出狱后重新生活的信心。

泰西之人普遍信仰宗教，美国监狱便用宗教感化犯人，让罪犯迷途知返，出狱后不再危害社会。监狱内设立极大的礼拜堂，“能坐一千五百个人，每到礼拜日，教师叫这些犯人都到堂里，用善言劝化他”，罪犯由此可以获得精神的慰藉。

在监狱劳动的犯人男女分工有别，劳动场地也不同。“三层楼是女犯人做工的所在，有缝衣裤的，有做绣货的，第二层是男犯人做工的所在，有做靴鞋的，有理破布的，有洗地板的，有洗衣裳的，有在厨房做茶饭的，还有巡捕押到外面种田、种菜、修街的。”

此外，美国监狱针对不同群体也采取不同的政策。比如少年犯就会被安置在工艺传习所。“人必授以一业，如在所安分并无过失，由其教习默察，果然真心悔悟，将分数簿填记，转呈于一专管赦书之官，赦官察视无误，给予赦书亦可。”但是这并不代表少年犯真心悔改并释放出狱后就和常人无异，他们也可以剃发，但是还是要和普通人略作区分，这表明美国监狱管理法尽管有诸多优点，但同样存在局限。

过去犯人进监管理甚严，“概不得与外人私自交言”，“近已略为变通，惟作工时各扫己屋，不能群聚”。新法更讲求人道，“此亦积久必变之理”，“世界中管理监狱之法，以美国为最善，近来英人亦乐于效法”。监狱是洞悉一国文明程度的重要窗口，对比泰西监狱的条件和对犯人的管理，清朝监狱条件极其恶劣，滥用各种酷刑，作者不由感叹“非改良监狱，则外人鄙我为野蛮”。[251]一些华人认为正是监狱管理的黑暗导致了清政府的没落。这篇译介充分说明美国监狱尊重罪犯的基本权利，也切实推动了清廷监狱改良运动。如《卫生学报》刊登的《纪载近事：改良监狱》一文，就提到了改善监狱不通气等问题。[252]

六、回顾与借鉴

审视这些报刊译文，可以总结出其特有的翻译语言特点、特有的翻译目的、选材标准、翻译策略、翻译技巧等。如科学类译文中，通常省译或压缩对科学原理、构造机制、技术等专业知识的介绍，而把篇幅放在各种形式的变体、多种功用、现实使用等方面。我们研究这些翻译上的选择与操作，可以通过报馆馆主的发刊词获悉报刊定位、特色；从译者作为报馆编辑、刊物撰稿人的身份解析其翻译目的、译文选材的标准和角度；从报刊的读者角度理解译文风格、文体选择等。

军事、交通这一类科技知识的译介，有着大体相似的译介过程。尤其在晚清时期，也就是在大面积接触西学的译介早期，由于这方面的译介属于科技领域，并不像人文、社会科学类的译介，卷入中西政治、传统、文化的冲突和碰撞的“风口浪尖”。对于自然和应用科学类译介，华人一般持吸收、学习的态度，至少是观望、中立的态度，而不是抵制、排斥。所以译介之初，不像社科、人文类知识译介要经历是否引介、是否适用的辩争和讨论，而是跨过这一阶段，直接进入引介和传播环节，着重于介绍报馆意欲传播和读者希望获悉的相关知识。

通常，像自行车、枪、炮这一类科技知识的译介，大抵从概况、分类、功能、应用等方面开始介绍。总体来看，报刊翻译与书籍翻译有很大不同，考虑到报刊的普通读者一般对复杂的科技知识不甚了解、不感兴趣，更关心贴近生活或消遣有趣的内容，报刊的翻译更着意于迎合读者的阅读兴趣和需求，又因发行版面和发行时效所限，译介呈现出明显的制约性和选择性，体现在科技类译介上，表现出大体相似的译介特点和模式。而这些趋同的特点和规律，不因报刊、译者、译介内容的不同而改变。这从反面验证了这些译介在深层都受到了相似的作用力，这相似的作用力超越译介时间、空间、报刊种类、译者及译介内容等诸多差异。

相较于科技方面的译介，商学、教育学、医学等方面的人文、社会科学译介在晚清报刊上呈现出不同的规律和模式。因为中西文化接触之初，在人文、伦理、价值、传统等方面有着强烈的冲突和差异，这方面的译介一般先从辩争和讨论开始，内容集中在是否有益于中国，是否适合中国，是否应该引进等问题的探讨上。本书中的慈善教育、微生物的译介研究揭示了译介初期这一相似的论述模式。搜索到的 1833—1911 年的相关译介刊文讨论的大都是本土可行性这一议题。这些译介大致在1900年前后出现一个转折，1900年之前的报刊译介多数处于思量、考察、质疑和争议阶段：应否译介和传播东土？二十世纪之后报刊译介多坚定了选择，明确了方向，致力于操作层面的讨论，即对于具体的译介、传播、策略等议题进行讨论。慈善教育、微生物和大商店的译介文章在1900年前后，都体现出这一转变模式。

分类别地研究晚清报刊译介，揭示同类译介的相似特点和一般规律，从宏观、整体、系统的角度，总结其变化趋势和发展模式，对于我们今天面对西方浪潮的涌入和诸多国际化问题，也有重要的借鉴价值和指导意义。对于科技进步、发明创造等自然科学类成果，我们应该快速吸收学习，并在此基础上改造、创新，以期最终实现超越发展。对于冲击或碰撞、挑战或颠覆我们伦理价值、思想根基、人文底蕴、文化传统的思潮，我们应该谨慎译介，在翻译介绍、全面传播之前，应该把好入门关，先行论辩、实验验证，确定裨益，再慎重传播。对于人文、社会科学类知识和成果，也应去糟取精、选择性吸收、合理借鉴。

不同译者在不同时空，针对不同译介对象，却采用了相似的、趋同的策略和方法，这背后不是某个人，也不是各个译者和编辑的各自选择和决定，更不是他们的集体共识和抉择。其背后起作用的是传统的张力、文化的制约力、伦理道德的辐射力，是中西接触、碰撞的冲击作用和相应反应。因为，一旦面对中西差异较大的人文社科类思想和认识，这种传统的张力、文化的制约力、伦理道德的辐射力就会作用到每一个华人身上，无论报馆馆长、译者、编辑，还是官宦贵族、知识分子，抑或平民百姓，都会从思想深处感受到冲击、挑战甚至威胁，都会感受到不安、抵触或恐惧。因而，从里到外，自然会趋同地采取相似或一致的应对方法，即谨慎地思辨和论辩，以求取得确定的答案，获得平和的心理，回到平衡的状态。

通过系统梳理晚清报刊中关于某一专题的系列译介，并对它们进行详细的文本分析，我们可以看到：变化发生在译介之后，形成独特的混合体或变体。虽然在时空久隔的割裂下，我们今天很难看到晚清该事物的西式身影和中国传统的印记，但这些翻译史料却一点点地记录下了那些痕迹和缩影。对这些翻译史料的细致爬网，可以帮助我们复现中西交汇之时经历的演变过程。唯有如此，才能得悉今日呈现的样态哪一点来自哪一类译介，哪一处源于哪一个源头。而每一篇或短或长的译文，记录着译者作为引导者和开辟者对每一个细节的探索和思考，译者选择的路径成为由西向东实际践行的一个方向，译者的制造或改造加上读者的回应和接手决定了这条由西向东之路的终点的样态。研究者和读者就是这一过程的旁观者，我们目睹的不光是一个个零碎的脚印（即点），一段段小路（即线），也不是一张行程图（即面），而是立体的时空具象、运动全貌（即体）。

第九章　思考与探索

上述各章分别从以下七个专题探讨了晚清报刊翻译的“译”与“思”：晚清报刊中关于语言文字的译述，对晚清报刊中译论的共时分析，对晚清报刊中译论的历时分析，晚清报刊中的专题译论，晚清报刊中的译录，晚清报刊中译谈、译释，晚清报刊中的译介。全书尝试对晚清报刊中关于翻译的篇章和文字进行系统研究，将晚清翻译研究的视域和范围从翻译著作和名家名篇，扩展至翻译界人迹罕至的报刊文献译介和普通编译报人身上。并且，对报刊翻译中涉及的译述、译论、译录、译谈、译释、译介等文本类型进行文本细读和阐释，总结文本自身具有的结构特征和行文模式、一般规律，揭示出各种翻译文本变体所蕴含的意向性外化的意义，所投射和生成的外化于文本的世界。

本研究是结合翻译学、语言学、报刊学和思想文化史的跨学科综合研究。无论是章节的整体论述还是每一篇刊文的文本分析，都从翻译学、语言学、新闻报刊学和思想文化史的多学科、多视角进行多维阐释。同时，运用以上学科相互交叉和融合的研究视角和方法进行系统的综合研究。例如，在分析报刊译介作者时，兼顾报人、译者、新知识分子三重身份，并将三者统一在晚清士人阶层对传统经世致用、救世济民的理想和追求的秉持和坚守的关照下，从而揭示出晚清报人译者和译介的普遍模式和一般规律。又如，晚清报刊中每一篇西学译文都兼具三种属性：一是报刊报道；二是翻译引介；三是科学普及（某个科学领域的学科知识)。本研究将三者同时纳入研究视野，研究三者之间在研究对象上的协调平衡、矛盾冲突的张力，从而纵观媒体、媒介、学科对同一西学内容的分别作用和影响，解析最后产生的综合效果。这样，就跳出了仅分离、割裂地聚焦其中一种文本属性的研究藩篱。

将翻译学与语言学相结合，对比研究了中西人士关于语言演变的报刊译论。华人、西士对古汉语和汉文字的讨论和辩争见诸于晚清报端。尤其中西接触，西学涌入后带来的语言危机，暴露出来的语言问题和困境，引发了华人、西士的大量议论，相关讨论充斥于各期刊报纸间。晚清中西人士在各报端对汉语语言文字统一问题、文白问题、方言问题等进行了全方位的讨论和辩争，比照英、美、法、德等西方国家及东方国家日本，寻求解决方案，提出各种建议。他们对中文的语言特点也进行了语言学研究，并与西语、日语等进行了比较语言学研究，所有这些都为后来的白话文运动奠定了基础，做了理论上的准备。宏观上，华人、西人对中西交流、碰撞持有不同的态度，采取不同的策略，付诸不同的行动。微观体现在报刊译文中，不同的用词、定义、诠释，不同的视角、逻辑和论证。具体到行文中就是不同的古、今、中、西的引用、举例、评论等。这些不同自然在中西不同读者身上也会产生不同的体验和回应。

将翻译学的研究视角和方法运用于晚清报刊研究中，总结出报刊译述、译论、译介文章的行文模式和规律。分析作为译者的报人在翻译之名的遮蔽下获得的自主权和话语权，在经世济民的使命和担当中将报人、译者、新知识分子三重身份合而为一。并且，勾勒出社会新举措、新提议借助晚清报界自下而上，从孕育到践行的发展脉络。

在将报刊学与思想文化史的结合中，本研究揭示了报刊译介文章的新思想的宣传功能，以及其作为近代思想的“战斗檄文”的颠覆作用。晚清报业率先争取释放，获得言论自由，编译自主，带动了其他行业的观念更新，一同进入近代化的蜕变。

本研究将翻译学与思想文化史相结合，从每一个选自古、今、中、西的例子中，从译介概念、文化语词中窥见被关注、被选取的思想；被削弱、被淘汰的信息；进而探究古、今、中、西的哪些元素被提取，并组合为一体；哪些成分出于怎样的考虑和权衡，被改造、重塑。例如，自行车等生活工具在经历自西向东的传播时，传播初期译介呈现上升趋势，且话题主要集中于整体概述、表面构造、基本功用等初识阶段的介绍，而后逐渐过渡到对各种变体、多种功能、优缺点、推广应用、社会态度等深层认识阶段的译介，这一阶段之后就少有上述科普性的专题译介，更多的是关于本土使用、改造、细节变化以及各种相关事宜的非译介文章。通过对晚清专题译介文章的梳理和分析，我们得以探究西方物品在晚清的译介过程、译介侧重点的变化、人们关注点的转移等规律，得以窥见晚清西学东渐的一般译介模式和接受过程，以及其中蕴含的两种文化交融、互动的规律。宏观方面，本书总结了自然科学、科技的译介与人文、社会科学类的译介的不同模式。相较于科技方面的译介，商学、教育学等方面的社会科学译介，一般先从辩争和讨论开始，内容集中在是否有益、是否适合、引进与否等问题的探讨上。自然科学译介则跨过这一阶段，直接进入引介和传播环节。

在前面各章，我们依次研究了译述、译论、译录、译谈、译释和译介六种晚清报刊中常见的翻译类型，不仅对每一种类型做了进一步的划分，而且相应地举出报刊文章实例，分析了它们各自的语言特点、行文风格、论述模式，并剖析了翻译文本中所体现的中、西、新、旧思想的嬗变互动，揭示了文本中蕴含的古、今、中、西介质和动力的交错融合。

例如，第七章“译释‘释牧’”中，作者借探讨翻译之名，借对一个字的古今义和中西文的考证，引出对中西统治者与民众的关系，以及对中西政体差异的论证。这是译释类报刊文章的典型论证模式。其他翻译类型，如译述、译论、译录、译谈和译介等，一方面共享相似之处；一方面也拥有各自不同的范式。例如，切入的话题不一样，切入的角度和方式不一样。有的通过引经据典引入，有的通过中西对比切入，有的从古今差异导入，有的从欧美与非洲的对比引入。即使都是通过中西对比切入正题，也各有分别：有的回溯昔日中西与今日中西的倒转，突显今日中国的今不如昔；有的对比昔之中日与今之中日的悬殊，强调今日中国的形势紧迫。但无论以何种方式切题，之后都转到“不变无以转危为安，要变唯有取法西方或日本的……”的论点上。读者读到此处，都可预测到作者即将亮出观点。尽管观点不尽相同，之后的论证模式也大体遵循古、今、中、西间的比照，及中、西、新、旧间的对比展开，与前不同的是此处的对比论证更加详尽，从多个角度、多个方面，正反列举、多向类比、类推。例子都在古、今、中、西四大范畴中提取；类比多诉诸各式各样的譬喻；类推则既可借助道理论证，又可借助事实论证。总之，常用的论证方法有事实论证、道理论证、对比论证、类比论证、比喻论证、因果论证、引用论证、举例论证、归纳法、归谬法。而较少使用数字论证、理论论证和演绎法。这说明虽然报刊翻译在推进西学译介方面走在前面，但即使在内容上已大量引进宣传，在更深层的思维逻辑、写作模式上仍然沿用汉语传统的行文模式，因其是晚清西学东渐历程中最难动摇，亦是最后才被松动的部分。

论证的后半部分通常是作者的建议，多数以条分缕析的形式呈现，作者将自己的政见、主张和盘托出，一边列举一边论证，这是整篇翻译文章的用意所在，因是主旨，自然视为重点，不惜笔墨。各种报刊翻译文章行至文末时，也大抵以作者表白心意、诉说辛劳、寄予期望、警戒劝告、展望前景来收束。与开篇危言醒世，切入正题相呼应，结尾一方面劝诫立改，一方面鼓舞前行。

此种行文结构符合晚清报刊中人文类文章的一般书写方式，即开篇点明社会现状和写作目的，之后援引古、今、中、西多重例证进行比较，并予以充分的论证说明，指出改变现状的必要性与急迫性，并给出相应的解决策略。文末重申主题，呼吁大众采取行动，实现社会改革，推动国家发展。相应地，晚清报刊翻译文章也遵循这一统一模式，即导言、时弊、论证、观点、建议、期望。虽然，不同期刊在不同时间、地点登载的不同类型的翻译文章，其论证思路和框架不尽相同，但越是进行大量的史料统计和文献分析，越是证实了这一行文模式是晚清报刊翻译文章的写作模板、论证范式。接触多的读者可以据此推知每一篇的框架思路、预测下文走向。

晚清刊文在陈述中、西、新、旧思想时一般遵循上述模式和顺序，那么，对中、西、古、今的引证、例证、论证中，作者褒贬扬弃的对象是否固定？态度是否一致？文中不同论述环节中的中、西、新、旧思想之间遵循怎样的承替、连动关系？如何由一篇篇刊文扩展至晚清报刊整体，历时地统观、解析思想间的嬗变、互动历程？一般而言，无论是引证、例证、还是论证，无论是开篇导言部分，还是针砭时弊环节，抑或论证环节，涉及中之今的情形或思想的[①]，作者均持贬抑的态度。与中之今相对比，涉及西之今的情形或思想的，则分两种情况：一是对于英、美、德、法等发达国家，包括东邻日本，作者主张效法学习；二是对于埃及等落后的非洲国家，则主张规避，吸取教训。对于西之古的希腊、罗马等，一般用作反例，警醒国人由盛而衰的思想致因；而对于美国建国之初的蓬勃发展，则引为经验，鼓励华人效仿。同理，对于中之古也分正反两种情形：引用中之周以前、尧、舜、禹远古的例子，为彰显古风纯正、教化优良；而引用中之战国等例子，多为论证礼崩乐坏、流弊至今。

遍览晚清报刊文献，上述古、今、中、西的例子及相应的褒贬态度，

① 这里的情形和思想的关系是：陈述情形是为引出该情形背后的思想致因。思想，而非情形，是作者的用意所在。

已固化为范式、套式，无论是作者还是读者，都习惯并默认这样的模式和程序。这使得无论文中论述的中、西、新、旧思想具体为何，只要放到相应的论述环节，根据其文中位置，就可推知附于其上的褒贬扬弃的态度，亦可预见该处论述（无论是引证还是例证、论证）的意图和功能。所以，尽管各个刊文中论及的中、西、新、旧思想千差万别，但固定到文中相应论述环节、相应的行文位置，它们之间的承替关系显而易见。读者亦可轻而易举地解析出作者是宣扬推崇还是规避批判？哪个思想来自古、今、中、西哪一类？哪些相近相通，哪些互异互斥？谁应取代谁，谁又是谁的补充和优化？若再将海量晚清刊文中蕴含的中、西、新、旧思想集合比对，历时地统观整体，即可勾勒出思想间的嬗变互动图。

将研究更进一步，探究晚清报刊翻译遵循相似模式的致因，可得：（1）身为译者兼编辑的晚清报人所受的传统教育，即他们所受的传统书塾教育、中国经典文论的熏陶、科举应试八股的训练，使得晚清知识分子群体具有相似的思维模式和写作习惯。（2）他们接触到的中西差异、掌握的西学知识，使得他们可以在中、西、新、旧间信手拈来各种例子，进行多方对照比较。（3）晚清社会历史形势赋予了这些先进知识分子以笔为戎、经世济民的历史使命感和价值观。（4）晚清社会文化、国内外形势、报刊宗旨、读者需求有着共通的特点和联系，形成了趋同的取向。以上四点归纳起来，即晚清报刊译者的共存环境规约了他们的写作，形成了翻译文本的社会规范，进而决定了文本的写作范式。

深入研究引出另一个相关问题：为何晚清报刊翻译文章大多跳出原文的桎梏，不遵守忠实翻译的原则？为何总是借原文之口，借翻译之名，阐述译者自己的观点、建议？这并不似以往翻译界所解释的晚清翻译不够精准，译者水平或能力不够，无法胜任精准翻译；或晚清译者对翻译的认识不够，对翻译理论、忠实翻译的标准理解不够，翻译原则意识不强，因而倾向于不负责任的、随意的自由翻译。但通过对第三章的译论共时分析、对第四章的译论历时分析和第五章的专题译论分析，我们发现：晚清报人译者并非不自知翻译原则和标准，也不是缺乏对忠实翻译的信奉和追求，更不是能力不足，无法胜任忠实翻译。因为他们在上述各个译论中明确批判了不负责任的、随意的自由翻译，强调了忠实翻译的重要性，并倡导践行。而且从他们已译出的部分可以证实其翻译水平足以胜任精准翻译。我们从大量报刊翻译文本的分析中可以推知：晚清时期身为报人的报刊译者，同时也是报馆编辑，在从事报刊翻译时，也和从事编辑、撰稿一样，遵循相同的启迪民智、强国强民的办报宗旨，践行一致的文以载道、经世济民的价值理念。他们的报刊撰文意在发表已见，产生影响，已然在晚清的历史大势下染上了特有的功利目的，其翻译也不例外，因而晚清报人的翻译与写作十分相似，遵循着一致的写作框架和论证模式。不是我们今天普通意义的翻译，不是纯粹地为传递信息，因而他们功利性的翻译与我们所理解的一般、中立的翻译工作有着本质的区别。这样就不难理解彼时的译者为何以译代议，借口转述，为何无视忠实翻译的标准，变翻译为改写、以译代言了。

晚清报纸杂志上的译介文章，大都采用了相似的论证模式。相似的论证思路也是早期来华传教士在《教会新报》《万国公报》等报刊上经常使用的。作者、刊物、时间、地点不同，但采用的论辩模式如出一辙，结果是：广大读者反复不断地从中读出相同的论断和吁求。以回顾历史的视阈再读这些译介刊文，很多也像《译谈：释牧》一样，从思想革命、意识颠覆的意义来看，本质其实是晚清社会变革的一篇“战斗檄文”。回看之后评价，怎能小视这一篇篇“檄文”的传播力和感染力？它们不断地给予读者思想风暴的洗礼，谁能低估这一篇篇译介刊文在民众头脑中的改造力和潜在的行动力？这才是改变的真正动因，是一触即发的开关所在。

但我们要进一步探究：是什么使得千人万文采用了相似的行文模

式？是什么促成不同角度、不同议题的文章都归结到同一思想的宣传、同一观念的批判上？从掌握的史料上可以推断，这些不同报刊的执笔人并没有集中商议，没有通过会议、联盟等形式事先沟通，形成共识，然后再统一行动。促成殊途同归、不谋而合的原因必然来自其共享的外界环境，来自作用于每个人的国内外政治、经济、社会、文化等的冲击和影响。在相同的影响下，不同受众会产生相似的反应和回应，这也解释了为什么报刊编辑、译者、执笔人的呐喊如星火燎原，一呼百应。因为身处相似境地的读者也同受作用力，易激发同感，因而形成辐射扩散效果是不难理解的。

感同身受从何而来呢？来自中西接触、碰撞中的比较和对比；来自对旧的反思和质疑、对新的审视和接受；来自思想的转变，进而化作行动的可能。这些，并不是个别人或事能够成就的，关键也不在于某个人物、某个事件，而是大势所趋，甚至是大局已定。我们从晚清报刊成千上万的译文中可以读出相同心声，感受到力量汇聚。而何时何地以何种方式爆发，相较必然爆发而言，不再是决定性的。通过大量的宏观与微观相结合的研究，正可以把我们的目光由原来有形的（人）事物转向无形的（驱）动力，把因果逻辑由原来的人、事决定趋势转为趋势决定人、事。

但相较于有形的人、事，无形的趋势怎样由不可见变为可见，怎样现身显形呢？以往研究的瓶颈亦在于此。欲研究潜在的、无形的作用和驱动，不能止步于个案分析，而应借助于研究工具，将研究对象扩展到大数据，从海量文献中提取总的模式和规律。倘若总的模式和规律被揭示出来，从隐身纸背到跃然纸上，就可“顺藤摸瓜”。亦如《译谈：释牧》一文，晚清报刊译介文章绝大多数可归结到几种核心思想的宣传，以及几类基本观念的批判上。从量的研究中凝炼并揭示出这一质的结论后，就要一方面分析和定位所得质的结论的具体内容，解析出其具体成分、类型、组合、特点等；另一方面探究该模式和规律的致因。具体应用于上例，就是进一步回答有哪几种核心思想和哪几类基本观点？取样范围的大小决定了对同一问题的不同解答。暂以狭义界定，以最贴近《译谈：释牧》一文主旨的译介文献为取样范围，即最小化取样范围，得到的回答便是：意欲传播的核心思想是重民，意欲批判的是牧民轻民，这是从文章的主题中提炼出来的，不是研究者主观臆造，而是文章阐释的客观主旨。作者提倡重民、批判轻民的核心思想，可以归结为君民关系、政体问题，这在文中有所揭示："中西政体之不同，可于其文字证明之矣。"这一问题的提出，来自对中西政治理念和实践的差异的认识，即西方重民，而中国牧民。而中西在君民关系、政体上的差异就是症结所在，是引发华人不满政体、意欲改变的思想变革的根源和动力。

以往研究不愿正视和承认这一差异的客观存在性和真实性，倾向于将其置于说话人本人的主观定义的"玻璃球"内，对其正误真伪不置可否，仅标记为说话人主观生成的一个判断句，可以拿来引用、转引，却始终没有意识到其处于"玻璃球"内。这"玻璃球"形象地喻指主观意识所形成的藩篱，将中西差距的现实存在与观察者隔绝开来，因此，置于其下的判断即使被表达、引用和接收，也并不存在被思考、认可和相信的情况。所以以往研究者倾向于将其置于引号内，用于转述而已，回避触碰和正视它，不去尝试去掉引号，更别说将其归结为变革和风浪的真正致因和策动力。奇怪的是，这适用于解释当代众多本土研究者，却不适用于晚清时期的大多数知识分子。前者对中西差距怀着排斥、质疑、谨慎、回避的态度，而后者怀着接受、坚信、向往的态度。在晚清，虽然总有抵触和否定现实中存在中西差距的声音，但从总体趋势和整体表现来看，接受差距者逐渐成为多数，所以最后听到的声音是去掉引号的，支持和肯定的声音占据主导，呈现多数相信并追求"玻璃球"内之物的事实（即缩短中西差距，追赶欧美甚至日本的文明进步）。而后世的学者，因处于当今敏感的民族自尊心、自信心修复和巩固之中，质疑和回避一切未经证实的主观判断，在回顾晚清中国的落后、面对西方的文明进步时，不自知地夹杂着民族情感，不自觉地受到今日中西平等地位的感性倾向和主观诉求的驱使，不愿触碰"中西是否真实存在差距？""若却有差距，这差距引发了什么？产生了怎样的作用和影响？"这类敏感议题，仅将其置于引号之下，标以主观臆断的标签，进而无法看透中西的现实差距是引发各种变化的根源和推动力。中西差异以及发展不平衡的现实，是导致中西接触后冲突、碰撞的原因，进而，中西之间由各种不平衡走向平衡的张力形成的合力，统一为时代的需要和趋势，成为时代中人、事走向的指挥棒。

宏观层面，中西社会文化接触、碰撞、融合。微观层面势必体现出宏观层面的冲突、交融。晚清报刊中的一篇篇短文，亦是"麻雀虽小，五脏俱全"。通过剖析文章的论证思路、梳理其逻辑、总结其脉络，我们可以看到，这些报刊登文便是晚清中西交流的微观展现。字里行间显现出古、今、中、西概念和思想的交叠、交替；行文中内含古、今、中、西特征的相合、相较；起承转合间流露出古、今、中、西作用的强、弱态势，顺、逆差变；甚至每一个句子、每一个语气和语调，都蕴含对古、今、中、西的过往和大势的断言和感慨。

本书从大量报刊翻译文献的文本细读中发现：不仅是海量译论文章遵循统一的行文结构和论证模式；西学东渐中译介侧重点的变化、关注点的转移也呈现出一致的趋势；宏观的自然科学译介、人文、社会科学译介在各自译介范式、传播接受模式中又共享着相似之处。具体到译述、译论、译录、译谈、译释、译介等每一种翻译文本类型，都表现出各自文体内统一的写作模式和论证范式。这也同样体现在译名的规律性演变上。译介初期的译名混乱、新名词混乱，实际上是乱中有序，虽然从每个新名词或译名来看，因来自不同作者拟定而具有随机性，因不同使用者使用混乱而具有不确定性，但从众多的新名词和译名的拟定方式来看，从它们的产生、磨合、调整，到固定下来的过程中，亦可见其共同遵循的原则和规律。

究其根源，是什么致使上述文本、译介或演变内含趋同一致的模式和规律？从外界而论，由古、今、中、西的推演大势所决定，是时代发展、局势变化的结果；从内在而论，受人的认知规律的影响，需遵循心理和认知的一般过程和机制。因而，语言演变是人的认知过程的见证，是世事变迁、人类发展过程的见证。它不是单一地受译者本人的喜好和选择而生、受读者的取舍而灭。相反地，它虽看似借由译者之笔，偶然随机地跃然纸上，又经由读者之口笔，或复现延续，或见稀见绝，但背后实有无形的指挥棒隐现在文本间、显露于字里行间。无数报刊登文中隐含着众口一词的期盼和忧患；大量比照古、今、中、西案例的行文中，内含如出一辙的论证逻辑；众多新名词或译名的历时分析中隐含平行于人的认知发展的路线；从文言文、半文半白到白话文的文体演变中映射出人的思维、心理、认识、表达的改变历程，亦即人经历改变、发生蜕变，以及连动的一系列适应过程。从大量报刊文章的历时分析中可推演出古、今、中、西世事变迁对行为主体人（人群）的施动作用、改变的模式和过程；提炼出一条形似中西接触、碰撞、冲突、交汇、融合的演化图。对其的共时分析将描绘出古、今、中、西相互作用的互动图。

文本、人、外界三方融合在一起，文本中既可体现出人的特征，又可体现出外界的状态，亦可反映出人与外界互动的现实。因而，文本是动态、立体的呈现，人与外界不但各自书于其上，而且互动于其中。而这种书写若作用于千千万万的报刊文本中，则展现出来的一致的“文笔”、一贯的“画风”，就足见其互动的特点、机制、规律，足证其作用的存在。

参 考 文 献

［1］ 李天纲. 万国公报文选[M]. 北京：生活·读书·新知三联书店，1998.

［2］ 戴逸. 近代报刊文选[M]. 成都：巴蜀书社，2011.

［3］ 张岱年. 中国启蒙思想文库[M]. 沈阳：辽宁人民出版社，1994.

［4］ 戈公振. 中国报学史[M]. 上海：上海古籍出版社，2003.

［5］ 王忍之. 辛亥革命前十年时论选集[M]. 北京：生活·读书·新知三联书店，1977.

［6］ 方汉奇. 中国近代报刊史[M]. 太原：山西人民出版社，2012.

［7］ 丁守和. 辛亥革命时期期刊介绍[M]. 北京：人民出版社，1982.

［8］ 宋应离. 中国期刊发展史[M]. 开封：河南大学出版社，2000.

［9］ 王东全. 中国近代的报刊[M]. 北京：科学技术出版社，1995.

［10］ 徐松荣. 维新派与近代报刊[M]. 太原：山西古籍出版社，1998.

［11］ 孟兆臣. 中国近代小报史[M]. 北京：社会科学文献出版社，2005.

［12］ 胡全章. 清末民初白话报刊研究[M]. 北京：中国社会科学出版社，2011.

［13］ 刘人锋. 中国妇女报刊史研究[M]. 北京：中国社会科学出版社，2012.

［14］ 罗文达. 在华天主教报刊[M]. 广州：暨南大学出版社，2013.

［15］ 汪英宾. 中国本土报刊的兴起[M]. 广州：暨南大学出版社，2013.

［16］ 周振鹤. 新闻史上未被发现与利用的一份重要资料：评介范约翰的《中文报刊目录》[J]. 复旦学报（社会科学版），1992（1）：64–70.

［17］ 李提摩太. 中国各报馆始末[J]. 万国公报，1891（19）：294–296.

［18］ 梁启超. 中国报馆之沿革及其价值[J]. 清议报全编，1901（22）：26–28.

［19］ 蒋国珍. 中国新闻发达史[M]. 北京：全国图书馆文献缩微中心，2003.
［20］ 松浦章，内田庆市，沈国威. 遐迩贯珍[M]. 上海：上海辞书出版社，2005.
［21］ 沈国威. 六合丛谈[M]. 上海：上海辞书出版社，2006.
［22］ 王韬，顾燮光. 近代译书目[C]. 北京：北京图书馆出版社，2003.
［23］ 赵晓兰，吴潮. 传教士中文报刊史[M]. 上海：复旦大学出版社，2011.
［24］ 吴义雄. 在华英文报刊与近代早期的中西关系[M]. 北京：社会科学文献出版社，2012.
［25］ 陈建明. 激扬文字广传福音：近代基督教在华文字事工[M]. 桂林：广西师范大学出版社，2012.
［26］ 李灵，陈建明. 基督教文字传媒与中国近代社会[M]. 上海：上海人民出版社，2013.
［27］ 王天根. 晚清报刊与维新舆论建构[M]. 合肥：合肥工业大学出版社，2008.
［28］ 王天根. 清末民初报刊与革命舆论的媒介建构[M]. 合肥：合肥工业大学出版社，2010.
［29］ 王井辉. 晚清时期报刊文学史料的分类整理与价值内涵 [J]. 出版广角（学研），2019（15）：74–76.
［30］ 郭长保. 晚清报刊与文人思想意识及文学转型 [J]. 天津师范大学学报（社会科学版），2018（6）：35–40.
［31］ 陆广民. 现代报刊传媒的出现与小说的文学回归：从吴趼人的小说创作看晚清报刊小说的现代性变革 [J]. 当代文坛（文化与传媒），2017（2）：164–166.
［32］ 邓伟. 试论晚清白话报刊及其语言体式[J]. 兰州学刊，2009（7）：180–183.
［33］ 刘光磊. 晚清传播观念的演变与白话报刊的影响 [J]. 广东技术师范学院学报（社会科学版），2013（11）：14–21.

[34] 张炳旭. 晚清基督新教传教士中文报刊的办刊思想研究[J]. 今传媒，2018（6）：179–181.

[35] 姚彦琳. 传播学视角下晚清西学东渐中的教会报刊[D]. 芜湖：安徽师范大学，2012.

[36] 郭思含. 晚清传教士报刊：作为中国近代新闻事业之启蒙[D]. 沈阳：辽宁大学，2011.

[37] 林盼. 仰之几如泰山北斗：晚清中国报刊对英国《泰晤士报》的追崇与仿效[J]. 新闻大学，2012（1）：21–27.

[38] 赵晓兰，李文冰. 晚清报刊与中国古代报纸比较研究[J]. 社会科学战线，2010（5）：108–112.

[39] 蔡永明. 晚清报刊与近代法律观念的传播[J]. 编辑之友（史料），2017（6）：90–92.

[40] 李静. 晚清报刊上的音乐书籍史料：中国近代稀见音乐史料钩沉 [J]. 人民音乐，2014（3）：64–67.

[41] 王晓. 晚清中文报刊体育传播分析[J]. 体育文化导刊，2010（8）：149–151.

[42] 田中初，祝一.《萃新报》：晚清变局中的地方报刊与社会[J]. 浙江社会科学，2013（8）：131–137.

[43] 李楠. 清末上海报纸“城市化”趋向的研究[D]. 上海：复旦大学，2013.

[44] 张天星. 新闻舆论：晚清谴责小说兴起的重要动力[J]. 明清小说研究，2012（4）：152–164.

[45] 王金龙. 晚清报人及报刊舆论的兴起与流变：评《转向大众：晚清报人的兴起与转变》 [J]. 枣庄学院学报，2019（1）：47–52.

[46] 张运君.晚清报刊检查程序述论[J].历史档案，2012（2）：121–126.

[47] 黄荣.晚清维新舆论“三足鼎立”之启示：读《晚清报刊与维新舆论建构》[J]. 新闻世界，2013（6）：286–287.

[48] 李静. 晚清民国报刊编辑思想研究[D]. 哈尔滨：黑龙江大学，2009.

［49］ 李静. 晚清报刊业的勃兴与近代小说的多元嬗变[J]. 青海师范大学学报（哲学社会科学版），2005（6）：93–98.

［50］ 李倬宇，钱培荣. 晚清报刊的发展历程[J]. 杭州大学学报（哲学社会科学版），1996（4）：136–144.

［51］ 黄嘉德. 翻译论集[G]. 上海：上海西风社，1940.

［52］ 刘靖之. 翻译论集[G]. 香港：三联书店，1981.

［53］ 中国对外翻译出版公司选编.翻译理论与翻译技巧论文集[G]. 北京：中国对外翻译出版公司，1983.

［54］ 罗新璋. 翻译论集[G]. 北京：商务印书馆，1984.

［55］ 中国翻译工作者协会《翻译通讯》编辑部. 翻译研究论文集[G]. 外语教育与研究出版社，1984.

［56］ 马祖毅. 中国翻译简史：五四以前部分[M]. 北京：中国对外翻译出版公司，2004.

［57］ 陈福康. 中国译学理论史稿[M]. 上海：上海外语教育出版社，2002.

［58］ 郭延礼. 中国近代翻译文学概论[M]. 武汉：湖北教育出版社，1998.

［59］ 方华文. 20 世纪中国翻译史[M]. 西安：西北大学出版社，2005.

［60］ 谢天振，查明建. 中国现代翻译文学史（1898—1949）[M]. 上海：上海外语教育出版社，2004.

［61］ 杨义，连燕堂. 二十世纪中国翻译文学史：近代卷[M]. 天津：百花文艺出版社，2009.

［62］ 中国社会科学院新闻研究所.新闻研究资料：第 2 辑[M]. 北京：新华出版社，1981.

［63］ 马光仁. 上海新闻史[M]. 上海：复旦大学出版社，1996：268.

［64］ 谷长岭. 晚清报刊的两个基本特征[J].国际新闻界，2010（1）：69–74.

［65］ 海外见闻杂志：日本拟习西国语言文字（香港新报录）[J]. 瀛寰琐纪，1872（1）：18–19.

[66] 海外见闻杂志：日本拟习西国语言文字（香港新报录）[J]. 瀛寰琐纪，1875（29–30）：30–31.
[67] 东报汇译[J]. 益闻录，1883（304）：507.
[68] 天下贸易场中通用之语言首尚英语[J]. 时务报，第 29 册，1897：29–30.
[69] 论说：论讲求西学应先注重国文之原理（录津报）[J]. 直隶教育杂志，1908（20）：19–22.
[70] 论说：论讲求西学应先注重国文之原理[J]. 通学报，1908（3）：96–94.
[71] 中编 学问门：教诠：论讲求西学应先注重国文之原理[J]. 广益丛报，1908（162）：1–2.
[72] 金超. 语言文字之与铁路[J]. 交通丛报，1922.
[73] 述译：语言文字为要务[J]. 暾社学谭，1911（4）：46.
[74] 论中西互习语言文字[J]. 申报，第 810 号，1874：1.
[75] 论人君宜通他国语言文字[J]. 申报，第 1165 号，1876：1.
[76] 潘彦. 法文译编：上海将立语言学堂[J]. 昌言报，1898（4）：22–24.
[77] 西文译篇：英开东学（译伦敦中国报）[J]. 岭学报，1898（3）：28.
[78] 英重华文[J]. 益闻录，1895（1488）：321.
[79] 各国商情：英设中文学堂（二月沪报）[J]. 湖北商务报，1899（1）：34–35.
[80] 汇论：论英人宜习华语（译字林西报）[J]. 南洋七日报，1901（14）：83–84.
[81] 英中将劝美军人学习华语[N]. 新闻报，1908–10–30.（0011）.
[82] 译各国省闻：英重语言[J]. 浙江五日报，1902（6）：13.
[83] 英习华文[J]. 益闻录，1895（1485）：302.
[84] 译西报：英设华学堂：译华英捷报（西三月）[J]. 湖北商务报，1901（75）：17.
[85] 英人注意东方语言[N]. 新闻报，1902–01–25.
[86] 英人注意东方语言[J]. 钱业月报，1902（1）：1.
[87] 古吴居士. 西士论中国语言文字[J]. 万国公报，1893（52）：29–31.

[88] 乌程. 英报辑译卷三：论中国度量权衡之不一（续前册）[J]. 王斯沅，译. 实学报，1897（1-14）：706.

[89] 林乐知，任庭旭. 论语言文字之真益[J]. 万国公报，1902（163）：20-25.

[90] 论说：论教育普及宜注重初等小学及变通语言文字（录东方杂志）[J]. 教育杂志（天津），1905（9）：25-26.

[91] 教育：语言文字宜合为一说[J]. 东方杂志，1905，2（6）：95-97.

[92] 高凤谦. 言论：论偏重文字之害[J]. 东方杂志，1908，5（7）：29-33.

[93] 通语言为中国当务之急论[J]. 格致新报，1898（2）：5-9.

[94] 教育上之语言统一问题[J]. 进步，1914，5（2）：24-59.

[95] 裘廷梁. 无锡白话报序[J]. 时务报，1898（61）：2-4.

[96]《智群白话报》序[J]. 智群白话报，1900（1）：2-3.

[97]《杭州白话报》序[N]. 北京新闻汇报，1901-05：937-943.

[98] 新出《演义白话报》[N]. 时务报，第48册，1897：67.

[99] 绍兴白话报记念歌[J]. 绍兴白话报，1900（101）：6.

[100] 余子. 绍兴白话报第一百号的记念[J]. 绍兴白话报，1900（100）：1-2.

[101] 华人宜译西书说[J]. 益闻录，1893（1237）：25-26.

[102] 译书汇编发行之趣意[J]. 译书汇编，1902，2（1）：1-2.

[103] 匏隐氏. 杂事：翻译西书[J]. 万国公报，1890（14）： 63-64.

[104] 傅兰雅. 江南制造总局翻译西书事略[J]. 格致汇编，1880（3）：9-11.

[105] 朱飞. 译书宜令易解论[J]. 益闻录，1897（1696）：349-350.

[106] 贺景章. 自强先贵译西书论[J]. 益闻录，1897（1684）：277-278.

[107] 朱逢甲. 新译西书提要[J]. 中国教会新报，1872（181）：4.

[108] 论译西学书[J]. 益闻录，1897（1694）：337-338.

[109] 杂录：著译凡例[J]. 亚东时报，1900（21）：27.

[110] 论译书事例[N]. 北京新闻汇报，1901（5）：1056-1059.

[111] 论译学当注重小学[J]. 学报汇编，1905（34）：61-64.

［112］ 胡奇光.中国小学史[M]. 上海：上海人民出版社，1987.
［113］ 翻译与道德心之关系[J]. 新民丛报，1903（25）：154–156.
［114］ 翻译与爱国心之关系[J]. 新民丛报，1903（25）：156–157.
［115］ 译书难易辩[J]. 大陆报，1903（5）：11–68.
［116］ 毕去谿. 寄书：广读译书难易辨者意[J]. 大陆报，1903（8）：47–48.
［117］ 日人论译书之益（译长崎新报）[J]. 岭学报，1898（4）：29.
［118］ 日人论译书大用二则[J]. 知新报，1898（60）：13.
［119］ 日人论译书二则[J]. 湘报，1898（156）：624.
［120］ 京外近事：总署议覆御史杨深秀李盛铎奏请筹款开馆译书折[J]. 知新报，1898（64）：8–9.
［121］ 总署议覆筹款开馆译书折[J]. 湘报，1898（150）：598–599.
［122］ 创设天津译书禀稿[J]. 北京新闻汇报，1901–04：130–131.
［123］ 马用锡. 报馆不如译书议[G]. 经世报，1897 汇编 1 卷：155–156.
［124］ 武进屠. 译书公会叙[J]. 译书公会报，1897（1）：1–2.
［125］ 上海新立译书公会章程[J]. 湘学报，1897（21）：1–2.
［126］ 支那翻译会社设立之趣意[J]. 选报，1902（31）：28–29.
［127］ 东亚译书会章程[J]. 政学报，1902（1）：1.
［128］ 周树奎. 译书交通公会试办简章序[J]. 月月小说报，1906，1（1）：263–267.
［129］ 上海新立译书公会章程[J]. 湘学报，1897（21）：3.
［130］ 论宜盛翻译翻印西书[J]. 亚东时报，1899（13）：1–2.
［131］ 翻译西书之版权问题[J]. 申报，第 13890 号，1911：19.
［132］ 译书略论（录中外日报）[J]. 选报，1902（31）：4–7.
［133］ 本报缘起叙例[J]. 选报，1901（1）：2.
［134］ 中外日报论译商业书要例[J]. 湖北商务报，1899（3）：48–51.
［135］ 宜译各国律法以资参观说[J]. 益闻录，1891（1075）：121–122.

［136］ 湖北洋务译书局章程：译例[J]. 湖北学报，1903，1（25）：95-99.

［137］ 上海格致书室.论新译西药略释[J]. 格致汇编，1876（1）：8.

［138］ 创办译印西医书会启（上海）[J]. 通问报：耶稣教家庭新闻，1907（253）：4.

［139］ 博物：复友人论翻译格致书籍书：驻德华翻译官稿[J]. 新学报，1897（4）：38-40.

［140］ 董寿慈. 社说：拟译英文百科全书引言[J]. 寰球中国学生报，1907，1（5）：37-41.

［141］ 译日本穆丽钦差直督李中堂面谈大略[J]. 万国公报，1876（399）：24-26.

［142］ 译主宾互颂语（录申报）[J]. 万国公报，1879（544）：20-21.

［143］ 美总统批论译登[J]. 益闻录，1879（5）：27-28.

［144］ 译泰晤士报西人与逋臣问答各语[N]. 新闻报，1899-07-24：0001.

［145］ 续译太晤士报西人与逋臣问答各语[N]. 新闻报，1899-07-25：0001.

［146］ 再续泰晤士报西人与逋臣问答语[N]. 新闻报，1899-07-26：0001.

［147］ 四续泰晤士报与逋臣问答语[N]. 新闻报，1899-07-27：0002.

［148］ 张坤德. 某报馆访事与麦参赞问答节略[J]. 时务报，1896（14）：13-15.

［149］ 张坤德. 英国律师论孙文被禁事[J]. 时务报，1896（15）：12-13.

［150］ 张坤德. 译英国律师论孙文被禁事[N]. 新闻报，1897-01-12：0001.

［151］ 张坤德. 论传言英将控告孙文一案[J]. 时务报，1897（19）：14-15.

［152］ 古城贞吉. 论孙逸仙事（未完）[J]. 时务报，1897（21）：22-24.

［153］ 古城贞吉. 论孙逸仙事（续第二十一册）[J]. 时务报，1897（27）：23-25.

［154］ 任独. 译谈：论招安孙文[J]. 通学报，1908，5（6）：191-190.

［155］ 拟译西报论中国时事[J]. 万国公报，1875（338）：29.

［156］ 译论中国时事[J]. 画图新报，1881，2（1）：59.

［157］ 古城贞吉. 中国论[J]. 时务报，1896（17）：24-26.

［158］ 张坤德. 天下四病人[J]. 时务报，1896（14）：12-13.

［159］ 安藤虎雄. 中国人性质（大坂朝日报）[J]. 译书公会报，1897（2）：32–33.
［160］ 李世基. 变易国民脑质论[J]. 亚东时报，1899（13）：5–7.
［161］ 释公（译日文伦理讲义）[J]. 南洋官报，1904（94）：6–9.
［162］ 赵庆元. 释客观文学衰颓之理由（译东报）[J]. 直隶教育杂志，1908（20）：13–19.
［163］ 人身略释（译美国学问报）[J]. 格致新报，1898（4）：18.
［164］ 王学来. 释平方十问（译学理界）[J]. 学部官报，1908（64）：1–8.
［165］ 吴波. “国际绿十字会”与“绿色和平组织”[J]. 中学地理教学参考，1994（4）：19.
［166］ 郑殷恬. 国际绿十字会[J]. 世界环境，2012（2）：89.
［167］ 郭书丽. 非政府组织在乡村旅游开发中的角色分析：以北京绿十字为例[J]. 旅游纵览（下半月），2016（4）：11–13.
［168］ 姚瑞生. 绿十字安全标志[J]. 劳动保护，1982（8）：7.
［169］ 绿十字[J]. 劳动保护，1990（1）：25.
［170］ 绿十字会[J]. 亚东时报，1899（6）：20.
［171］ 自立. 谈薮：霏屑录：绿十字会[J]. 女子世界（上海 1904），1904（1）：1.
［172］ 秋水. 物质文明识小录：绿十字会[J]. 进步，1915，8（6）：99–100.
［173］ 绿十字：全市医院医生改标志红十字归红十会专用[N]. 新闻报，1948-09-15（0004）.
［174］ 多嘴人. 闲话[J]. 绍兴白话报，1900，122（6）.
［175］ 任独. 译谈：释牧[J]. 通学报，1908，5（13）：415–414.
［176］ 江葆清. 解释实业二字正义[J]. 江宁实业杂志，1910（6）：107–111.
［177］ 任廷旭. 通学报译语妙法：英文初桄：第一章：见面常谈[J]. 通学报，1907（4）：71–78.
［178］ 译语妙法（续）[J]. 通学报，1907（3）：168–264.
［179］ 吴昊沐. 清同光年间早期维新派的慈善教育观及实践[J]. 教育评论，

2013（5）：147–149.
［180］许晓云，温乐平，刘秀君. 施善与传教：西方教会在九江的慈善公益事业[J]. 江西师范大学学报（哲学社会科学版），2011，44（6）：98–103.
［181］黄鸿山，王卫平. 晚清江南慈善家群体研究：以余治为中心[J]. 学习与探索，2011（6）：203–211.
［182］曾桂林. 近代中国慈善教育事业的历史考察[J]. 井冈山大学学报（社会科学版），2015，36（1）：101–108.
［183］夏涵. 清末民初上海绅商阶层慈善公益思想及活动研究[D]. 长沙：湖南师范大学，2012.
［184］教育时评：中国之慈善教育[J]. 新民丛报，1903（30）：88–89.
［185］教育：慈善教育说[J]. 东方杂志，1904（9）：197–198.
［186］董寿慈. 社说：创行慈善教育议[J]. 寰球中国学生报，1907，1（5）：42–44.
［187］英医奇术（译神户又新日报）[J]. 岭学报，1898（5）.
［188］学校增医（译大阪每日新闻报）[J]. 岭学报，1898（5）.
［189］物医（译英国格致报）[J]. 格致新报，1898（7）：22.
［190］汇译：起死回生术[J]. 亚东时报，1899（7）：75–76.
［191］诊断学：心脏之理学的诊查法（未完）[J]. 医药学报，1908（11）：63–77.
［192］孙福保. 日蚀纪情国宫廷之迷信（译时事新报，西九月十一日）[J]. 实学报，1897（1）：370–371.
［193］绍兴近事：迷信难除[J]. 绍兴白话报，1900（64）：2.
［194］不除迷信何以开民智[J]. 绍兴白话报，1900（113）：1.
［195］论迷信之关系于社会[J]. 绍兴白话报，1900（92）：1.
［196］人与微生物争战论[J]. 格致汇编，1892（7）：29–37.
［197］伯筹. 微生物[J]. 觉民，1904（1）：1–8.
［198］学术：丙科：微生物[J]. 大陆（上海 1902），1905（15）：10–14.
［199］（英）马尔，曹庆五. 续论微生物[J]. 万国公报，1904（186）：50–52.

［200］ 严京铨. 从录：肺痨症微生物问答[J]. 通问报：耶稣教家庭新闻，1908（304）：7.

［201］ 严京铨. 从录：霍乱症微生物问答[J]. 通问报：耶稣教家庭新闻，1908（324）：7.

［202］ 世界真理之科学：生理学[J]. 世界，1907（2）：25.

［203］ 养微生物法[J]. 世界，1907（2）：26.

［204］ 微生物为时疫之起原[J]. 广益丛报，1907（154）：1–2.

［205］（美）林乐知，范祎. 疫病之源[J]. 万国公报，1902（166）：51–52.

［206］（英）马尔，曹庆五. 附录：论微生物[J]. 万国公报，1904（185）：49–50.

［207］ 卫道生，捷三. 驱疫说[J]. 中西教会报. 1895，1（9）：21.

［208］ 种痘日多[J]. 济南报，1904（12）：11.

［209］ 局收文牍：商务报馆宜译商务书论下[J]. 湖北商务报，1901（75）：4–7.

［210］ 杨志洵. 译录：会合大商店[J]. 商务官报，1906（14）：5–11.

［211］ 清国于居留外国人及商店之数（译东京经济杂志，西九月十一日）[J]. 实学报，1897（1）：674–675.

［212］ 清国于居留外国人及商店之数（采东京经济杂志）[J]. 渝报，1898（12）：6–7.

［213］ 饬查洋人商店[N]. 新闻报，1904–12–02（0002）.

［214］ 警部拟处置京城洋商店铺办法[N]. 新闻报，1906–08–23（0002）.

［215］ 日本商店之披露[J]. 新小说，1905，2（5）：168–169.

［216］ 华商拟赴俄国开设商店（山东）[J]. 竞业旬报，1908（12）：28–29.

［217］ 华商拟赴俄国开设商店[J]. 南洋商务报，1908（38）：1.

［218］ 上海至吴淞铁路停止[J]. 万国公报，1877（462）：16.

［219］ 谭培森. 最捷火车[J]. 时务报，1897（40）：7.

［220］ 王斯沅. 试验电气火车（译日本捷报，西六月十九日）[J]. 实学报，1897（1）：164.

［221］ 新式火车（译纽约格致报）[J]. 集成报，1897（12）：36–37.
［222］ 比较火车[J]. 鹭江报，1902（10）：14.
［223］ 自行车[J]. 中国教会新报，1868（12）：9.
［224］ 自行车气行车[J]. 中国教会新报，1870（92）：11.
［225］ 学堂成绩选粹说自行车[J]. 直隶教育官报，1909（4）：127–130.
［226］ 益智丛录：古时之自行车[J]. 通问报：耶稣教家庭新闻，1910（408）：7.
［227］ 造自行车铁路[J]. 万国公报，1876（415）：20.
［228］ 曾广铨. 英创火油自行车[J]. 时务报，1898（53）：15.
［229］ 自行车行水（日本告白报西四月二十七号）[J]. 译书公会报，1898（19）：5–6.
［230］ 四轮自行车[J]. 知新报，1901（133）：35–36.
［231］ 论一千九百零二年西国格致之进步（译美国格致报）[J]. 万国公报，1903（175）：42.
［232］ 智囊炮车[J]. 通学报，1906，2（13）：369.
［233］ 新发明三轮自行车（河南）[J]. 安徽白话报，1908（2）：7–8.
［234］ 格物杂说：自行车与马相比赛[J]. 格致汇编，1876（1）：11–12.
［235］ 杂录：学堂成绩选粹：说自行车[J]. 直隶教育官报，1909（4）：127–130.
［236］ 大英国事自行车连走六日能行一千八百里[J]. 万国公报，1876（406）：17.
［237］ 制造：练习自行车：译德国三日军报[J]. 集成报，1897（12）：35.
［238］ 王斯沅. 论脚踏车有益于陆军（译伦敦东方报，西九月三日）[J]. 实学报，1897（1）：422–423.
［239］ 论自行车[J]. 益闻录，1890（1027）：598.
［240］ 见闻：各国军事：意国：自行车联队告成[J]. 南洋兵事杂志，1908（21）：25.
［241］ 脚踏车有益于陆军说[J]. 协和报，1910（5）：7–9.
［242］ 军用电气脚踏车[J]. 安福汇报，1904（20）：72–80.

［243］ 赛自行车[J]. 万国公报，1875（338）：17–18.

［244］ 世界谈片：乘自行车远行者之食物[J]. 大陆（上海 1902），1905，3（7）：1.

［245］ 世界谈片：妇人乘自行车之病[J]. 大陆（上海 1902），1905，3（4）：1.

［246］ 乘脚踏车之危险[N]. 时事报图画，1909–1–26（4）.

［247］ 译谭随笔：报馆与国际之关系[J]. 万国公报，1904（189）：46–47.

［248］ 犯工赛会（译美国学问报）[J]. 格致新报，1898（2）：16.

［249］ 美国监狱[J]. 无锡白话报，1898（2）：3–4.

［250］ 美国监狱管理法[N]. 时报，1911–01–07.

［251］ 监狱改良两大纲[J]. 新民丛报，1906，4（10）：114.

［252］ 纪载近事：改良监狱[J]. 卫生学报，1906（1）：41.

后　记

2020年新冠疫情使得我大半年居家，难得心无旁骛地完成书稿。天天挑灯夜战，是对疫情居家这样的日子最好的利用了。这之前的一年里无时无刻不在冥思苦想，设计研究方案，寻找创新和突破。在之前的《译与异——林乐知译述与西学传播》和《西人西学翻译与晚清救国良策的探索》两本书的基础上，这本书将研究范围进一步扩宽、加深。虽然完成一本书对于我来说就像又读了一次博，但我像痴迷于写小说的作家一样，痴迷于探索人文社会科学中的问题，把脑海中闪过的想法表达出来，尝试觅出独到合理的解答。这种探索过程深深吸引着我，欲罢不能。当一本书终于完成，当我在某个图书馆无意间看到自己的书时，那种成就感、价值感激励着我继续前行。

虽然我自知科研是我的兴趣和优势所在，但若没有亲人朋友的帮助和支持，也是无法前行的。我很幸运，有着深爱我、与我同甘共苦的父母——卢保兴、阎慧申，内心的爱的充实给了我自信、勇气，使我独立、奋发和快乐。他们的智慧和经验足以解答我每天电话里的疑难和困惑，应对生活和工作中大大小小的麻烦。人生中幸运的事是有人生导师指点迷津，而我的人生导师恰好是我的父母，这对于我来说是幸运中的幸运。弟弟明奇也让我四十多年来一直感受着手足之情的深厚、姐弟之间的托扶。因为同在高校任教，我们经常互通有无，大事小情随时随地交流、帮助，这对于我来说是得天独厚的便利。还有一个可以帮我解决一切技术问题的儿子天翔，聪明又体贴，偶尔想出拿着存储书稿的U盘假装丢到窗外的点子，让我别管他。我确实经常埋头写书，连他的英语都不管不问，但他在历经高中和疫情重合的三年后，仍然成功考入清华大学，就读他喜爱的电子专业。

真正有问必答、有求必应的朋友，不需太多，我幸运地拥有这样的朋友。我总是习惯性地三更半夜发信息、吐苦水、唠叨烦恼，我知道如果半夜没回复，没有立刻安慰、宽解我，准是睡觉了，第二天早上必会回复我，三言两语就能把我的心情调到向阳的一面。

疫情期间，我线上教授了“中外翻译史”课程，分享了本书中的选题、第一手史料、研究思路和方法等，和学生一起尝试了“翻译史论文写作”的网络教学模式，收到了很好的教学效果。在与钟欣、郝雅文、连紫亦、马智鑫、段江涛等研究生的习作指导、批改和反馈互动中，我找到了更好的教学方法，他们每一周的作业都有明显的进步，我们收获了教学相长的成果。

本书的顺利出版离不开刘蕊编辑的细心修改、反复校对。每一处修改、每一次商量，我都收获了专业的指导和建议。

本书获得了中央高校基本科研业务费专项资金资助（Supported by the Fundamental Research Funds for the Central Universities，“晚清报刊译介下的西学东渐规律与中国文化‘走出去’策略研究”，2022JBW2001），同时获得了教育部社科规划项目“报刊媒介下的晚清翻译的近代特征与转型研究”（21YJA740023）、北京市社会科学基金（22YYB004）、北京交通大学教材出版基金资助。